KB213482

여자의 우정은 첫사랑이다

FIRST LOVE: Essays on Friendship

Copyright © 2024 by Lily Dancyger

This edition published by arrangement with The Dial Press, an imprint of Random House, a division of Penguin Random House LLC.

All rights reserved.

Korean Translation Copyright © 2025 by Munhakdongne Publishing Corp.

This translation is published by arrangement with Random House, a division of Penguin Random House LLC. through Imprima Korea Agency.

이 책의 한국어판 저작권은 Imprima Korea Agency를 통해 Random House, a division of Penguin Random House LLC.와 독점 계약한 (주)문학동네에 있습니다. 저작권법에 의해 한국 내에서 보호를 받는 저작물이므로 무단 전재와 무단 복제를 금합니다.

여자의 우정은 첫사랑이다

릴리 댄시거 지음　송섬별 옮김

세상 가장 다정하고 특별한 관계에 대하여

FIRST LOVE

문학동네

나의 자매들에게

일러두기

- 주석은 모두 옮긴이주다.
- 본문의 고딕체는 원서에 이탤릭체로 표기된 부분이다.
- 단행본, 잡지는 『 』, 시는 「 」, 앨범, 시리즈 제목은 ' ', 영화, 방송, 웹사이트, 노래, 미술작품은 〈 〉로 표시했다. 일간지의 경우 약물 기호를 생략했다.
- 외래어 표기는 국립국어원 외래어표기법에 준했으나, 일부는 현지 발음이나 통용 표기를 따랐다.

첫사랑

여섯 살 때, 처음으로 러브레터를 보냈다. 작은 몸으론 감당하기 힘든 커다란 감정을 표현하려고 엄청난 힘과 집중력을 쏟아 큼직하고 네모지게 글씨를 썼다. 안전 가위로 종이를 자르고 색연필로 섬세한 무늬를 그려넣은 나비 모양 카드를 만들어 다섯 살이던 내 사촌 사비나에게 보냈다. 그애와 떨어져 있을 때면 날개 한쪽이 떨어져나간 나비가 된 기분이었다.

어른들은 우리에게 '스노 화이트'와 '로즈 레드'라는 별명을 붙여주었다. 그림 형제의 동화에 등장하는, 어머니가 기르던 흰 장미 덤불과 빨간 장미 덤불을 각각 닮은 두 자매다. 나의 엄마와 사비나의 엄마는 자매라 서로 닮았지만, 나는 유대인 아빠에게서 심한 곱슬머리와 옅은 푸른색 눈을 물려받았고, 사비나는 필리핀인 아빠에게서 따뜻한 갈색 피부와 검고 곧은 머리카락을 물려받았다. 사비나는 그 머리를 늘 윤이 나게 빗어 가지런히 땋았다. 우리는 빛과 어둠이었고, 서로 정반대인 쌍둥이였다.

(디즈니 영화로 각색된 그림 형제의 『백설공주』와는 아무 관련 없는 이야기인) 『스노 화이트와 로즈 레드』는 두 자매가 경쟁하거나 적대적이지 않고 그저 서로를 사랑한다는 점이 독특하다. "두 아이는 서로를 정말 좋아했어요. 늘 손을 잡고 다녔답니다. 스노 화이트가 '우리는 영영 서로를 떠나지 말자' 하자, 로즈 레드는 '죽는 날까지 헤어지지 말자'라고 대답했어요."

다섯 살 때 우리 가족이 뉴욕을 떠나 샌프란시스코로 가기 전까지의 어린 시절 기억 속, 사비나는 언제나 내 곁, 아니면 가까운 곳에 있었다. 한집에 살기도 하고, 서로의 집에서 그저 함께 지낸 적도 많았다. 내가 네 살, 사비나가 세 살이던 어느 날 아침, 우리는 어른들보다 일찍 일어났는데 사비나가 배가 고프다고 했다. 나는 아침 먹을 시간까지 기다릴 수 있었지만 사비나를 기다리게 하고 싶지 않았기에, 그애의 손을 붙들고 부엌으로 데려갔다. 조리대 앞에 의자를 놓고 올라간 뒤, 찬장을 뒤져 커다란 그릇을 찾았다. 어른들이 잠에서 깼을 때 우리는 우유로 엉망진창이 된 바닥에 앉아서 눅눅한 시리얼을 상자째 나눠 먹고 있었다. 사비나를 향한 내 마음은 늘 그랬다. 그애가 배고프면, 내 키보다 훌쩍 큰 장애물이라 해도 기어올라가 일주일 치 아침 거리를 찾아올 수 있었다.

사비나에게서 5000킬로미터쯤 떨어진 곳으로 이사하면서 나는 첫 실연을 겪었다.

첫사랑이라는 개념을 둘러싼 문화적 신화들이 많다. 평생 잊지 못한다거나, 끝내 쫓아다닐 수밖에 없는 이상이라거나. 첫사랑은 동화 속 공주를 사로잡는 마법 주문이 되어 앞으로 그 이야기가 어떻게 펼쳐질지를 짐작하게 한다.

첫사랑이 우리에게 왜 그렇게 큰 영향을 미치는가에 대한 한 가지 가설은, 대개 십대 시절에 낭만적 사랑을 처음 경험하기 때문이라는 것이다. 그 시기 우리는 호르몬 수치가 증가해 모든 활동이 왕성해지고, 기억을 관장하는 뇌 부위가 성숙해진다. 십대에 듣던 음악이 평생에 걸쳐 우리의 정서에 매우 중요한 이유도 그래서이며, 나아가 이론상 첫사랑이 앞으로 올 모든 사랑의 잣대가 되는 것도 이 때문이다.

하지만 어린 시절 처음 경험하는 사랑, 부모님을 제외하고 처음 진실로 사랑하는 사람의 경우는 어떨까? 태어나 처음 경험하는 자매애가 평생 맺을 우정의 기준을 만드는 걸까?

내가 얄팍한 우정에 만족하지 못하며 살아온 건 사실이다. 내게 친구란 가족이고, 진정한 사랑의 대상이며, 각각의 관계는 그 자체로 하나의 세계다. 여태 내가 들은 가장 기분좋은 칭찬은 "넌 정말 많은 사람에게 최고의 친구야"라는 말이었다. 아마 내가 늘 깊은 사랑과 이해에 바탕을 둔 우정을 원하면서 그에 못 미치는 관계에 안주하지 않았던 건, 그런 우정이 가능하다는 걸 어린 나이에 알게 된 덕분인지도 모르겠다.

사비나와 나는 어린 시절 "우리는 우리서로ourother를 사랑해요"라고 사람들한테 말했고, 어린아이들이 만들어내는 말들이 종종 그렇듯 그 말은 원뜻보다 더 진실하게 느껴졌다. '각자each'라는 건 존재하지 않고, 오로지 '우리our'만 있는 것. 그것이 내가 처음 내린 사랑의 정의였다.

사비나의 아빠는 그애가 아기일 때 떠났고 나의 아빠는 내가 열두 살 때 세상을 떠났기에, 십대 시절 우리는 둘 다 엄마와 단둘이 사는 외동딸이었다. 나의 엄마 하이디는 다섯 남매 중 맏이였고 사비나의 엄마 레이철 이모가 둘째였다. 남매들 중에서도 위탁보호, 학대, 방치, 히피 공동체로 얼룩진 어린 시절의 상처를 가장 깊이 간직한 이가 바로 이 두 사람이었다. 어린 시절의 불안이 두 사람의 엄마 노릇에 미친 영향은 정반대였다. 엄마는 끝내 발 디딜 곳을 찾지 못했고, 당신을 쫓아오는 악마로부터 도망치려고 갑작스레 나라 반대편으로 이사하는 일이 빈번했으며, 헤로인중독으로 도피하기도 했다. 외할머니가 엄마를 길렀던 방식에 비교한다면야 그보다는 나를 잘 보호했지만, 그럼에도 나는 혼돈을 가문의 유산처럼 물려받았다. 반면 레이철 이모는 혼란 앞에서 온 힘을 다해 단단히 버텼고, 질서에서 벗어나는 모든 것을 위협이라 여겼다. 마치 과도하게 활성화되어 해롭지 않은 것에도 반응하는 면역체계처럼, 완벽하지 않은 것에 대한 알레르기 반응처럼.

어린 시절 사비나는 유제품, 초콜릿, 고양이, 개 등등에 알레르기가 있었다. 알레르기는 그애한테 아기 인형처럼 섬세한 이미지를 더해줄 뿐이었다. 사촌 중에서도 막내였기에 우리 가족의 아기 취급을 받던 그애는 생김새조차도 인형 같았다. 짙고 검은 속눈썹과 크고 둥근 갈색 눈. 완벽하게 동그란 뺨. 그러나 웃을 때는 다른 이목구비와 조금 어울리지 않는다는 느낌이 들 정도로 이를 활짝 드러내고 웃었고, 그래서 더욱 찬란하게 아름다웠다. 그애가 인형이 아니라, 자주 명랑하게 웃고, 때로는 어깨를 살짝 흔들기도 하는 진짜 소녀라는 사실을 일깨워주었기 때문이다.

내가 열네 살, 사비나가 열세 살이던 여름방학에 엄마는 나를 레이철 이모와 사비나의 집에 보냈다. 십대의 자기 파괴 성향이 처음으로 불타올랐고, 엄마는 그런 나를 감당할 수 없었던 것이다. 뉴욕으로 돌아온 뒤였기에 필라델피아에 있는 사비나의 집까지는 버스 한 번만 타면 갈 수 있었다. 낮에 일을 하는 엄마는 아침에 눈을 뜨자마자 공원에 가서 술을 마시고 "또 무슨 짓을 저지를지 모르는" 나를 막을 도리가 없었고, 결국 나는 레이철 이모 집에 가게 됐다.

나는 성이 잔뜩 나서 필라델피아까지 가는 내내 뚱한 채 말 한마디 하지 않았다. 현관문 밖으로, 지하철 안으로, 그다음에는 차이나타운에서 출발하는 버스로 차례차례 나를 인도하는 엄마와 눈도 마주치지 않았고, 누가 봐도 심통이 잔뜩 난 태도로 입을 단단히 다물고는 찌는 더위에도 굴하지 않고 검은 후드로 얼굴을 최대한 가렸다. 뉴저지주 고속도로를 달리는 버스 안, 차창에 이마를 대고 컨버스를 신은 발은 좌석 위로 끌어올린 자세로 앉아 이어폰을 통해 쩌렁쩌렁 울려퍼지는 너바나의 '블리치' 앨범을 들으며, 여름 내내 친구들이 저지를 온갖 사고에 끼지 못할 나 자신을 가여워했다. 마침내 필라델피아에 도착한 버스가 털털대며 멈춰 섰을 때도, 레이철 이모와 사비나가 사는 아파트로 가는 택시 안에서도, 나는 여전히 엄마를 쳐다보지도, 엄마에게 말을 걸지도 않았다. 이모가 문을 열고 우리를 맞이했을 때도 나는 팔짱을 끼고 잔뜩 인상을 쓴채 이곳에 왔다는 사실이 하나도 기쁘지 않다는 기운을 뿜어냈다. 엄마와 이모가 서로 눈빛을 주고받는 걸 알아차린 내가 한층 더 부루퉁한 태도를 취하려던 순간이었다.

사비나가 양손을 마구 흔들며 나를 향해 달려오더니 외쳤다. "이디!" 아장아장 걸음마하던 시절, 'L' 발음을 못하던 그애가 나를 부르던 애칭이었다. 나비가 그려진 라임그린색 탱크톱을 입은 그애는 너무 밝고, 활기 넘쳤고, 신나 있었다. 그애는 내가 심술이 단단히 나 있다는 걸 완전히 무시한 채 달려와 나를 꽉 안았다. 조금이지만 나도 모르게 웃음이 나는 바람에 나도 그애를 마주 안은 채 함께 몸을 앞뒤로 흔들었다.

그 여름의 몇 주간, 우리는 다시 어린아이로 되돌아간 것처럼 지냈다. 현관문을 나서다가도 사비나와 조금이라도 더 함께 있으려고 기꺼이 뒤돌던 그때가 내가 기억하는 내 어린 시절의 마지막 나날이었다. 어릴 때처럼 우리가 만든 춤을 추고 (음악은 내가 골랐는데, 대체로 클래시의 음악이었다), 동네를 돌

First

아다니며 꽃을 꺾고, 도서관에 가서 책을 잔뜩 빌려온 뒤 소파 가운데에 서로의 발을 포갠 채로 양쪽 가장자리에 앉아 읽었다. 이모의 저녁식사 준비를 돕고, 같이 치우고, 함께 영화를 보았고, 일찍 침대에 누워 늦게까지 소곤거리며 이야기를 주고받았다.

한번은 함께 산책하다가 다친 데 없이 멀쩡한 커다란 잠자리가 조그만 다리들을 하늘을 향해 오그라뜨린 자세로 죽어 있는 걸 발견했다. 우리 둘 다 깜짝 놀라 헉하고 숨을 토해낸 다음, 인도에 쭈그려앉아 잠자리의 투명한 날개를 자세히 살펴보았다. "어떻게 해야 집에 데려갈 수 있을까?" 숨죽여 경탄을 나누다 우리 둘 다 잠자리를 집으로 데려간다는 데 이견이 없다는 걸 알아차린 내가 물었다. "너무 연약하잖아."

"엄청 조심해야지." 사비나는 확신 넘치는 말투로 대답하더니, 섬세한 손놀림으로 잠자리의 뻣뻣해진 꽁무니를 집어 손바닥에 올려놓았다. 잠자리의 몸이 바람에 날아가지 않도록—동시에 말도 안 되게 얇은 날개에는 닿지 않게—다른 한 손을 오므려 손바닥을 덮은 사비나는, 수년간의 발레 수업에서 배운 무용수의 통제력을 발휘해 천천히, 멈추지 않고 다시 걷기 시작했다. 나는 그애의 속도에 맞춰 걸으며, 내내 사비나의 두 손과 그 사이에 놓인 보물에서 눈을 떼지 않았고, 그렇게 우리는 한 걸음 한 걸음 조심스레 몇 블록을 걸어 집에 돌아갔다. 그날 오후는 신발 상자로 새 친구를 위한 관을 만들고 꾸미며 보냈다. 우리는 잠자리가 무언가의 상징이라는 데 동의했다. 그게 무언지는 몰라도, 중요하다는 것은 알았다.

"스노 화이트와 로즈 레드는 이 세상 그 어느 아이들보다 착하고, 행복하고, 부지런하고, 쾌활했답니다." 그림 형제는 이렇게 썼다.

그 여름이 지난 뒤, 사비나와 나는 극과 극으로 다른 각자의 세계 속으로 점점 더 깊이 들어갔다. 서로를 좋아하는 마음은 여전했지만, 사비나가 한층 더 진지하게 완벽한 학점을 유지하고 학교 연극 오디션을 보기 시작한 반면, 나는 아예 학교에 가지 않았고, 보드카와 마리화나를 꾸준히 섭취하는 걸로도 모자라 코카인까지 추가했다. 우리의 공통점은 갈수록 줄어들었다.

하지만 다음해, 레이첼 이모와 사비나가 뉴욕에 오자, 나는 친구들과 보러 가기로 한 브롱크스에서 열리는 펑크 콘서트에 사비나도 데려가겠다고 이모를 설득했다. 사비나한테서 일 초도 눈을 떼지 않겠다고, 공연장으로 직행했다가 콘서트가 끝나면 바로 집에 오겠다고 맹세했다. 이모의 허락이 떨어지자마자 우리는 손을 잡고 준비에 돌입했다. 콘서트에 갈 때마다 나와 함께 준비하던 친구 헤일리가 우리집에 와서 사비나를 꾸미는 걸 도왔다. 우리는 그애한테 내 줄무늬 타이츠와 미니스커트를 입힌 뒤 윤기 나는 튼튼한 머리카락을 헤어스프레이로 고정했다.

화장할 시간이 되자 사비나가 나를 마주보고 소파 팔걸이에 걸터앉아 눈을 감았다. 그애가 여기 있다는 사실이 너무 기쁜 나머지 나는 새도 팔레트를 든 채 그애를 가만히 바라보았다. 불현듯 어린 시절 내가 그애를 어떻게 사랑했는지 떠올랐다. 그애는 세상에서 가장 특별한 사람 같았고, 우리가 '우리 서로ourchother'를 사랑했다는 건 엄청난 일이 아닐 수 없다. 변장 놀이를 하느라 서로의 볼에 엄마의 립스틱으로 동그라미를 그리고, 서로의 머리에 리본을 달아주고, 서로에게 머리부터 발끝까지 반짝이를 뿌려주던 시절이 떠올랐다. 내가 그애의 눈꺼풀을 시커멓게 칠하는 사이 사비나가 미소를 지은 걸 보면, 그애도 분명 그 시절을 떠올리고 있었으리라.

　　공연장으로 가는 길, 친구 두 명과 합류한 나는 모두에게 자랑스럽게 사비나를 소개한 뒤 그애한테 휴대용 술병에 넣어온 보드카를 한 모금 권했다. 사비나가 술을 마시지 않을 거라는 걸 알았지만, 다들 술병을 주거니 받거니 하는 상황에서 그애만 빼놓긴 싫었다. 사비나는 저녁식사를 하다가 조금 더 먹겠느냐는 물음에 답하듯 똑같이 다정한 목소리로 "고맙지만 괜찮아" 하면서 긴 속눈썹을 깜빡였다. 오늘 사비나를 잘 데리고 다녀야 하고, 그애가 무사히 좋은 시간을 보내게 해줘야 한다는 사실을 떠올린 나는 평소에 비해 보드카를 조금만 들이켰다. 잠자리를 발견해 데려온 그 여름에 사비나가 내게 편안한 안정감을 주었듯이, 오늘은 내가 그애를 자유 속으로 끌어당기고 싶었다.

우리는 공연장에 잔뜩 모여 땀을 흘려대는 사람들을 밀치며 안으로 들어갔다. 후덥지근하고 컴컴한 공간에 사람들의 체취와 맥주 냄새가 진동하고 밴드의 연주는 머릿속 생각마저 묻힐 만큼 요란하게 울려퍼지는 가운데, 나는 사비나의 팔꿈치에 내 팔꿈치를 단단히 걸고 손은 맞잡아 깍지를 낀 채로 소음보다 더 크게 "절대 놓지 마!" 하고 고함쳤다.

나는 무대 앞의 핏*에서 느끼는 순수한 해방감에 익숙했다. 낯선 이들로 이루어진 인파에 몸을 던지며, 내 몸이 그들의 몸부림에 휩쓸리도록 내버려두는 일. 발이 땅에 닿는 대신 누군가의 땀투성이 몸에, 누군가의 기다리던 손에, 어깨에, 팔에 안착하는 일. 서로를 밀고 움켜쥐면서 뾰족한 팔꿈치건 묵직한 발이건 갑작스러운 밀침이건 신경쓰지 않는 일. 몸안의 긴장감이 완전히 빠져나갈 때까지 내버려두는 일. 하지만 사비나와 팔짱을 끼고 있는 지금은 뒤엉켜 있는 사람들 속으로 들어가기가 망설여졌다. 사비나가 다치면 어쩌지? 그러나 너무 늦었다. 우리는 이미 여기 있으니까. 나는 이 해방감을 그애와 나누고 싶었고, 그애도 기대에 부풀어 내가 신호를 주기를 기다리고 있었다.

"준비됐어?" 나는 밴드 프런트맨의 고함소리, 찢어지는 듯

---

* 록이나 헤비메탈 공연에서 무대 앞 구역에 조성되어 공연의 분위기가 고조됨에 따라 일부 관객들이 과격한 동작과 함께 공연을 즐기는 공간이다. 동작의 종류에 따라 빙빙 도는 서클 핏, 또는 과격하게 발길질이나 주먹질을 하기도 하는 모시 핏mosh pit 등의 용어가 사용된다.

First ——

한 기타의 피드백,* 쿵쿵거리는 베이스기타 음에 묻히지 않을 정도로 큰 소리로 외쳤다. 사비나는 내 손을 잡은 채 고개를 끄덕이더니, 입술을 살짝 내밀며 장난기 가득한 미소를 지었다. 내 손을 놓치지 않으려 주먹을 꼭 쥐는 바람에 팔에 힘이 들어갔다. 그애는 내 몸짓을 거울처럼 따라 했고, 그렇게 우리는 서로를 꼭 붙든 채 마구 몸을 부딪치는 사람들 속으로 뛰어들어갔다. 온실 속에 있는 것처럼 땀과 입김이 공기 중에 습기를 내뿜었다. 나는 핏의 가장자리로 그애를 조심스레 이끌었다. 내 손과 팔은 그애가 비틀거리다 넘어지기라도 하면 붙들어 일으켜세울 수 있도록 만반의 태세를 갖추었고, 내 몸은 핏의 중앙에서 마구 몸부림치는 사람들과 사비나 사이의 완충재가 되어 남들의 발길질도 팔꿈치도 그애한테 닿지 못하게 충격을 흡수했다.

사람들의 흐름에 이끌려 빙빙 돌기 시작하자, 사비나는 너무나 즐거운 나머지 눈을 커다랗게 뜬 채로 남들과 마찬가지로 고함을 지르고 발을 굴렀다. 그애의 머리카락이 흩날리고, 한곳에 집중하는 동시에 아주 먼 곳을 향하는 그애의 얼굴을 보았다. 그러자 사비나도 나와 같은 감정을 느낀다는 걸 알 수 있었다. 이 해방감을.

어떤 심리학자들은 첫사랑에 각인 효과가 있다고 믿는다. 첫

---

*   일렉트릭기타의 음이 앰프와 스피커를 오가며 무한히 반복되는 현상.

사랑이 이상적 사랑의 모델을 만들기에 우리는 평생 그 첫사랑의 또다른 버전을 찾아 헤매며 사는 거라고.

나는 친구들에게 늘 보호본능을 느꼈다. 나는 언제나 모시핏의 중심에서 가까운 곳에 나를 세워둘 것이다. 친구 때문에 싸움을 벌인 적도 있었다. 어느 못된 여자애가 내 친구 시드니의 생일날 그애를 못난이라고 놀렸고, 나는 주먹으로 그 여자애 얼굴을 때렸다. 로어이스트사이드를 나돌아다니던 십대 시절에는 내 친구 헤더가 한밤중에 홀로 황량한 시내를 가로질러 사우스스트리트의 집에 가는 게 싫어서 늘 걸어서 데려다주었고, 아무렇지 않게 똑같은 길을 혼자 걸어 돌아왔다. 또, 헤일리에게 심하게 대했던 남자가 자꾸 그애한테 전화를 걸어오자, 나는 전화를 대신 받은 뒤 주머니칼로 고추를 잘라버리겠다고 을러댔다. 그제야 그 남자도 전화 걸기를 그만뒀다.

누군가를 사랑한다는 건 그 사람을 지켜주는 일이라는 걸 나는 늘 알고 있었다.

십대 시절 내내, 나는 무언가가 나를 멈춰 세우기 전, 어디까지 나를 위험에 빠뜨릴 수 있는지 시험했다. 두려움, 고통, 죽음, 어떤 종류의 한계라도 좋았다. 고등학교를 자퇴하고, 필름이 끊길 때까지 싸구려 보드카를 마셔대도 한계는 찾아오지 않았다. 나는 수위를 높여보기로 했다. 얼굴과 손마디가 피범벅이 되도록 싸움질해도, 낯선 남자를 따라 그가 사는 아파트 지하에 들어가도 마찬가지였다. 한번 더 수위를 높였다. 공

First

중화장실에서 코카인을 흡입해도, 며칠씩 집에 들어가지 않아도, 무엇도 나를 멈춰 세우지 않았다. 그렇게 찾고 찾다 다다른 한계는 다름아니라 나의 소진이었다. 무슨 수를 써도 나타나지 않는 벽을 향해 달려갈 의지가 꺾이고 말았다.

한편, 사비나는 몸 한 번 늘어뜨릴 틈도 없는 규칙 속에 살았다. 저녁마다 세수하고 손을 씻은 뒤 저녁 식탁을 차렸고, 식사 자리에서는 늘 기쁘고 감사한 마음을 표현했다. 식사를 마친 뒤에는 시키는 사람이 없어도 식탁을 정리했다. 학교가 끝나고 돌아오면 곧장 숙제했고, 춤과 연극에 뛰어난 재능을 보였으며, 자유의 순간이 올 때까지 잠자코 기다렸다.

그 순간이 마침내 찾아온 건 자신의 열여덟 살 생일이었다. 사비나가 엄마 집에서 나가 혼자 살겠다고 선언해 모두를 놀라게 했다. 그애는 언더컷* 스타일로 머리를 밀었고, 자기 의류 브랜드를 가진 스케이트보드를 타는 남자친구를 사귀었고, 필라델피아 전역에서 로컬 디자이너들의 모델로 일하고, 클럽에서 밤새 춤을 췄다. 걸토크**에 흠뻑 빠진 그애는 자작곡을 쓰고 녹음하면서 완연한 자기 자신으로 맹렬하게 피어났다.

같은 해, 나는 고작 한 학기 다닌 고등학교에서 낙제점으로 가득한 성적표를 받고도 우여곡절 끝에 대학에 들어갔다. 사비나가 새로운 세계의 기로에서 자유를 찾는 동안 나는 속도

---

* 위쪽 머리카락은 길게 기르고 옆쪽과 아래쪽은 매우 짧게 깎거나 삭발한 스타일.
** Girl Talk. 미국의 DJ.

를 늦추며 안정과 루틴 비슷한 무언가를 찾아갔고, 그렇게 우리는 한가운데서 만났다. 더없이 행복한 조우였다. 나는 줄곧 그애가 이곳에 도착하기를, 어린아이 상태를 벗어나기를 기다리고 있었다. 하지만 사비나 역시 나를 기다렸을 것이다. 내가 늘 화나 있는 상태에서 벗어나 우리가 평온한 마음으로 세상에 존재할 수 있기를 바라면서.

사비나가 나를 만나러 뉴욕에 왔을 때, 우리는 브루클린에 사는 그애 친구들 몇 명과 다 같이 어울려 놀았다. 그 친구들이 살고 있는, 가구랄 것도 없는 집 거실에 앉아 조인트*를 나누어 피웠다. 멋쩍은 표정으로 내게 눈길을 던진 사비나가 조인트를 한 모금 빨아들이는 걸 보고 나는 환하게 웃었다. 그애가 법을 어기거나, 심지어 사회 통념을 어기는 것조차 처음 보았으니까.

친구들이 화이트캐슬**을 먹자고 하자, 사비나와 나는 둘 다 채식주의자였는데도 사러 다녀오겠다고 나섰다. 모험을 떠날 좋은 핑계였다. 드라이브스루만 영업하던 시간이었는데, 화이트캐슬 직원들은 우리가 걸어서 왔다며 주문을 받지 않았다. "이렇게 들어가도 안 받아주나요?" 그러면서 사비나가 운전석에 앉은 것처럼 몸을 쪼그리고는 운전대를 잡는 시늉을 했고, 나도 가세해 '조수석'에 앉은 흉내를 냈다. 직원들은 전

---

* 궐련 형태로 만 마리화나.
** 작은 사이즈 버거인 '슬라이더'가 시그너처 메뉴인 패스트푸드 프랜차이즈.

혀 재미있어하지 않고 무뚝뚝하게 "어, 안 돼요"라고 답했다. 우리는 숨이 넘어갈 듯 웃으며 서로의 몸을 얼싸안다시피 한 채 아스팔트 바닥에 주저앉고 말았다. 빈손으로 집에 돌아가는 내내 그애는 외쳤다. "차 없는 사람한테는 버거 안 팔아요!" 그 말에 우리 둘 다 또 실컷 웃어젖혔다.

다음날, 우리는 어린 시절처럼 손을 잡고 이스트빌리지를 거닐며 각자의 미래 계획을 이야기했다. 사비나는 앞으로도 음악을 만들고, 모델 일을 하고 싶다고 했고, 어쩌면 지금 사귀는 남자친구가 '평생의 짝'일지도 모른다고 생각한다고 했다. 짜임새 없이 몇 년을 보낸 끝에 마침내 학교를 좋아하게 된 나는 언젠가 내가 교수를 꿈꾸게 될지도 모른다고 생각했다. 우리는 미래에 우리가 낳을 아이들이 어린 시절 우리처럼 친했으면 좋겠다고 이야기했다. 외동이었던 우리에게 우리 가족 특유의 신경증과 응어리를 이해하는 다른 누군가가 있다는 게 얼마나 의미 있는 일이었는지도.

헤어질 시간이 되자, 나는 그애를 버스정류장까지 데려다주었다. 함께 보내는 시간을 일 분이라도 더 누리고 싶기도 했고, 그애가 낯선 거리를 혼자 헤매고 다니는 게 싫어서기도 했다. 사비나가 버스에 오르기 전, 우리는 힘주어 포옹한 뒤 서로에게 정말 좋은 시간을 보냈다고 말했다. 이번 만남은 그저 즐거웠다는 말로는 설명할 수 없다는 걸 알았다. 그건 서로에게로의 귀환이었다.

첫사랑에 대한 또하나의 가설은, 첫사랑이 남기는 강한 인상은 초두 효과primacy effect 때문이라는 것이다. 초두 효과란 사람들이 목록에서 맨 앞에 있는 항목을 나머지보다 확실하게 기억한다는 심리학 법칙이다. 이는 목록뿐 아니라 보다 폭넓은 경험들에도 적용된다. 제일 좋아하는 음식을 처음 먹은 날이 언제인지는 기억하지만 열번째로 먹은 날은 잘 기억나지 않거나, 비행기 아래로 뉴욕의 스카이라인을 처음 본 순간이 스무번째 본 순간보다 더 또렷이 기억나는 것처럼. 그렇게, 첫사랑은 영원히 기억된다.

따지자면, 내가 처음으로 사랑한 사람은 부모님이었다. 그러나 부모님과 내가 나눈 것은 다른 종류의 사랑, 적어도 초기에는 일방적인 돌봄이 예상되는 불균형한 사랑이었다. 또한 그건 당연하게 주어지는 사랑이었다. 모든 사람이 어린 시절에 부모의 사랑을 받으며 자라는 건 아니지만, 그런 부모가 있는 경우에는 굳이 그러한 사랑의 부재를 상상하지 않는다. 부모님은 해처럼, 잠자리에 드는 시간처럼, 자양분처럼 존재한다.

그러나 내재된 사랑이라는 그 영역으로부터 멀리 떨어진 곳에서 누군가를 처음으로 사랑하는 일은 계시나 마찬가지다. 사비나를 사랑하면서, 다른 사람의 행복을 내 행복만큼이나 온 힘을 다해 바랄 수 있다는 걸 알았다. 그애가 어딘가에 도착하자마자 나를 향해 달려오는 모습을 보면서, 사랑하는 사람에게 사랑받는 것이 세상 그 무엇보다 짜릿한 감정일 수 있다는 걸 배웠다.

사비나가 나의 스물한 살 생일을 축하해주러 뉴욕에 왔다. 생일 파티엔 내 친구들이 모두 모여 사비나를 만날 생각에 잔뜩 들떠 있었다. 사비나가 나타나자마자 헤더는 그애를 와락 안았다가 이내 사과했다. "네 이야기를 너무 많이 들어서 그만!" 사비나는 웃으며 헤더를 안아주었다. 그날 밤, 방안을 둘러보며 그애가 거기 있는 걸 확인한 게 몇 번이었는지 모르겠다. 그때마다 사비나는 빨간 플라스틱 컵을 든 채 나를 보고 미소 지었다. 그럴 때면 어린이집에서 그애를 만났을 때 느꼈던 것과 똑같은 감사와 기쁨이 차올랐다. 온 힘을 다해 사랑하고, 사랑받는다는 건 얼마나 큰 선물인지.

다음해, 사비나의 스물한 살 생일이 다가오자, 이번에는 반대로 내가 필라델피아에 가서 그애 친구들이 나이트클럽에서 여는 성대한 생일 파티에 참석하기로 했다. 그애가 내 세계로 들어와준 것처럼 나도 그애의 세계로 들어가볼 생각이었다. "네 친구들 사이에 낄 수 있을 만큼 힙한 옷은 나한테 없는 것 같은데." 그날 무슨 옷을 입을지 전화로 의논하던 중 내가 장난스레 말했다. 그러자 사비나는 웃었다. "걱정 마. 내가 꼭 섹시하게 꾸며줄게." 오래전, 펑크 콘서트에 가던 날 내가 사비나를 꾸며준 것처럼, 그애가 생일 파티에 갈 나를 꾸며줄 날이 기다려졌다. 마치 우리가 기억할 수 있는 한 아주 오랫동안 그래온 것처럼.

파티가 열리기 석 주 전, 자고 일어나니 레이철 이모에게서 부재중 전화가 와 있었다. 이모가 전화한 건 처음이어서, 뭔가가 잘못되었다는 직감이 들었다. 분명 엄마가 다쳤거나 아픈 걸 거야. 엄마는 건강한 편이 아니니까. 이모에게 전화하기 전 먼저 커피를 만들고 세수부터 하기로 마음먹었다. 머릿속을 정리하고, 마음의 준비를 단단히 하기 위해서였다. 그러나 이모가 "시체를 발견했대. 사비나가 죽은 것 같대"라고 말했을 때, 그 말은 내 머릿속에 들어오는 동안 온통 뒤엉켜버려 도무지 이해되지 않았다. 이모는 울고 있었지만, 나는 "……같대"라는 표현에만 붙들려 분명 뭔가 오해가 있는 거라 확신했다.

"사비나가 아닐 수도 있잖아요?" 나는 다급하게, 새된 목소리로 물었다.

"경찰은 맞는 것 같대." 이모는 말했다. 또 그 말. 맞는 것 같다.

상황이 금방 정리될 거라 생각하며 전화를 끊었다. 사비나에게 전화를 걸자, 울리고 또 울리는 신호음에 맞춰 내 심장소리도 점점 더 커졌다. 노래하듯 "안녕하세요, 사비나예요"라고 말하는 그애의 부재중 메시지를 듣고 나서야 상황이 서서히 이해되기 시작했다.

그제야, 아까 레이철 이모가 했던 말이 뒤늦게 귓가에 울려퍼졌다. 사비나의 휴대전화와 디지털카메라가 사비나인 것 "같은" 시신 옆에서 발견되었다. 살해당한 시신 옆에서. 부재중 메시지가 끝나고 내 귀에 신호음이 들릴 때쯤에야 나는 내가 방금 전화를 건 그 휴대전화가 경찰서의 증거품 봉투에 들어 있을 거라는 사실을 깨달았다.

내가 비명을 지르며 바닥에 무너져내리던 순간의 소리가 아직도 귓가에 울린다. 부서지는 듯한 소리와 함께 무릎을 찧으며 주저앉았고, 통증은 뒤늦게 찾아왔다. 빨갛게 터진 눈의 실핏줄이 며칠을 갈 정도로 격렬하게 흐느꼈다. 손과 발로 바닥을 짚은 채 헛구역질하기 시작했다. 내 몸은 지금 무슨 일이 일어나는지를 이해하지 못하고 있었다. 무언가가 매우 잘못되었다는 것만은 알았다. 내가 느끼는 감정이 무엇이든, 그것을 토해낼 수 있을 것처럼 헛구역질을 계속했다.

오래전, 날개가 한쪽뿐인 나비 이야기를 사비나에게 써 보낼 때는 그 이미지가 얼마나 폭력적인지 생각하지 않았다. 굶주린 새나 잔인한 아이가 아름다운 생명체를 붙잡아 반으로 찢어놓는 모습 같은 건 그려본 적 없었다.

그해 여름은 마치 독을 푼 안개 속을 헤치며 걸어다니는 것 같았다. 목이 타들어가듯 아팠고, 관자놀이가 욱신거렸고, 이명이 들렸다. 혼란스럽고, 욕지기가 났다. 슬픔의 안개 속에는 날카로운 죄책감의 가시가 도사리고 있었다. 사비나가 살해당했을 때 나는 그곳으로부터 160킬로미터는 떨어진 곳에 있었지만, 그럼에도 곁에서 그애를 지켜주지 못한 게 내 잘못처럼 느껴졌다. 그건 내가 할 일이었으니까. 그애가 위험에 닿지 않게 중간에서 막아주는 일, 충격을 흡수해주는 일, 그애를 안전하게 지켜주는 일.

그 일이 사비나에게 일어났다는 것도 이해할 수 없었다. 그토록 오랫동안, 알면서도 위험 앞에 함부로 뛰어든 건 나였다. 사비나는 십대 시절에도 잠자리에 드는 시간을 꼬박꼬박 지키는 애였다. 그애가 자기 침대에 누워 곤히 자는 동안 나는 약을 사기 위해 모르는 사람의 차에 탔다. 덩치가 나의 두 배는 되는 남자에게 몸으로 덤빈 일이 셀 수 없이 많은데도 나는 늘 무사히 집으로 돌아왔다. 그런데 그애는 그저 자기 집에 가던 중, 현관문 앞 몇 발짝 떨어지지도 않은 곳에서 살해당했다.

그애는 이제 막 진짜 삶을 살기 시작한 참이었다. 우리는 이제야 서로에게로 돌아갈 길을 찾았다. 도저히 이해할 수 없었다.

『스노 화이트와 로즈 레드』에서는 두 소녀가 집 근처 숲속에서 아무리 늦은 시간까지 놀아도 아무런 해를 입지 않는다는 사실이 여러 번 언급된다.

"두 아이에게는 어떤 불행도 닥치지 않았어요. 너무 늦게까지 숲에서 놀다가 밤이 오면, 두 아이는 이끼 위에 나란히 누워 아침이 올 때까지 잠을 잤고, 엄마도 그 사실을 알았기에 걱정하지 않았답니다."

이 점을 명확히 해야 했던 이유는—심지어 여러 번 되풀이한다—동화에서는 숲이 대개 위험한 곳을 상징하나 이 이야기는 그 상징을 거스르기 때문이다. 특히 어리고 예쁜 소녀들에게 숲은 위험하다. 『빨간 망토』가 그 고전적인 예로, 이 동화는 소녀들을 잡아먹으려는 굶주린 늑대들이 밖을 서성이고 있으니 조심하라고 경고하는 데 쓰였다.

그러나 여기서 내 관심은 늑대가 아니다. 살인자가 아니다. 이것은 범죄 이야기가 아니다. 사랑 이야기다.

낭만적 사랑에는 한 번에 하나의 사랑만 한다는 기대가 담겨 있다. 그러나 자매애는 다수를, 겹침을, 맞물림을 허용한다. 사랑의 기준이 되는 첫사랑은 그뒤를 따르는 모든 다른 사랑들 곁에서 계속된다.

처음 느낀 자매애가 견본이라면, 이 최초의 형성적 사랑에서 일어난 비극 역시 앞으로의 모든 사랑에 거미줄 같은 파문을 일으키는 걸까?

사비나가 죽은 뒤, 나는 그해 여름 대부분을 위스키병을 든 채 이스트빌리지의 우리집 화재 비상구에 주저앉아 보냈다. 한 번에 몇 시간씩 앉아 있었지만, 늘 해질녘이던 게 기억난다. 친구들이 우리집을 들락거리며 번갈아 내 곁을 지켜주었던 게 기억난다. 룸메이트 리아는 위스키와 담배와 물이 떨어지지 않도록 챙겨주었고, 때로는 뭐라도 좀 먹으라면서 저녁에는 일하러 가기 전 잠깐이라도 내 옆에 앉아 있었다. 헤더는 높은 곳을 무서워하는데도 우리집을 찾아와 다섯 층 아래 거리를 내려다보지 않으려 애쓰며 내 곁에 있어주었다. 헤일리는 업스테이트에 있는 대학에서 이곳까지 운전해 와 옆에서 내 손을 잡아주었다. 칼리는 찾아와서 내 말을 들어주기도 했지만, 내가 말이 없더라도 무슨 말이든 해야 한다는 생각이 들지 않도록 배려해주었다. 리즈도 찾아와서 위험천만하게 창문을 드나들며 얼음을, 술을, 손전등을 가져다주었다. 과거의 나만큼이나 취해 있었던 나는 잠시, 어째서 화재 비상구에 앉아 있는지 잊어버린 채 친구들과 다른 이야기를 나누며 웃기도 했다.

그해 여름, 나는 친구들 모두를 그 어느 때보다도 사랑했다. 친구들의 사랑을, 이런 친구들을 가진 내가 얼마나 운이 좋은지를, 한 사람 한 사람이 내게 얼마나 큰 의미인지를 선명하게 느꼈다. 친구들에게 사랑한다고 말하는 게 한 번도 부끄러운 적이 없었는데도—이 또한 사비나를 사랑하면서 배운, 자의식 없는 사랑이었다—갑작스레 친구를 잃을 수도 있다는 사실을 알게 된 그 여름에 나의 사랑은 다시금 새로이 긴박해졌다. 나는 사랑하는 여자들을 가까이 끌어당겨 꼭 안고, 그들이 안전하다는 것을 확인할 수 있도록 내 시야에 두고 싶었다. 언제나 등을 두드리고, 머리카락을 쓸어주고, 사랑한다고 말할 수 있도록 내 팔이 닿는 거리에 두고 싶었다. 너무 늦기 전에, 자기가 내게 얼마나 특별한 사람인지 그들 모두에게 말해주고 싶었다.

단단한 금속 난간 때문에 다리에 감각이 사라진 채로 불어오는 여름 밤바람을 느끼며 화재 비상구에 앉아 있던 나는 내 오른쪽의 사랑하는 친구가 담배를 한 번 빨아들인 뒤 저 아래

큰길을 내려다보는 모습을, 그리고 왼쪽에 앉은 사랑하는 친구가 메이슨 자jar에 담아 온 위스키를 한 모금 들이켜는 모습을 바라보았다. 그 순간, 사비나가 내 곁에 있을 때 느꼈던 감정을 기억해냈다. 이토록 특별한 사람을 사랑하는 나, 그리고 그 사랑을 돌려받는 나는 정말 운좋은 사람이라고.

베스트 프렌드 포에버

Best Friend
Forever

내 어린 시절은 레몬맛 셔벗, 길가에서 붐박스로 마빈 게이의 음악을 쩌렁쩌렁 트는 남자, 톰킨스스퀘어파크의 스프링클러, 감자 피에로기, 지하철이 움직이는 덜커덩 소리였다. 사촌 사비나와 나는 손을 잡고 광활하고 매혹적인 부시윅 공업지대를 거닐었다. 가족에 둘러싸인, 최고의 친구가 곁에 있는, 수채화를 닮은 도시 풍경. 유치원에 들어가기 전 부모님 손에 이끌려 뉴욕을 떠난 뒤로 내가 수년간 간절히 돌아가고 싶어했던 목가적 나날이었다.

샌프란시스코에서 나와 가장 친했던 친구 두 명은 자매였다. 그중 언니는 나보다 몇 달 일찍 태어났고, 동생은 나보다 한 살 어렸다. 나는 둘째 행세를 하며 함께 보드게임을 했고, 식탁 위에 팔꿈치를 올려선 안 된다는 사실을 배웠다. 내 부모님은 나라 반대편으로 이사를 한 뒤에도 해결되지 않은 갈등 때문에 헤어지려는 중이었다. 두 사람은 헤로인중독에서 벗어나려고 처음에는 함께, 나중에는 각자 노력했다가 실패하기를 거듭했다. 처음에는 함께, 나중에는 각자 한 아파트에서 다른 아파트로 이사했고, 각 집안을 고성이 오가는 싸움으로 가득 채웠다. 그러나 캐서린과 미리암의 집에는 나를 위한 간이침대가 늘 준비되어 있었고, 매일 저녁 똑같은 시간에 저녁식사가 나왔다.

4학년이 되기 전 여름방학, 나는 엄마 손에 이끌려 캘리포니아주 해안을 따라 세 시간 떨어진 곳으로 이사한 뒤 불안할 정도로 조용한 작은 마을에서 엄마의 새 남자친구와 함께 살게 되었다. 우리는 예전에 살던 그 어느 집보다 훨씬 큰 집으로 이사했고, 옆집에는 또래인 여자아이가 있었다. 스파이스걸스가 해체한 날(아직도 텔레비전 뉴스 앵커의 대사가 정확히 기억난다. "양념Spice 칸을 확인하세요, 여러분…… 생강*이 빠졌다고요!") 브리트니와 나는 둘 다 서로에게 이 끔찍한 소식을 전하려고 몰래 집을 빠져나와 무성한 유칼립투스나무 아래서 만나 믿기지 않는 소식에 눈을 휘둥그레 뜬 채 숨을 헐떡이며 서로의 팔을 붙들었다.

---

*   스파이스걸스의 리더이자 진저ginger 스파이스라는 별칭을 가진 제리 할리웰이
     1998년 그룹을 탈퇴하고, 이어 그룹이 일시적 해체를 겪었던 일을 가리킨다.

그 큰 집에서 2년을 보낸 뒤 엄마는 남자친구와 헤어졌고, 우리는 다시 나라 반대편, 버펄로주로 떠났다. 아파트 아래층 새로운 이웃의 집에서는 냉동 스테이크와 '쿨' 담배 냄새가 풍겼는데, 셜리의 방에 들어가면 우리는 그애 엄마가 내는 음식냄새와 담배 냄새가 사라질 때까지 수박향 보디 스프레이를 듬뿍 뿌렸다. 교육용 영상을 보는 것처럼 〈25살의 키스〉〈내가 널 사랑할 수 없는 10가지 이유〉〈클루리스〉를 보았다. 우리는 생각 없이 눈썹을 뽑고, 오이향이 나는 차가운 젤을 얼굴에 바르면서 사춘기의 이 끈적끈적한 애벌레 상태에서 빠져나와 변신할 수 있기를 간절히 바랐다.

그러나 셜리와 내가 함께 십대의 날개를 펼치기도 전에 우리는 캘리포니아주로, 엄마의 전 남자친구에게로 돌아가게 되었다. 이번에는 고작 1년 만이었다. 우리가 이사하기로 한, 한때 육군 기지였다가 교외 주거지로 변신한 동네에서 차로 몇 시간 거리에 아빠가 살고 있어서 적어도 아빠를 더 자주 만날 수는 있을 줄 알았다.

하지만 이삿짐 싸기를 마쳤을 무렵, 아빠는 잠을 자다 돌아가셨다. 다시 만난 기념으로 계획했던 캠핑 여행—삼나무숲, 모닥불, 스모어, 아빠가 꼭 생명을 불어넣는 것처럼 주머니칼로 순식간에 깎아 만들던 조그만 목각인형이 있는—대신 장례식을 치렀다.

슬픔으로 무감각해진 채 새로운 방을 꾸미고 나니, 또다시 베스트 프렌드를 만들 에너지가 남아 있지 않았다. 이번에는 혼자 지내기로 마음먹었다. 검은 옷을 입고, 부루퉁한 눈빛을 연습했다. 전학한 학교의 새 교실을 훑으며 전처럼 장난기로 눈이 반짝반짝 빛나는 똑똑한 소녀들을 찾는 일도 그만두었다.

그러나 새 학교에는 검은 옷을 입고 다니는 아이가 나 말고 또 있었고, 내 계획이 무색하게도 곧 에밀리와 나는 그애 집 마당에 있는 나무 위 높은 곳에 올라가서는 세상으로부터 몸을 숨긴 채 기나긴 오후를 함께 보냈다. 우리는 쪽지에 "괴짜들에게" 보내는 편지를 쓰고 "앨리스와 도러시가"라고 서명한 뒤 풍선에 묶어 띄웠고, 너무나 파래서 쳐다보기만 해도 눈이 시린 캘리포니아주 하늘에 높이, 높이, 높이 두둥실 떠가는 모습을 지켜보았다.

엄마가 다음번 이사를 알렸을 때, 그 이사는 지금까지의 그 어떤 이사와도 달랐다. 이제 우리는 마침내 집에 돌아가게 됐다. 뜨거운 아스팔트와 부산한 거리가, 맛있는 피자가, 언제나 할 일이, 갈 곳이, 볼거리가 있는 곳으로의 귀환이었다.

다시 뉴욕에 도착하자마자 한참 수영장 물속에 처박혀 있다가 마침내 수면을 박차고 나온 것처럼, 생생하게, 숨 막힐 정도로 살아 있는 기분이 들었다. 가만히 앉아 있을 수도, 학교 수업에 집중할 수도 없을 정도였다. 새로 사귄 친구인 레이오나와 라켈과 함께 수업을 빼먹었고, 공원 잔디밭에 누워 자유로움에 전율하며 각자의 담배를 말았다.

　내 어린 시절 기억 속 바로 그 공원인 톰킨스스퀘어파크는 숙제를 하기보다는 몰트 리큐어*를 마시고 펑크 공연에 가려는 아이들이 모이는 곳이었다. 오래지 않아 내게는 한 명이 아니라 한 무리의 새로운 베스트 프렌드가 생겼다.

　우리는 서로 팔짱을 낀 채 라몬즈의 노래를 목청껏 부르고 컴뱃 부츠를 신은 발을 쿵쿵거리며 애비뉴 A를 걸었다. 담배를 피우고, 침을 뱉고, 귀엽고 예쁜 짓 빼고 뭐든지 했다. 밤늦은 시간에는 주차된 차들 사이에 숨어 오줌을 눴다. 한소리 할 배짱이 있으면 해보라는 태도로, 술병을 숨기지도 않고 꿀꺽꿀꺽 들이켰다. 공원 폐장 시간이 되면 잠시 떠났다가 십오 분 기다린 뒤 울타리를 뛰어넘어 아까 있던 자리로 되돌아갔다. 나쁜 남자친구나 낯선 괴짜들이 나타나면 들개처럼 위협적으로 짖어 쫓아냈다.

　또한 서로를 무릎 위에 앉히고 엄마와 딸들이 하듯 서로의 눈물을 닦아주었다. 피자값이며 술값이라며 똑같은 5달러를 주거니 받거니 했다. 담배 한 갑을 나눠 피웠다. 술이나 약에 너무 취한 친구가 있으면 후드티셔츠를 둥글게 말아 베개처럼 받쳐준 다음 그애가 다시 몸을 일으킬 때까지 옆에 앉아 단단히 지켜줬다. 서로 책을 돌려 읽었고―실비아 플라스, 라이너

---

*　주로 미국에서 유통되는 맥아 함량이 높은 맥주로, 일반 맥주에 비해 알코올 도수가 높다.

마리아 릴케, 밸러리 솔라나스, 오드리 로드—서로에게 소설, 편지, 시를 써주었고 새벽 세시에 노래를 지었다. 서로의 초상화를 그려주고, 타로카드 점을 봐주고, 안전핀으로 귀와 얼굴에 피어싱 구멍을 뚫어주었다.

우리는 으르렁거렸고, 발끈했고, 몸을 부풀렸고, 이를 드러냈지만 그건 어느 누구도 갖지 못한, 우리가 서로를 위해 만든 부드러움을 지키기 위해서였다.

엄마가 우리가 가서 살 만한 또다른 지역들을 주워섬기기 시작하자—다시 캘리포니아주로, 어쩌면 몬태나주로, 아니면 캐나다로—나는 엄마에게 원하면 가라고, 하지만 나는 아무데로도 가지 않겠다고 했다.

프리즌 브레이크

Prison
Break

우리는 포트어소러티 터미널에서 시드니를 만나려고 밤을 꼬박 지새웠다. 그애가 멀리 보내진 뒤로 아무런 소식도 듣지 못했다. 심지어 어디로 갔는지조차 정확히 몰랐지만, 아이들한테 칫솔로 계단을 청소하라고 시킨다거나 그보다 더 심한 벌을 주는 곳이라는 소문이 돌았다. 휴대전화를 쓸 수 없는 곳인 것도 분명했다. 쓸 수 있다면 분명 우리에게 연락했을 테니까. 그러다가, 건너 건너 전해들은 것이라 100퍼센트 믿을 만한 이야기는 아니지만 그애가 탈옥을 시도했다고 들었다. 그래서 나와 헤더, 레이오나는 한밤중에 마문스에서 팔라펠을 먹으며 시간을 죽이다가, 동이 트자마자 그애가 타고 올 버스를 맞이하려 웨스트빌리지에서 미드타운을 향해 느릿느릿 걸었다.

그애가 버스에 타고 있을지조차 확실하지 않았다. 붙잡혔을지도 모르고, 마음이 바뀌었을지도 모르고, 소식이 잘못 전해졌을 뿐 애초에 그애는 오지 않는 것일지도 몰랐다. 그래도 혹시 모르는 일이니 우리는 그애를 기다려야 했다.

삐걱삐걱 소리가 나는 에스컬레이터에서 내린 우리는 사람들이 졸음에 취한 채 슈트 케이스를 끌고 지하의 형광등 불빛 아래에서 이리저리 돌아다니다가 걸음을 멈추고 출발과 도착 알림판을 본 뒤 다시금 발을 질질 끌며 가야 할 곳으로 향하는 모습을 훑었다. 아직 밤이라고 해도 이상하지 않은 이른 오전이었지만, 포트어소러티에는 시간이 부재했다. 이곳에 존재하는 건 낮은 천장, 지하 주차장으로 연결되는 번호 붙은 문들이 다였다.

그때, 시드니가 보였다. 짧게 자른 빨간 머리는 100미터쯤 떨어진 곳에서도 눈에 띄었다. 2년 전, 고등학교 오리엔테이션에서 처음 시드니를 만났던 때가 떠올랐다. 그때는 더 짧은 크루컷에 닥터마틴을 신고, 치마 대신 빨간색 튤 속치마를 입고 있었다. 나는 물 빠진 보라색 머리를 하고 버즈콕스* 로고가 그려진 티셔츠를 입고 있었다. 강당 반대편에서 서로 눈이 마주친 우리는 '그래, 우린 친구가 될 거야'라는 뜻으로 서로를 향해 턱을 살짝 치켜올려 보였었다.

"저기 있다!" 나는 레이오나와 헤더를 향해 들릴락 말락 한 혼

---

*   Buzzcocks. 1970년대 결성된 영국의 펑크록 밴드.

잣말로 말했다. 눈길을 끌고 싶지는 않았기에 고함을 지르거나 달려가는 대신 빠른 걸음으로 시드니를 향해 걸어가는 내 내 그애가 우리 쪽을 돌아보고 태연한 척 연기하기를 간절히 빌었다.

그러나 시드니와 눈이 마주치기도 전에 주변 시야에 두 개의 검고 흐릿한 형체가 나타나더니, 양쪽에서 빠르게 다가와 눈앞에서 합쳐지며 단단한 검은 벽을 이루었다. 눈을 깜빡이고 나서야 그게 벽이 아니라는 걸 알았다. 꿈쩍도 하지 않을 기세로 내 앞을 가로막은 건 키가 훤칠한 경찰관 두 명이었다. 움직임이 얼마나 민첩했던지 나는 하마터면 폴리에스터 조끼를 입은 그들의 가슴팍으로 직진할 뻔했다. 놀라고 두려운 나머지 내 얼굴은 굳어버렸지만 곧 그들이 나를 가로막은 이유를 전혀 모르겠다는 듯 태연한 표정을 지어야 한다는 데 생각이 미쳤다.

터미널 안 작은 경찰서에 들어간 나는 통통한 양 검지로 보고서를 타이핑하는 무뚝뚝한 경찰관에게 친구의 얼굴만이라도 볼 수는 없느냐고 물었다. "너무 오랫동안 못 봤는걸요."

경찰관은 눈길도 주지 않고 안 된다는 뜻으로 고개를 가로저었다.

목이 메어왔지만 그래도 경찰 앞에서 울면 안 된다는 내 원칙에 따라 눈물을 참았다. 딱딱한 플라스틱 의자에 앉아 무엇이라도 메시지를 전할 만한 것을 찾아 가방 속을 뒤졌다. 하필 펜도 종이도 없었다. 나는 아파트 열쇠가 달린 열쇠고리를 비틀어 〈크리스마스의 악몽〉에 등장하는 샐리 인형을 빼낸 뒤 아까보다 더 사근사근한 목소리로 다시 한번 물었다. "이걸 전해주실 수 있나요?"

"그냥 열쇠고리잖아요." 무기라든지 약이라든지 그런 불법적인 물건이 아니라는 의미로 열쇠고리를 꺼내들고는 어린애 같은 목소리로 애원했다.

경찰의 표정이 아주 조금, 아주 잠깐 풀어졌다. 이 미친 아이들을 향한 연민의 감정도 살짝 스쳤다. 그가 손을 내밀자 나는 조그만 인형을 그의 손바닥에 올려놓고는, 여전히 한마디도 하지 않고 어떠한 동의의 표현도 하지 않은 경찰에게 "고맙습니다, 고맙습니다"를 반복했다. 내가 아는 한, 그는 아마 열쇠고리 인형을 쓰레기통에 버릴 것이다.

그곳으로 강제로 돌아가게 된 시드니에게 이 열쇠고리는 그리 큰 위로가 되진 못할 것이고, 어차피 그곳에서 빼앗길 걸 나는 알았다. 그러나 우리가 조그만 방안으로 따로따로 끌려가기 전에 그애가 우리를 봤는지 못 봤는지 알 수 없었기에, 우리가 그곳에 있었다는 사실을 알려야 한다고 생각했다. 지금 당장 탈출해야 한다는 십대 소녀들의 말을 도통 믿어주지 않는 세계에서, 우리—그리고 다른 십대 소녀들—는 그 말을 믿었다는 사실을 그애가 알아야 한다고 생각했다. 자세한 건 아무것도 모르고 직접 대화를 나눈 것도 아니지만 우리는 그애가 더는 버틸 수 없어한다는 이야기를 들었고, 그애를 도와주려고 찾아갔다는 사실을.

공범

영화 〈천상의 피조물〉은 시작부터 그 사랑 이야기가 파국으로 끝날 거라는 걸 분명히 알 수 있다. 처음 몇 번 볼 때는 알 수 없었지만, 알고 보니 오프닝 장면부터 예견되어 있던 거였다. 흔들리는 핸드헬드 기법으로 찍은, 발목 양말을 신고 피가 잔뜩 튄 두 쌍의 다리가 숲길을 달려가는 장면. 공황 상태로 내지르는 비명. 그러다 마침내 숲에서 나와 거리로 비틀거리며 나온 두 소녀의 얼굴이 보이는데, 그 얼굴은 피로 얼룩져 있다.

"엄마가…… 엄마가 심하게 다쳤어요!" 무슨 소동인가 싶어 집밖으로 나와본 한 여성에게 두 소녀 중 하나가 외친다.

"제발 도와주세요!" 다른 한 소녀도 숨을 헐떡이며 외친다.

그때부터 이야기는 본격적으로 시작된다. 영화는 플래시백 기법으로 폴린과 줄리엣이 처음 만난 크라이스트처치 여학교를 보여준다. 우리는 두 소녀가 떼려야 뗄 수 없는 단짝이 되는 과정을 지켜본다. 서로에게 홀딱 반한 나머지, 그 사랑 때문에 현실을 잊어버리고 오프닝 장면에 등장하는 폭력으로 나아가는 과정을.

처음 〈천상의 피조물〉을 보았을 때 나는 폴린과 줄리엣보다 몇 살 어린 중학생이었다. 엄마와 내가 엄마의 남자친구와 함께 살려고 캘리포니아주 교외로 이사한 직후였다. 나는 엄마의 남자친구를 새로 전학한 학교에서 홀리스터 옷을 입고 패거리로 몰려다니는 아이들만큼이나 미워했다. (멜러니 린스키와 케이트 윈즐릿이 연기한) 두 아웃사이더가 이루는 유대감이야말로 십대의 내가 고대하는 전부였다. 둘의 사랑 이야기가 폭력적으로 끝난다고 해서 동경심이 사라지는 건 아니었다. 오히려 그 덕분에 둘의 관계는 더욱 신화적으로 보였다. 가장 낭만적인 사랑 이야기는 비극이라는 걸 누구나 안다.

1994년 개봉한 피터 잭슨의 이 영화는 폴린 리퍼와 줄리엣 흄이라는 1950년대 뉴질랜드의 두 소녀의 실화에 바탕을 둔다. 폴린은 노동계급 출신 소녀로, 지저분하고 부루퉁한 모습으로 그려진다. 전학생 줄리엣은 부유하고, 자신만만하고, 전학 오자마자 깐깐한 프랑스어 교사의 문법을 바로잡을 정도로 되바라졌다. 수업에 집중하지 않고 스케치북에 그림을 그리던 폴린은 그 모습에 벌써부터 홀딱 반해 혼자 미소 짓는다. 나도 그랬다. 중학교 생활 안내서에서 복장 규정의 허점을 찾아 불분명한 표현을 형광펜으로 표시하며 똑똑한 체해야 직성이 풀리는 성격에, 웬만한 동급생들보다 돈이 없어 외톨이던 나는 두 소녀 모두에게서 내 모습을 보았다. 두 소녀가 서로를 찾아내는 모습에 가슴이 아팠다.

충격적인 오프닝 장면은 결말에 거의 다다라서야 설명되지만, 그것이야말로 40년이 지나서도 둘의 사랑을 다룬 영화가 만들어질 만큼 악명을 떨치며 두 사람의 실제 삶이 불멸하게 된 이유다. 줄리엣의 부모가 딸을 남아프리카의 친척 집으로 보내기로 하자, 줄리엣과 폴린은 함께 가기로 마음먹는다. 문제는 단 하나였다. 폴린의 어머니는 딸을 보내지 않으려 했다. 둘을 함께하지 못하게 가로막는 유일한 문제가 어머니의 존재라고 확신한 두 소녀는 빅토리아파크에서 폴린의 어머니 오노라를 스타킹으로 감싼 벽돌로 때려 살해한다. 역전된 버전의 『로미오와 줄리엣』인 셈이다.

나는 또 한번의 이사를 겪은 뒤 뉴욕에서 고등학교 생활을 시작했지만, 여전히 아웃사이더라고 느꼈고 아직도 내 존재의 맥락을 만들어줄 베스트 프렌드를, 너무나 사랑해서 그 사랑으로 내게 의미를 선사해줄 상대를 찾고 있었다. 새 학교에서는 곧장 친구들이 생겼다. 시드니와는 만나자마자 죽이 맞았다. 시드니는 삐죽삐죽하게 솟은 짧은 머리에 아이라이너는 늘 번져 있었고, 가장 쿨한 밴드나 책에 대해 백과사전급으로 잘 알고 있었다. 사랑스럽고 긁는 듯한 웃음소리를 가진, 이스라엘 출신 사탄 숭배자이자 매일 똑같은 핀스트라이프 플리츠

미니스커트를 입는 라켈. 또 잘 웃고 다정해 보이지만 새파란 눈동자 속에는 짓궂은 불꽃이 튀는, 로라 던과 살바도르 달리의 교차점 같던 레이오나. 우리는 운동장 한구석을 차지한 채 담배를 피우거나 폴란드스프링 생수병에 가득 담은 보드카를 나누어 마셨으며, 주말에는 ABC 노 리오, CBGB, 알린스그로서리* 같은 곳에 공연을 보러 갔고, 오후에는 내내 톰킨스스퀘어파크 잔디밭에 누워 있곤 했다.

그러나 내 안의 폴린이 찾던 줄리엣을 만나게 된 건 1학년 중반에 고등학교를 자퇴한 뒤였다. 내가 떠난 고등학교의 울타리 쳐진 운동장은 휴스턴스트리트 맨 끝, FDR 강변도로 바로 건너편이었다. 도로 너머에는 강이 있었다. 오후의 햇살이 운동장 저쪽 모서리를 한층 더 강렬하게 비추고 있어서, 마치 섬 가장자리가 땅에서 아주 조금 솟아오른 것처럼 보였다. 나는 이 불가사의한 햇살이 쏟아지는 구석에서 인도 위에 가부좌를 틀고 앉아 철조망에 등을 기대고 강 건너 브루클린을 바라보며 학교에 있는 친구들과 함께 공원에 가려고 수업이 끝날 때까지 기다렸다. 내 이런 버릇에 한때 내 천적이던 생활지도 선생은 격분했지만, 선생이 여기 있으면 안 된다고 할 때마다 미소 띤 얼굴로 어깨를 으쓱하며 나는 뉴욕시 소유의 토지에 앉아 있을 뿐이라고 대꾸했다.

학기말, 공기에서 어느덧 여름 기운이 느껴지던 어느 날 그

---

*　뉴욕의 유명한 언더그라운드 공연장들.

구석 자리에 도착했을 때 시드니가 내가 모르는 동네 친구 둘과 앉아 있었다. 나는 그들이 있는 곳으로 가 주저앉아서는 가방에서 럭키스트라이크 한 갑을 꺼내며 나를 소개했다. 내 몫으로 한 개비를 꺼내고, 열린 담뱃갑을 내밀며 다른 아이들에게도 권했다. 시드니의 두 친구 중 한 명인 헤일리는 담배를 끊은 지 얼마 안 되었다며 사양했다.

"나도." 나는 강바람에 라이터 불꽃이 꺼지지 않게 손을 오므려 담배를 감싸면서 말했다. 헤일리는 크고 날카로운 웃음을 내뱉더니 "그래, 알았어. 나도 한 대 줘" 하면서 앙상한 긴 손가락을 담뱃갑을 향해 뻗었다. 타는 태양이 그애의 짙은 갈색 머리에 붉은빛을 더하고 있었다.

지나가듯 잡담을 나누고 같이 담배를 피운 게 전부인 사소한 상호작용이었다. 하지만 헤일리에게 내가 내 이름을 제외하고 처음 한 말이 "나도"였다는 사실이, 이제 와 생각하면 놀랍다. 그 말은 우리가 그후로 우정을 나누는 내내 우리 둘의 온갖 공통점에 반가워하고, 나아가 우리의 성격과 취향을 더욱더 닮게 빚어나가는 동안 우리 사이를 수없이 오가며 메아리쳤던 말이기 때문이다.

처음 만났을 무렵 체육 시간에 단둘이서만 수업에 참여하지 않고 한쪽에 앉아 있던 폴린과 줄리엣은 트라우마를 남긴 각자의 병력—폴린은 골수염, 줄리엣은 결핵으로 어릴 때 입원한 적이 있었다—을 나누며 가까워진다. 줄리엣은 폴린의 정강이 앞부분에 남은 흉터를 보여달라고 한 뒤 "정말 인상적이다"라며 감탄하고는 그 흉터를 만지게 해달라고 한다. 폴린이 평소 숨겨왔던 부분에 가까워지려는 열의를 보인 것이다. 헤일리와 내가 공통의 친구들이라는 더 큰 관계망에서 갈라져나와 둘이서 시간을 보내기 시작할 때 바로 그런 느낌이었다. 건물 계단에 앉아 줄담배를 피워대는 동안 나는 아직 아빠가 돌아가신 3년 전의 충격이 가시지 않았다고, 엄마와 나는 묵은 원한에 사무친 앙숙처럼 싸워댄다고, 밤늦게까지 잠들지 못할 때면 온몸이 불안으로 떨린다고 말했다. 그리고 헤일리는 내 이야기가 아니기에 이 글에서는 밝힐 수 없는 자기 삶에 관해 이야기했다. 마치 서로에게 각자의 상처를 보여주는 것처럼.

"기운 내." 줄리엣은 폴린에게 말한다. "멋진 사람들은 다들 가슴과 뼈에 병이 있잖아. 끝내주게 낭만적인 일이라고."

자신이 남들과 다르다고, 틀렸다고 믿게 만드는 어떤 일이 인상적인 것이고, 또 낭만적인 것은 물론 다른 사람을 이어줄 수도 있다는 생각에는 중독성이 있다. 도저히 저항할 수 없을 정도로. 내가 나라는 이유로 완전한 관심과 사랑을 받는 것처럼 수용되고 용서받는 기분이다. 내가 고향에서 멀리 떨어진 캘리포니아주에 발 묶인 채 너무나 외로워하던 시절에 꿈꿨던, 실제보다 위대한 영화 같은 사랑을 찾은 기분이다. 헤일리와 나는 자신에게서 보고 싶었던 모든 것을 서로에게 비춰 보면서, 상대방이 얼마나 멋지고 똑똑하고 또 재미있는지를 속사포처럼 털어놓았다. 그러면서 그 과정에서 자기 자신도 그렇다고 믿기 시작했다.

우리는 똑같이 아이라인 끝을 길게 빼서 그렸고, 피어싱도 똑같이 하고 싶어서 헤일리는 코에, 나는 혀에 하나씩 구멍을 더 뚫었다. 내 혀가 아물자 우리는 혀 피어싱 링을 여러 개 공유했고, 우리가 친하다는 걸 과장되게 드러내려고 정기적으로 서로 바꾸어 꼈다. 때로는 각자의 피어싱 바벨을 반쪽씩 나눠 믹스매치하기도 했다. 말랑말랑한 살덩어리에 꽂혀 있고 침이 듬뿍 묻어 있다는 점만 빼면 반쪽짜리 하트가 달린 목걸이를 나누어 거는 것과 마찬가지였다. 혀를 내밀어 서로 대고 쇠끼리 부딪치는 소리를 내는 축축한 하이파이브가 우리의 인사법이었다.

헤일리는 나보다 7센티미터 정도 키가 컸고 금발인 나와는 달리 갈색 머리였는데도 사람들은 우리 둘을 혼동했다. 긴 곱슬머리 끝이 뻣뻣해질 정도로 헤어젤을 치덕치덕 바르고 직접 만든 미니스커트와 줄무늬 타이츠를 입고 닥터마틴을 신은 차림새도 똑같았고, 새빨간 립스틱 색조나 손가락마다 낀 은반지도 똑같았다. 우리는 뒤엉켜서 자라는 두 그루 나무처럼 서로를 둘러싸고 자신을 창조했기에, 곧 하나가 끝나고 다른 하나가 시작하는 지점이 어디인지 알 수 없어져버렸다.

폴린과 줄리엣은 여학교에서의 지루한 나날에서 탈출하기 위해 점점 더 정교하게 환상의 세계를 창조한다. "제4의 세계"라 불리는 겹겹의 풍성한 신화로 이루어진 이 세계에는 성인聖人

들(두 소녀가 좋아하는 배우와 오페라 가수에 착안해 만들었다),
보로브니아라는 상상 속 나라의 왕족, 그리고 보로브니아에서
살아가는 두 소녀의 또다른 자아가 존재한다. 영화 〈천상의 피
조물〉은 보로브니아의 모습을 클레이메이션으로 표현해 단순
한 흉내내기를 훌쩍 뛰어넘는 수준까지 고양시킨다. 영화는
마치 그 소녀들에게는 이 세계가 진짜였다고 말하는 것 같다.
두 소녀의 우정이 이 마법을 이루어냈고, 불만을 품은 모든 청
소년이 궁극적으로 바라는 꿈, 즉 현실에서 빠져나와 그들 자
신의 상상을 확장하고 초월하는 새로운 세계로 들어가는 꿈을
실현했다.

　우리의 보로브니아는 코카인이었다.

　폴린과 줄리엣의 상상 속 왕국과 마찬가지로 우리는 그저
일상적으로 코카인을 했다. 다운타운의 친구들이 각종 약물
을 아무렇지 않게 하는 것처럼 말이다. 그러나 서서히—처음
에는 우리가 알아차리지도 못할 정도로 서서히—코카인은 자
체적인 생명력을 가지면서, 마침내 우리가 코카인에 취한 상
태에서 함께 경험하는 세계는 우리가 팔짱을 끼고 빠져나오곤
하던 시시하고 멀쩡한 세상보다 더 진짜 같고, 더 찬란한 생명
력과 색채가 가득한 세계가 되었다.

　곧 우리는 거의 매일 끝없이 코를 훔치면서 홍채가 보이지
않을 정도로 동공이 확장된 채 이스트빌리지를 빠른 걸음으로
돌아다니기 시작했다. 혼잡한 도시의 거리 한가운데를 걸을
때면 지나가는 사람들이 양옆으로 갈라져 길을 내주었다. 밥

딜런의 〈라이크 어 롤링 스톤〉, L7의 〈싯리스트〉〈몬스터〉를 쩌렁쩌렁 부르면서, "나의 공범, 광기에 휩싸인 나의 쌍둥이"라는 가사에 다다르면 서로를 다정한 눈으로 바라보았다. 걷는 동안에는 주로 대화를 나누었다. 각자의 삶에 담긴 온갖 세세한 사건들을 머리에 떠오르는 대로 속사포처럼 내뱉으면서.

코카인의 나날을 생각하면 마치 동네를 서성이는 우리 모습을 다중노출 사진으로 찍은 듯한 풍경이 떠오른다. 똑같이 가죽 재킷을 입고 검정 아이라이너를 두껍게 그리고 반지를 잔뜩 낀 손을 기운차게 휘두르면서, 퍼스트애비뉴, 세컨드애비뉴, 나인스스트리트를 돌아다니는 유령 같은 우리의 복제된 이미지 수백 개가 모든 거리를 동시에 걷는 모습이다. 이웃들은 우리 주변을 빠르게 오가는데 우리만 멈춰 있는 것 같았던 그 순간의 움직임을 기억한다. 담배를 피울 때가 되어 적당한 건물 계단을 찾아야 할 때의 긴박함(멈춰서 건물 계단에 앉아 담배를 피우는 건, 우리가 늘 정확히 똑같은 방식으로 했던 많고 많은 일 중 하나일 뿐이었다). 그러다가 우리는 결국 거리마다 제일 괜찮은 계단이 어디인지 알게 되었다. 계단이 하나 이상 있고, 충분히 높은 곳에 앉을 만한 자리가 있어야 했다. 거리에서 살짝 벗어날 만큼 안쪽으로 들어가 있으면서도, 전날 밤 누군가 오줌을 싸지르기 좋을 정도로 외진 곳은 안 되었다.

우리의 모습이 지금도 눈에 선하다. 검은 옷을 입고 들개처럼 마른 두 창백한 소녀. 마음에 드는 계단으로 다가갈 때는 둘 다 본능적으로 걸음을 늦추었다. 담배 피울 때가 되었다고 동의할 때는 한쪽 눈썹을 올리거나 턱을 내미는 식으로 주고받는 이야기의 급류를 잠시도 끊지 않고 동시에 또다른 대화를 이어갔다. 직접 만든, 엄청나게 짧은 검은색 미니스커트의 뒷부분을 펴면서 서로를 마주보며 콘크리트 계단 끄트머리에 걸터앉았고, 무릎이 서로 닿거나 닿을락 말락 할 정도로 붙어앉은 채 끊어지기 직전의 전화를 붙들고 있는 양 우리는 말하고 말하고, 또 말했다. 가죽 재킷 주머니에서 럭키스트라이크 담뱃갑을 꺼내 손바닥 볼록한 곳에 탁, 탁, 탁 세 번 두드린 다음 한 개비를 꺼내 입술에 물고는 초초하게 턱의 움직임을 고정하고 고개를 흔들어 커튼처럼 얼굴에 드리워진 곱슬머리를 걷어냈다. 담배에 불을 붙이려고 입과 손의 움직임을 통제하는 데 집중하느라 생긴 몇 초간의 드문 침묵 뒤에 우리는 똑같은 검은색 빅BIC 라이터를 브라 안에 집어넣었다. 우리의 앙상한 무릎이 위아래 위아래로 움직이던 모습, 담배를 빨아들이지 않는 모든 순간에 손가락으로 탁, 탁, 탁 담뱃재를 털던 모습이 눈에 선하다. 우리는 그 동작을 동시에, 완벽하게 해냈다. 필터만 남을 때까지 담배를 피운 다음 평행하는 두 개의 호를 그리며 길바닥에 꽁초를 집어던지고는, 우리는 몸을 일으켜 다시 목적지 없는 산책을 서둘러 이어갔다.

컴뱃 부츠를 신은 네 개의 발이 달린 하나의 생물처럼 척척 발맞춰 걷던 아찔한 속도가 기억난다. 뭔가에 몰두할 때면 헤일리의 목소리가 높아지던 것이, 내가 놀리면 그애가 내 어깨를 탁 때리던 게 기억난다. 생각나는 대로 한 기억에서 다른 기억으로 옮겨가며, 중간중간 "나 박물관 이야기 잊지 말고 하라고 해줘"나 "스쿨버스"같이, 다음번 이야기할 기억에 힌트를 줄 키워드나 구절을 끼워넣던 것이 기억난다.

그 모든 것이 다 기억난다. 그때 우리가 나누었던 이야기만 빼고.

이런 산책에 대한 내 시각적 기억이 다중노출 사진이라면, 청각적 기억은 천 개의 대화가 한 번에 2배속으로 들려오는 소리다. 서로에게 동시에 너무 많은 말을 해서, 알아들을 수 있는 말이 하나도 없다. 머릿속에 거의 똑같은 기억이 너무 많은 나머지 한 가지 기억을 가려낼 수가 없다. 그러나 그 목소리의 높이, 속도, 긴박감, 숨넘어갈 것 같던 흥분은 기억난다. 그애한테 나를 쏟아내고 그애가 나한테 자기를 쏟아내며 (비록 정신없이 빠르기는 해도) 무척이나 조심스럽게 서로를 알아갈 때 어떤 기분이었는지 기억한다. 마치 우리가 만나기 전 서로가 했던 모든 경험 하나하나를 따라잡아 처음부터 그 모든 경험을 함께했다는 감각에 최대한 가까워지려고 애쓰는 것 같았다. 그애 삶의 새로운 사실 하나를 알 때마다 나는 나만큼이나 그애를 더 잘 알게 되었다. 그건 우리가 서로의 피부 속으로 들어가 상대의 기억을 내 기억처럼 재생하며 우리 사이에 있는 경계를 지워버리는 일이었다. 마치 우리가 함께라면 두 개의 분리된 개체로 태어났다는 이유만으로 줄곧 그렇게 살아갈 수밖에 없는 이러한 존재의 차원을 뛰어넘을 수 있을 것만 같았다.

어느 사진작가가 공원에 있는 우리 모습을 포착해 『퍼플』 매거진에 양면 기사로 실었다. 그 호가 발간되었을 때, 헤일리의 엄마가 그물 스타킹에 버건디색 브라를 똑같이 맞춰 입고 팔다리를 뒤얽어 서로를 감싼 채 얼굴을 맞대고 있는 우리 사진을 보고 화를 냈고, 우리는 그 이유를 알 수 없었다. 우리는 그 포즈가 선정적이라고 생각하지 않았다. 그저 평소대로 가깝게, 서로를 감싸고, 서로를 지탱하고 있었을 뿐이었다.

서로를 자신의 확장으로 바라보는 일에는 신체적 친밀성이 내재한다. 그건 우리 사이의 경계가 얼마나 얇은지를 보여주는 확실한 방식이다. 우리는 손잡고 길을 걸었고, 때로 서로의 집에서 꼭 끌어안고 자기도 했고, 공연을 보다가, 특히 엑스터시를 복용했을 땐 서로를 애무하기도 했다. 헤일리와 섹스하고 싶었던 적은 없지만—거기까지 가기에 우리 사랑은 너무 자매애에 가까웠다—최대한 가까워지고 싶었기에 그애와 키스하는 건 좋았다. 그건 마치 서로를 삼키고, 또 서로에게 삼켜지며, 침과 숨결을 나누고 싶은 것에 가까웠…… 이렇게 쓰자니 역시 섹스를 묘사하는 것 같지 않나? 하지만 아니다. 나도 어떤 여자들에게 매력을 느껴 키스한 적이 있었다. 그러나 헤일리와의 키스는 그런 게 아니었다.

〈천상의 피조물〉과 이 영화에 영감을 준 실제 사건에 대한 논의는 대부분 두 소녀가 레즈비언이었는가에 초점을 둔다. 기자, 전기 작가, 다큐멘터리 작가들은 집착적 우정과 성애적 관계 사이에 뚜렷한 선이 있다고 주장한다. 마치 그 선을 정의 하면 이야기 전체가 바뀌기라도 하는 것처럼. 영화 속 줄리엣 과 폴린은 신체적으로 친밀하며 성적일 수도 있는 관계로 그 려진다. 둘은 부둥켜안고 잠들고, 입술에 키스하고, 함께 목욕 한다. 한 장면에서 두 소녀가 상의를 벗은 채 침대에 누워 있 는 모습과 함께 폴린의 실제 일기장에서 따온 내레이션이 펼 쳐진다. "이제 우리는 더없는 행복이라는 평화를, 죄라는 기쁨 을 배웠다." 앤 페리라는 필명으로 유명 범죄 소설가가 된 실 제 사건 속 줄리엣은 〈천상의 피조물〉 개봉 직후 뉴욕타임스 인터뷰를 통해 폴린과의 관계에는 성적인 측면이 전혀 없었다 고 일축했으며, 그런 추측이 "역겨울 정도로 모욕적"이며 자신 은 영화를 보지 않겠다고 했다.

어쩌면 피터 잭슨은 더 매혹적인 영화를 만들고자 두 소녀 의 어떤 순간들을 지어냈거나 과장했는지도 모른다. 아니면 실제 폴린과 줄리엣은 키스하고 포옹하기는 했지만 그 행위 는 성적인 것이 아니라 너무 크고 너무 강렬해 신체 접촉 없이 는 그것을 담아내거나 표현할 수 없을 정도로 깊은 사랑을 표 현하는 한 방법일 뿐이었을지도 모른다. 아니면 우정에 성적 인 요소가 들어간다고 해서 그 요소가 자동으로 관계의 성격 자체가 되는 건·아닌지도 모른다. 어쨌건 간에, 헤일리를 향한 사랑이 최고조에 이르렀던 시기 〈천상의 피조물〉을 다시 보았 을 때 내가 가장 주목한 것은 두 소녀의 친밀성이었다. 이번에 는 폴린과 줄리엣이 맺는 관계 속 요소들이 그저 내가 동경하는 것들이 아니라 내가 잘 아는 것으로 보였다.

여기서 명확하게 할 점. 헤일리와 나는 살인한 적이 없다. 하지만 누가 우리를 떼어놓으려 한 적도 없었다.

〈천상의 피조물〉이 결말로 치닫는 시점에 배의 갑판 위 두 소녀를 흑백의 슬로모션으로 찍은 장면이 등장한다. 두 소녀는 웃으며 줄리엣의 부모를 향해 달려가고, 둘 다 줄리엣의 어머니를 "엄마"라고 부른다. 서로의 입술에 다정하게 입맞추고, 간절히 바라던 함께하는 미래를 향해 웃으며 항해한다. 이는 상상의 장면으로, 폴린의 어머니가 소녀들이 원하는 대로 해주었더라면 이들의 "오래오래 행복하게 살았답니다"가 어떤 모습이었을지를 관객들에게 언뜻 보여준다.

그러나 이후로도 이야기는 계속된다. 둘은 한 소녀의 어머니와 함께 먼 곳으로 항해하는 대신, 다른 한 소녀의 어머니와 공원으로 운명적 산책을 떠난다.

결국 헤일리와 나는 코카인을 끊었다. 쉬지 않고 서로의 비밀을 나누던 시기는 그저 1년이 조금 넘었을 뿐인데도 마치 몇 년처럼 느껴진다. 열다섯, 열여섯 살의 한 해는 무척 길다. 한 시대다. 특히 그 안에 빠른 속도로 쏟아낸 10년 치 대화를 욱여넣었다면.

코카인이라는 비눗방울이 터진 후 우리는 예전 친구들과 다시 어울렸다. 그럼에도 우리 둘이 떼려야 뗄 수 없는 사이임

을 분명히 했다. 우리는 결혼한 지 40년 된 부부처럼 누군가
한마디 하면 다른 사람이 다음 한마디를 이으며 이야기했다.
우리는 늘 친구들 모임에 함께 등장했고, 헤일리의 통금 시간
전에 그애를 집에 데려다줄 수 있게 함께 자리를 떴다.

시드니의 열여섯 살 생일 파티는 우리가 아는 어느 남자의
업타운 펜트하우스에서 열렸다. 그 남자의 부모가 집을 하룻
밤 쓸 수 있게 해준 덕분이었다. 헤일리와 나는 늘 하던 대로
함께 옷을 차려입고 화장한 뒤 파티에 갔다. 그날 그곳에는 애
시드*에 취한 사람들이 많았다.

파티가 시작되고 몇 시간 뒤, 나는 레이오나와 다른 여자
친구 두 명과 티끌 하나 없이 깨끗하고 차분하고 조용한 화장
실에 들어가 문을 잠갔다. 우리 모두 엄청나게 취해 있었고,
모두 금발인 우리 넷은 각자 『이상한 나라의 앨리스』속 앨리
스의 4분의 1이고, 지금은 '앨리스의 화장실'이라는 우주의 외
딴 구석에 안전하게 숨어 있는 거라고 결론 내렸다. 바깥에서
는 엄청난 파티가 벌어지고 있었지만, 앨리스의 화장실은 서
늘한 타일과 마음을 편안하게 달래주는 메아리로 이루어진 곳
이었다.

노크 소리가 들릴 때마다 우리는 안에 사람이 있으니 다른
화장실을 쓰라고 했다. 우리는 화장실 바닥에, 욕조 안에, 뚜
껑 닫은 변기 위에 앉아 창밖을 향해 담배를 피우고 서로 머리

* 환각제인 LSD의 다른 이름.

를 빗겨주며 한참을 보냈다.

바깥에서 헤일리가 나를 찾는다고 말하는 낯선 목소리가 들리기 전까지 나는 헤일리가 이곳에 있다는 사실을 완전히 잊고 있었다.

"못 나가. 바빠." 나는 말했다.

다른 앨리스들과 나는 여전히 이 화장실 바깥 세계가 정말로 존재하는지 의문을 품은 채 서로 손 마사지를 해주는 중이었다. 바깥 세계가 존재한다 해도 크게 상관없었던 게, 나는 어차피 여기를 떠날 생각이 전혀 없었다. 우리 넷은 이미 이 화장실이 우주라는 오렌지주스 속을 둥둥 떠다니는 우유 한 방울이라는 데 동의했다. 문을 열 수 없었다. 그러면 의식이 분리되고 말 테니까. 우리는 물이 새지 않도록 수건으로 문틈을 막았다.

잠시 후, 누군가가 문밖에 찾아오더니 헤일리가 화가 나서 울고 있다며 내가 와주기를 바란다고 했다. 평소였다면 헤일리가 운다는 걸 알자마자 그애한테로 달려가서 오로지 그애한테만 집중했을 터였다. 그러나 그 순간에는 헤일리가 어째서 이 완벽한 도자기 자궁에서 나를 끄집어내려고 하는지 알 수 없었다. 떠나고 싶지 않았다. 그래서 나도 울기 시작했다.

"여기 있고 싶으면 있어." 레이오나가 말했다.

"그래, 그애가 오라고 한다고 꼭 가야 하는 건 아니잖아." 다른 앨리스도 맞장구쳤다.

모두가 한목소리로 "그래!" "그 말이 맞아" 하고 합창했고,

여섯 개의 푸른 눈이 만화경처럼 깜박였다.

'우리'가 아니라 나 자신을 위한 선택을 내린다는 건 여태까지 헤일리와 내가 만든 모든 것, 파티에서 언제 일어날지부터 점심때 케사디아 하나를 어떻게 나누어 먹을까에 이르기까지 모든 것에 엄격한 절차가 존재하는 둘만의 우주를 거스르는 일이었다. 나는 내 삶의 다른 측면에 존재하는 규칙은 모조리 어기며 살았다. 엄마는 내 통금 시간을 정하길 포기했고, 학교에 안 다닌 지도 1년이 넘었으며, 원하는 아무때나 가게 물건을 슬쩍했다. 하지만 헤일리와 만든 규칙은 어떤 의문도 없이 따랐다. 그 규칙 중에서도 가장 중요한 건, 그 무엇, 그 누구보다도 서로를 우선한다는 것이었다.

그러나 그 순간, 깨끗한 흰 타일로 이루어진 욕실의 안전한 고요 속, 애시드에 취해 선명해진 정신 속에서 비록 헤일리가 원치 않더라도 내가 하고 싶은 건 뭐든 할 수 있다는 깨달음이 한꺼번에 밀려와 소리굽쇠처럼 귀를 울렸다.

우리 둘의 매몰적인 상호관계에 일어난 균열은 거미줄처럼 바깥으로 뻗어나갔다.

서서히, 처음에는 헤일리의 통금 시간 이후에만 공원에서 만났던 다른 친구들과 더 많은 시간을 보내게 됐다. 매일 밤 동틀 때까지 담배를 말아 피웠고, 도수 높은 맥주와 싸구려 술을 마셨고, 기타를 치면서 자잘한 음악사史를 두고 토론했다. 내가 아는 뮤지션 이름이 나오면 한마디씩 보탰고, 대화 주제가 책 이야기로 바뀌면 진지하게 끼어들었다. 공원에서 만난 친구들은 웨스트빌리지에서 공연하는 뮤지션들이었는데, 뉴욕에 여전히 보헤미안적 삶이 존재한다는 사실에 황홀해진 나는 그 삶의 일원이 되고 싶었던 나머지 오래지 않아 공연을 꼬박꼬박 보러 다니게 됐다. 성을 내고 고함지르는 주정뱅이 대신 훌쩍이며 시를 읊는 주정뱅이가 되었고, 그게 성장이라고 생각했다.

떠들썩한 하룻밤을 보내면서 한 무리의 친구들 사이를 자유롭게 떠돌며 여남은 사람과 서로 다른 대화를 나눌 수 있는 그 가능성을 느끼는 게 좋았다. 헤일리도 함께 있기를 바랐지만 나는 그애가 유일한 상대인 것보다는, 정확히는 우리가 타인과 나누는 모든 대화의 일부분인 것보다는, 그애가 수많은 대화 상대 중 한 명이기를 바랐다.

헤일리와 내가 오로지 서로에게만 강렬히 집중했던 시절을 지나 내 삶을 확장해나갈수록 이런 종류의 친밀함이 주는 매력도 줄어들었다. 나는 내가 누구인지를 찾아가는 중이었고 내가 성장해가는 모습도 내 맘에 들고 있었지만, 새로 얻은 자신감은 헤일리와의 유대감을 위협했다. 그 자신감이, 단둘이 세상에 맞서 옹송그리고 있던 작은 모퉁이에서 나를 벗어나게 해주었기 때문이다.

나는 모든 것을 지워버릴 사랑, 나 자신도 완전히 잃게 만들 사랑을 원했었다. 나라는 단일한 정체성에서 느끼는 고독을 버리고 내가 속할 장소를 얻고 싶었다. 그건 나보다 큰 무언가의 반쪽이 되는 것이었다. 나는 그것을 원했고, 어쩌다보니 기적적으로 찾았다. 한동안은 그게 내가 꿈꾸는 모든 것인 줄로만 알았다. 내 안에서 피어오르는 모든 감정을 다 받아줄 헤일리가 있었기에, 그 어떤 생각, 의심, 두려움도 홀로 감당할 필요가 없었다. 남은 감정이 있더라도 헤일리에게 받은 감정들로 씻어냈다. 나의 욕망, 불안, 앙심을 그애의 것들로 대체했으니까. 망설일 필요도 없었다. 그저 헤일리가 하고 싶은 대로 하면 그만이었다.

그러나 자아란 집요하기 이를 데 없는 것이다. 자아는 한동안 얌전히 침잠해 있지만, 사랑이든 애도든 중독이든 두려움이든, 또는 그 밖에 우리가 자아를 익사시켜 죽이려는 그 어떤 것이든, 자아는 그 탁한 물속에서 기다리고 있다. 때가 오기를, 수면에 처음으로 금이 가기를 기다린다. 그러다 때가 오면 수면 위로 솟아오른다.

헤일리가 대학에 진학하려 뉴욕을 떠났을 무렵, 우리는 여전히 서로를 베스트 프렌드라고 불렀지만 우리 둘만의 농담들은 이제 모조리 낡은 것, 함께하는 지금의 삶이 아니라 함께한 과거를 가리키는 것들이 되었다. 둘 다 새 친구들이 생겼고 각자의 삶을 살기 시작했다. 그럼에도 여전히 우리의 관계에는 긴박함이, 우리가 서로를 가장 사랑한다는 사실을 서로에게 그리고 다른 모든 이에게 끊임없이 재확인시켜주어야 한다는 감정이 존재했다. 여전히 일주일에 몇 번씩 통화했고, 그애가 첫 여름방학을 맞아 돌아왔을 때는 곧장 예전의 패턴으로 돌아갔다. 다른 사람들은 전부 무시한 채 단둘이 돌아다니고, 그애 부모님 집에서 같이 화장하고, 우리가 좋아하는 노래를 따라 불렀다. 그러나 이제는 목적 없이 걸어다니다가 건물 계단에서 줄담배를 피우는 대신 바에 간다는 점이 달랐다. 함께 있을 때 우리의 힘이 더 증폭되는 걸 즐기며, 술값은 절대 내지 않았다. 나는 우리가 다시금 이토록 강렬하게 '우리'가 된 그 몇 달을 사랑했다. 동시에 그 시간에는 끝이 있음을 알았다. 그 애는 곧 학교로 돌아갈 거고, 그러면 나도 이 교감의 절정에서 내려가게 될 터였다.

다음해, 헤일리가 연휴를 맞아 집에 돌아와 우리 학교 신문사로 나를 데리러 왔고, 나는 새로 사귄 대학 친구들에게 그애를 소개했다. 우리가 일을 끝낼 때까지 잠시 이곳에서 같이 놀다가 다 같이 술 마시러 가자는 제안에 헤일리도 동의했다. 거의 항상 함께 시간을 보내는 새 친구들을 헤일리도 좋아하기를, 한꺼번에 두 세계를 다 가질 수 있기를 바랐다.

낡아빠진 인문학부 건물 3층에 있는 조그만 신문부실에 늘어선 베이지색 철제 책상 중 한곳에 자리잡고 앉자마자 헤일리는 양다리를 대롱대롱 흔들어대며 '그때 기억나?' 게임을 시작했다. 우리가 저지른 가장 괴상하고 말도 안 되는 짓들을 나열하는 게임이었다. "25센트 동전이 가득 든 봉지를 주고 코카인 1그램을 샀던 그때 기억나?" "어떤 남자가 자기 여자친구를 때리는 장면을 우리가 목격했을 때, 네가 그 남자 앞에서

칼을 꺼냈던 거 기억나?" 그때 기억나, 그때 기억나, 그때 기억나…… 우리 모두 귀가 전 그날 일을 마치려고 애쓰는 동안 그애는 끝없이 새로운 일화를 끄집어내며 말을 이었다. 나는 대강 대답했고 우리보다 훨씬 더 원칙주의자이던 신문사 친구들은 그저 우리를 빤히 쳐다보기만 했다. 더 최악인 건, 나를 배려해 이쪽을 쳐다보지 않고 컴퓨터 화면만 바라보고 있던 친구들도 있었다는 점이다.

나중에 나는 헤일리가 과하게 떠들어댄 게 내 친구들 앞에서 허세를 떨고 싶어서였다기보다는 나를 내 자리로 되돌려놓기 위해서였다는 느낌을 떨칠 수가 없었다. 그애는 '진짜' 나, 적어도 그애가 생각하는 진짜 내가 어떤 사람인지를 상기시키려 했던 것 같다. 있는 그대로의 내 모습이 맹렬하게 사랑받는 나머지, 변하는 것은 배신이 되어버린다는 사실에 폐소공포마저 느꼈다.

그러나 아직은 헤일리를 놓아줄 준비가 되지 않았다. 아직 헤일리를 사랑했고, 그애가 나를 구원해줬다는 사실도, 그 당시의 내가 알았건 몰랐건 내 어린 시절의 가장 힘든 나날에 그애가 유일하게 기댈 곳이 되어주었다는 사실도 알고 있었다. 우리의 관계가 새로운 리듬에 적응하기를, "나 좀 내버려둬" 같은 말을 던지지 않고도 숨쉴 틈이 존재하는 더 성숙한 모습의 우정으로 발전하기를 원한다는 말을 어떻게 잘 표현할 수 있는지 알 수 없었다. 그래서 다른 친구들과 헤어진 뒤 나는 헤일리에게 이렇게 말했다. "있잖아, 나 그딴 것들 떠벌리고 다니지 않거든."

폴린과 줄리엣의 이야기가 그토록 잔혹한 폭력으로 막을 내리지 않았더라면, 둘 사이를 떼어놓으려 한 사람이 아무도 없었더라면, 결국 둘 중 누군가는 보로브니아 왕족의 전쟁이며 결혼 이야기를 하며 보내는 한없는 시간에 질렸다는, 이제는 오페라에 흥미를 잃었다는 결론을 내렸을까? 만약 그랬다면, 다른 소녀는 이런 반역 행위에 어떻게 반응했을까?

물론 이제 와 알아낼 도리는 없다. 마치 로미오와 줄리엣이 불운한 타이밍이 아니었더라면 영원히 행복하게 살았을지 알 도리가 없는 것처럼. 이런 십대의 사랑 이야기가 활활 타오르는 모습 그대로 영영 불멸하는 건, 오로지 그 강렬함이 최고조에 다다른 시점에서 비극으로 끝을 맺기 때문이다. 『로미오와 줄리엣』이 해피엔딩으로 끝났다면 지금처럼 수 세기에 걸쳐 반향을 일으키지 않았을 것이다. 서로를 향한 폴린과 줄리엣의 집착이 둘을 살인으로 이끌지 않았더라면 우린 그들의 존재조차 몰랐을 테고, 둘의 사랑을 다룬 영화는 나오지 않았을 것이다. 그저 서로를 집착적으로 사랑하고, 상대의 눈에 비치는 대로 자신의 온 정체성을 일구는 또다른 한 쌍의 십대 소녀들일 뿐이었을 것이다. 서로에게 자신이 가장 원하는 방식으로 보여지고 사랑받는 기분이 어떤 것인지를 처음으로 맛보게 해준 상대 말이다.

나는 헤일리와의 관계를 지속 가능한 것으로 재구성하려고 수년간 애썼고, 그 관계가 새로운 패턴으로 바뀌고 자리잡을 때까지 버텼다. 그 몇 년을 그애를 완전히 잃지 않고도 나만을 위한 공간을 만들어가기 위해 꾸준한 노력을 기울였던 시기로 기억한다. 아마 그애는 서서히 버림받았던 시기로 기억할지도 모른다.

이십대 중반이 되었을 무렵 우리는 10년째 '베스트 프렌드' 사이를 이어가고 있었고, 그 10년 중 약 8년은 어느 정도 가까워야 더없이 가까운 건지를 놓고 고군분투하며 지나갔다. 이 조용한 전투가 곪아터진 계기는 브루클린에서 열린 L7 콘서트였다. 티켓 판매가 시작되자마자 나는 혼자 갈 생각으로 티켓을 한 장 샀다. 몇 초 뒤, 헤일리에게서 티켓을 구했으니 같이 가지 않겠느냐는 문자 메시지가 왔다. 나는 눈을 굴리다가 답장했다. "그냥 가서 만나자."

공연장의 층고 높은 대기실에 들어서자마자 헤일리가 곧장 눈에 띄었다. 엇비슷한 시간에 도착한 우리는 티켓을 뜯어내고 남은 끄트머리를 주머니에 집어넣으며 바를 찾다가 서로를 발견했다. 우리는 여전히 비슷한 옷차림이었다. 검은 스키니진, 검은 탱크톱, 검은 부츠, 검은 후드티셔츠. 과거에 입던 옷들과 똑같지만 몸에는 더 잘 맞고 덜 낡은 버전. 우리는 바 앞에 길게 줄을 서서 순서를 기다리는 동안 잡담을 나눴다. 그러면서 헤일리와의 대화가 어색할 수도 있다는 게 참 이상하다고 생각했다. 한편으로는 예전 같은 유대감을 되살려 그애의 양손을 맞잡고 야, 나야 하면서 우리 주변을 가득 메운 사람들을 순식간에 사라지게 만들고 싶은 마음이 들었다. 그러나 너무 늦었다는 사실도 알았다. 우리 사이의 연결 통로는 닫혀버렸다.

표면에 맺힌 물이 뚝뚝 흐르는 작은 플라스틱 컵에 담긴, 지나치게 비싼 위스키 소다를 한 잔씩 받아든 우리는 공연장 입구 근처 외따로 떨어진 곳으로 슬슬 걸어갔다. 우리 둘 사이의 긴장어린 대화에서 빠져나가려고 MD 판매 테이블 뒤 벽에 걸린 티셔츠 중 살 만한 게 있는지 훑어보았다. 헤일리의 입에서 나오는 한마디 한마디가 비난처럼 들렸다. 곧 이사해야 해서 짜증난다는 말에, 그애가 눈썹을 치켜올리며 "오, 대단하네. 어퍼웨스트사이드*라니"라고 말하는 말투 역시 그랬다. 나도 모르게 수동공격적으로 어깨를 으쓱하며 "뭐, 그렇지, 최소한 뉴욕시를 떠나진 않잖아"라고 대꾸하면서 대체 내가 왜 이런 신경전에 휘말려야 하는지 모르겠다고 생각했다. 나는 헤일리가 대학을 졸업하고도 쭉 업스테이트**에서 지낸다고 해서 업신여긴 적이 없는데, 뉴욕시를 아예 떠나버린 그애가 전에 살던 동네를 떠나는 나를 판단할 자격이 있나? 가시 돋친 말들을 뱉는 우리의 비열함이 역겹게 느껴졌다. 그토록 많은 걸 나눴는데 남은 게 결국 이거라고? 차라리 아무것도 남지 않는

* 뉴욕시 맨해튼의 대표적인 중산층 거주지.
** 뉴욕주 북부의 중소 도시들과 시골 지역을 일컫는다.

게 낫다.

드디어 조명이 꺼지고, 공연장의 닫힌 문 안쪽에서 환호하는 소리가 들리는 걸 보니 밴드가 무대에 오른 게 분명했다. 나는 계속 헤일리와 함께 어울리면서 공연 내내 앙심을 품은 채 보내고 싶지 않았기에, 기회를 노려 "그럼, 나중에 보자!"라고 인사한 뒤 다 마시지도 않은 음료 컵을 쓰레기통에 버린 다음 사람들 속으로 사라졌다. 동굴 같은 공연장에 오프닝 멜로디가 메아리치며 울려퍼지자, 나는 온 힘을 다해 고함을 지르며 사람들을 밀치고 앞으로 나갔다. 공연 내내 춤추고 노래하면서 군중 속 하나의 몸으로 존재하는 감각을 한껏 즐겼다.

다음날, 나는 헤일리에게 이제 "겉치레는 그만둘" 때가 되었다고, 우리 우정은 끝난 지 오래라고 문자 메시지를 보냈다. 그애는 "알았어"라고 답했고, 그걸로 끝이었다.

한밤중 통화할 때면 헤일리와 나는 경쟁하듯 과장된 애정 표현을 늘어놓았었다. 서로를 잃느니 "이가 다 빠진 노숙인이 되어 길바닥의 상자에서 사는 게" 낫다느니, 서로를 위해 다른 친구들은 다 포기할 수 있다는, 서로를 위해서라면 눈알을 뽑을 수도 있다는 등의 선언을 했다. 처음 〈천상의 피조물〉을 볼 때는 마지막에 등장하는 살인이 사랑의 공표이자 헌신의 깊이를 극적으로 표현하는 한 방식으로 보였다.

그런데 폴린과 줄리엣보다 나이가 두 배는 많아진 최근 이 영화를 다시 보니 살인이 불안하리만치 불가피하게 느껴졌다.

이번에는 첫 장면에 등장한 피투성이 얼굴들이 잊히지 않았다.

어떤 장면들은—이를 테면 폴린과 줄리엣이 막 우정을 키워가던 시절에 숲속에서 옷을 벗고 좋아하는 오페라 가사를 목청껏 따라 부르던 초반부의 몽타주—가장 친한 친구를 그토록 사랑하던, 그토록 어리던 시절을 아련하게 추억하게 만들기도 했다. 톰킨스스퀘어파크 한가운데서 윗옷을 서로 바꿔 입던 때가, 헤일리가 깜박하고 땀 억제제를 바르지 않은 날 내가 바른 걸 조금 묻히려고 서로 겨드랑이를 맞대고 비비던 때가 떠올랐다. 우리가 얼마나 갖은 애를 써가며 서로를 웃겼는지, 함께일 때면 모든 게 얼마나 미치도록 완벽하게 즐거웠는지가 떠올랐다. 그러다 잠깐, 그애한테 문자 메시지를 보낼까 생각했다. L7 콘서트는 거의 5년 전 일이고, 그뒤로 한 번도 연락하지 않았는데도.

그러나 최근 〈천상의 피조물〉을 다시 보며 폴린과 줄리엣의 사랑이 여전히 목가적인 것으로 보일 때 언뜻 스친 그리움은 아주 찰나였고, 또 덧없는 것이었다. 이번에 내 눈에 띈 것은 두 소녀가 서로에게 품는 강렬한 감정뿐 아니라 그 강렬함 아래에 도사리는 위험이었다. 경고 신호는 처음부터 있었다. 이 우정은 결코 좋게 끝날 수 없었다.

실제 인물인 폴린과 줄리엣은 앞으로 영원히 서로 연락할 수 없다는 조건으로 석방되었다. 실제 사건 속 이 사실을 처음 알았을 때는 비극적이라고 생각했고, 자라서 어른이 된 두 사람이 서로를 간절히 그리워하는 모습을 상상했다. 비운의 한

쌍이라고. 그러나 지금은 두 사람이 함께 나누었던 것들을 회복할 수 없음이 분명해 보인다. 그들이 그저 소녀 시절 한때 가깝게 지냈던 평범한 친구 사이가 될 가망은 없다.

여자들과 키스하기

Kissing
Girls

러들로의 우리집과 점점 출석 빈도가 줄어들고 있던 고등학교 사이, 휴스턴스트리트에 완벽한 다이브바*가 하나 있었다. 잠을 자느라 1교시와 2교시를 건너뛰고—보통은 그랬다—강과 학교가 있는 동쪽으로 걸어갈 때쯤 바가 문을 열었다. 어차피 출석하건 안 하건 낙제가 분명한 3교시 수업을 들으러 내키지 않는 걸음으로 터벅터벅 걷고 있던 어느 날, 바의 열린 문으로 새어나오는 주크박스 음악이 꼭 〈톰과 제리〉 속 갓 구운 칠면조 냄새처럼 나를 안으로 끌어들였다.

선글라스를 머리 위로 머리띠처럼 밀어올리며 애써 이런

---

* 동네 사람들이 즐겨 찾는 허름한 술집이지만 젊은 힙스터들 역시 좋아하는 공간이다.

곳에 늘 드나드는 사람인 척 안으로 들어갔고, 느지막한 오전의 밝은 빛에 익숙한 눈이 어둠에 적응하는 데 몇 초가 걸렸다. 처음 몇 번은 머리를 짧게 깎고 근육질 팔에는 타투를 한 바텐더가 내게 신분증을 요구했다. 그는 형편없는 솜씨로 위조한 내 신분증을 흘낏 보고는 씩 웃으며 들어오라고 손짓했고, 그뒤로는 더는 묻지 않고 그저 고개를 까닥하며 들여보내주었다. 그 당시에는 그가 내가 열네 살이 아니라, 정말로 내 신분증에 적힌 대로 스물두 살이라고 믿는 줄로만 알았다.

이렇게 이른 시간에는 보통 낮술 마시는 단골 두어 명이 전부였고, 나는 십대 특유의 간절함 대신 그들이 가진 블루칼라 세계 어른들의 권태로움을 흉내내며 어슬렁어슬렁 다가가 합석했다. 바의 양쪽 벽 구석에 달린 창문들은 주로 곧 있을 행사—음악 공연, 칼싸움과 루시 로리스* 닮은꼴 선발대회로 악명 높은 '지나 나이트' 같은 격월 행사들— 를 홍보하는 포스터로 가려져 바깥의 환한 빛은 그저 아주 가느다란 틈새로만 새어 들어올 뿐이었다. 바 구석에 있는 무대는 낮에는 텅 비어 있었다. 그 밖에도 벽에는 온갖 포스터가 덕지덕지 붙어 있었고, 전날 밤의 흔적을 지운 희미한 표백제 냄새, 그리고 아무리 벅벅 닦아도 지워지지 않는 묵은 맥주 냄새가 풍겼다.

여자들은 맥주잔이 놓인 테이블 앞에 구부정한 자세로 앉

---

* 레즈비언 코드로 유명한 텔레비전 드라마 〈여전사 지나〉에서 주인공 지나 역을 연기한 배우.

아 있거나 바 모서리에 비스듬히 기댄 채 웃고 떠들었고, 내가 태연한 척 근처 자리에 앉으면 그중 누군가는 내게 거의 어김없이 술을 한잔 사주었다. 이런 후원자들은 모두 여성이었다. '미야오 믹스'는 레즈비언 바였다. 당시의 나에게 그 사실은 그저 우연 같았다. 학교 가는 길에 있고, 내 위조 신분증을 받아준 한 술집이 어쩌다보니 레즈비언 바였기에 거기서 노는 것일 뿐이었다. 어둑어둑한 조명에 눈이 익숙해지자마자 바에 앉아 있는 여자 중 어떤 사람에게 술을 얻어 마시고 싶은지 곧바로 감이 왔고, 그때마다 내가 닮고 싶은 동시에 만지고 싶은 특정 유형의 강렬한 여성성에 이끌렸다는 사실은 인식하지 못했다.

처음의 두려움이 지나고 첫 잔의 맥주를 마시고 나면 나는 편안한 마음으로 그곳의 여자들과 함께 같은 블록에서 하고 있는 공사 이야기, 날씨 이야기, 한심한 줄리아니 시장, 지금 나오고 있는 노래, 우리가 가본 공연, 죽기 전 꼭 가보고 싶은 밴드의 공연 따위를 주제로 잡담을 나누었다. 그러다가 내가 이곳을 편안하게 느낀다는 사실을 의식하는 순간 왠지 동요가 일며 혼란스러워졌다. 마치 어떻게 걷고 있는지를 골똘히 생각하다보면 더는 평범한 걸음걸이로 걸을 수 없는 것처럼.

내가 나이를 꽤 잘 속이는 편이긴 해도 어린 나이에 바에서 술을 마시다보면 늘 어딘가 어색한 구석이 생겼다. 나는 타인의 시선을 의식하지 않는 것처럼 굴었지만, 그런 행동 자체가 타인의 시선을 의식하는 일일 수밖에 없다. 미야오 믹스에서는 이런 불협화음이 두 배로 불어났다. 똑같은 불확실성이 두 가지 맛을 띤다고나 할까. 한순간 내가 이 공간에 잘 녹아들고 있다고 생각하다가도 다음 순간 모두 내가 이곳에 속해 있지 않다고 말하는 것만 같았다.

내가 오직 여자만 좋아했더라면 상황은 달랐을지 모른다. 레즈비언 바라는 이유만으로 미야오 믹스를 택했을 것이고, 내가 그곳에 있으면 안 되는 건 오로지 미성년자이기 때문일 것이었다. 그러나 2000년대 초반이던 당시에 양성애란 이성애 아니면 동성애라는 이분법으로 향하는 길에 놓인 일종의 성적 사춘기일 뿐이거나, 아니면 여학생들이 욕망보다는 성적 모험심을 수행하기 위해 '오버하는' 방법 중 하나로만 취급받았다. 레즈비언이라고? 좋다. 알기 쉽고, 믿기 쉽다. 하지만 평소에, 아니, 가끔이라도 남자와 사귄 사람이 여자와 사귀는 건 관심을 끌기 위해서가 틀림없다.

내가 여자와 키스하고 싶었던 건 제3의 남성을 즐겁게 하거나 흥분하게 만들기 위해서가 아니라, '거침없는' 모습 또는 자유분방한 모습을 과시하기 위해서가 아니라, 그저 키스하기 위해서였다. 물론, 앞서 나열한 이유로 여자와 키스한 적이 수도 없이 많다는 점은 인정한다.

친구들과 나는 '훅업 차트hookup chart'라는 걸 만들어서 종이 왼편에는 우리가 아는 여자들의 이름을 전부 쓰고 오른편에는 남자들의 이름을 쓴 뒤, 서로 키스하거나, 섹스하거나, 술에 취해 서로 몸을 더듬은 적 있는 사람끼리 선으로 연결했다. 공원 벤치에 앉거나, 식당 부스에 앉거나, 아니면 누군가의 침대에 가부좌하고 앉아 있다보면 어느새 누군가 스프링 노트를 꺼냈고, 그렇게 짝지어진 희한한 커플들을 보면서 우리는 마치 이 게임을 몇 주 혹은 몇 달은 못 해본 사람처럼 깍 소리를 지를 정도로 즐거워했다. 우리는 친구들이 이루는 인간관계망 속에서 이토록 많은 육체관계가 오간다는 사실이, 왼쪽에서 출발했다가 다시 왼쪽으로 돌아오는 여자와 여자를 연결한 선들이 왼쪽에서 오른쪽으로 이어지는 선만큼이나 많다는 사실이 재미있었다. 그러니까 이 말은 내가 십대일 때 여자 친구들 대부분과 키스해봤다는 소리다.

하지만 그 시절 우리는 이런 건 진짜 키스로 치지 않았다.

우리는 진보적인 도시에 살았고 반문화에 흠뻑 젖어 있었지만, 그럼에도 우리의 의식엔 여전히 지배 문화가 지닌 태도가 침투해 있었다. 라이엇걸 Riot Grrrl과 아나이스 닌의 존재도, VMA 시상식에서 브리트니 스피어스가 마돈나와 키스할 때 사람들이 보인 반응*을 완전히 잠재우진 못했다.

미야오 믹스의 단골이 거의 다 되었다 싶을 때쯤 여름이 왔고,

---

* 2003년 MTV VMA 시상식에서 마돈나, 브리트니 스피어스, 크리스티나 아길레라의 합동 공연 중 마돈나와 브리트니가 돌발적으로 키스하며 논란을 일으켰다. 훗날 이는 의도적 퍼포먼스로 밝혀졌으나, 당시 객석을 비춘 화면을 보면 관객 대부분은 경악과 충격에 휩싸인 표정이다.

친구의 친구의 친구가 부모님이 주말에 집을 비운다며 파티를 열었다. 나는 친구들과 파티에 가서 아이팟을 장악하고 부엌 조리대에 놓여 있던 술 몇 병을 챙긴 뒤 담배를 피우러 발코니로 나갔다. 한 손에는 누군가 가져온 럼을 그득 따른 빨간 플라스틱 컵을 들고 다른 한 손으로 라이터를 찾아 주머니를 더듬는데, 윤기 나는 긴 금발의 소녀가 눈앞에 나타나서는 내가 입에 문 담배 끝을 손으로 에워싸며 담뱃불을 붙여주었다. 웃으며 고맙다고 말하자 그애도 나를 보며 웃더니 내 옆 난간에 몸을 기댄 채 완전한 하나의 문장을 진술하듯 자기 이름을 알려주었다. 나도 그애의 말투를 따라 서술하듯 내 이름을 말했고, 우리는 흡연자들의 흔한 잡담을 나눴다.

그애는 남자 같은 옷차림이었지만—헐렁한 청바지에 밴드 로고가 있는 티셔츠, 더러운 컨버스 운동화와 체인 달린 지갑—속눈썹이 길고 입술은 부드러운 분홍빛이었으며 대화하는 내내 줄곧 내 눈을 똑바로 마주보는 바람에 나는 자꾸만 말을 더듬었다. 담배를 다 피운 뒤에야 그애가 한참 전에 담배를 다 피웠으면서도 나와 대화하려고 줄곧 발코니에 서 있었다는 사실을 깨달았다. 나는 담배꽁초를 난간에 비벼 끈 뒤 발코니 너머 거리로 던졌다. 그런데도 그애는 안으로 들어갈 기색이 없었다. 나도 들어가고 싶지 않았기에 담배를 또 한 개비 꺼낸 뒤 열린 담뱃갑을 권했다. 그애는 만족스럽다는 듯 작게 웃으며 한 개비를 꺼내들었고, 자기 담배에 불을 붙이기 전에 내 담뱃불부터 붙여주려고 한 걸음 다가왔다. 우리는 그렇게 몇 시간이나 그 자리에 서서 음악, 영화, 뉴욕에 대해 이야기를 나누었고, 그러는 내내 줄담배를 피우면서 점점 거리를 좁혀갔다. 어느새 나는 그애가 무슨 말을 하건 웃고 있었고, 후드티셔츠 주머니에 들어 있던 내 라이터를 찾은 뒤에도 더이상 라이터를 찾는 척조차 하지 않고 매번 그애가 담뱃불을 붙여줄 때까지 기다렸다. 우리가 플러팅을 주고받는다는 건 눈치챘지만 이제부터 어떻게 해야 하는지는 알 수 없었다. 보통은 결국 남자가 먼저 다가오지만 그애는 다가오지 않았다. 그래서 우리는 줄곧 이야기만 했다.

시간이 흐르자 친구들이 테라스로 머리를 빼꼼 내밀고 인사한 뒤 떠났다. 실내에 흐르던 음악이 멎고 집주인과 남은 몇몇이 버려진 컵이며 술병을 치우기 시작하자 그애가 손목시계를 보더니 능청스레 웃으며 "밤새도록 여기 같이 있었네"라고 했고, 잠깐이지만 나는 지금이야말로 그애가 내게 다가올 거라고 생각했다. 하지만 그애는 여전히 움직이지 않았다. 내 쪽으로도, 문 쪽으로도.

"맥주 한 팩 사서 공원이나 갈까?" 공원에 둘만 남게 되면 분명 그애가 내게 키스할 거라 생각해 제안했다. 그애는 활짝 웃더니 '먼저 나가' 하는 손짓을 해 보였다.

나는 그애를 데리고 세븐스스트리트의 한가운데 블록을 향했다. 남들 눈을 피해 철조망을 뛰어넘어 톰킨스스퀘어파크에 들어가기 가장 쉬운 위치였다. 수없이 해와서 익숙한 동작으로 울타리 위로 기어올라가 그애가 가게에서부터 들고 온 맥주를 받아들었다. 그애가 철조망 위로 몸을 끌어올리자 체인이 철조망에 부딪히며 쩔렁쩔렁거렸고, 쿵 소리와 함께 착지한 뒤 웃었다. 나는 내가 제일 좋아하는 장소를 가리켰고—공원 한가운데에 키 큰 나무 두 그루 사이의 초록빛 비탈이었고, 그곳에서는 공원 바깥의 거리가 보이지 않았다—우리는 그리로 걸어갔다. 나는 체스 테이블 옆에서 잠든 몇 사람만 남아 있는 폐장한 뒤의 톰킨스스퀘어파크가 좋았다. 오래된 가로등의 부드럽고 따스한 불빛으로 빛나는 잔디와 자갈도, 부드럽게 부스럭거리는 나무 소리가 들릴 만큼의 고요도. 비탈에 도착한 우리는 듬성듬성 난 잔디 위에 앉았다. 그애는 가부좌를 했고 나는 양다리를 쭉 뻗고 팔을 등뒤로 짚어 몸을 기댔다.

그애는 라이터로 맥주 두 병을 딴 뒤, 풀을 뽑기 시작하더니 물어뜯은 자국이 선연한 손톱 위로 그 부드러운 초록 이파리를 미끄러뜨리며 손가락에 둘둘 감았다. 나는 그애의 시선을 의식하면서 하늘을 바라보았다. 그애의 눈길을 계속 붙들어두려고 목을 쭉 뻗어 흔들리는 검은 가지들을 올려다보았다.

그애가 〈비포 선라이즈〉를 보았느냐고 물었고, 사실 이미 보았는데도 영화를 설명해주는 게 듣고 싶어서 못 봤다고 답했다. 〈비포 선라이즈〉는 두 사람이 만나 서로 사랑에 빠지는 어느 기나긴 밤의 이야기다.

바로 지금 우리 두 사람에게 일어나고 있는 일이었다.

그애는 마침내 내게 몸을 기대오는 대신 여태 이성애자 여자들과 엮인 일이 너무 많았고 하나같이 안 좋게 끝났다며 더

Kissing ——

는 그러고 싶지 않다고 했다. 대화중 자신에게 사귀는 사람이 있다는 것을 상대에게 알리기 위해 일부러 파트너 이야기를 끄집어낼 때처럼 무심하게 이야기했지만 나는 알아들었다. 그애가 나를 두고 한 말이라는 사실을 깨닫자 공황이 밀려왔다. 그 누구도 내가 하는 말을 들을 수 없는 악몽에 갇힌 기분이었다.

친구들과의 키스를 '키스로 치지 않는다'고 여겼던 건 그때마다 대개 관객이 있어서였다. 파티나 공연 도중, 술에 취해 빙 둘러앉거나 서서 술병이나 마리화나를 주거니 받거니 하다가 이중 누군가 서로 키스를 했다든지 하지 않았다든지 하며 운을 뗀다. 그러면 서로 끌리는 두 사람 사이의 친밀한 연결감 때문이 아니라 그저 고조된 집단적 분위기 때문에 옆자리에 있던 여자와, 또 반대편 옆자리 여자와, 그다음에는 맞은편에 있는 여자와 키스를 한다. 고작 몇 초 동안 두 사람의 혀가 가볍게 서로 쓸리는 동안 손은 가만히 있거나 이제는 옛날이라 여기는 중학교 댄스파티에서처럼 뻣뻣하게 상대의 허리에 얹는다. 그러고 나면 매번 웃음이 터졌다. 봐, 진지한 게 아니라고. 심지어 섹슈얼하지도 않아. 우리는 그저 무슨 일이건 마다하지 않는 자유로운 영혼일 뿐이야. 그리고 아무리 그들의 존재를 무시한들 우리는 남자들이 보고 있다는 걸 늘 알았다.

그러나 공원에서의 그날 밤, 말하기 전에 그애가 미소라기에는 조금 부족하지만 입꼬리를 살짝 올린다는 걸 의식하고,

그애와 눈을 맞추다 더이상 버틸 수 없어 내가 먼저 피하고, 아주 조금만 몸을 기울이면 내게 기댈 수 있을 만큼 서로 바짝 붙어앉은 채 몇 시간을 보냈던 그 순간에는 아무도 우리를 보고 있지 않았다. 그애가 내게 키스하길 바랐던 건 재미있을 것 같아서도, 외설스러울 것 같아서도, 아니면 내가 겁 없고 대담하다는 걸 입증하기 위해서도 아니었다. 그애의 입술이 보이는 것만큼 부드러운지 알고 싶어서, 아직도 풀잎을 만지작거리고 있는 그애의 손이 나를 가까이 끌어당겨 내 등뒤에 가만히 내려앉는 것을 느끼고 싶어서였다.

나를 재미삼아 여자와 키스하는 그저 그런 이성애자 여자일 뿐이라고 여기는 그애에게 나는 아니라고 말하고 싶었지만, 그 순간 어쩌면 그럴지도 모르겠다는 생각이 들었다. 어쩌면 여자들에게 내가 보인 관심은 결국 연기에 불과하고, 그애가 모두 꿰뚫어봤을지 모른다고. 하지만 그렇다면 어째서 이토록 가슴이 미어질까? 그리고 어째서, 그애가 마음을 바꾸기를 바랐을까?

어디까지가 연기이고 어디부터가 진정한 욕망인지 나는 알 수 없었다. 매력을 느껴 키스한 여자들과, 딱히 이유 없이 아니면 구경거리가 되고 싶었거나 그도 아니면 친구들과 더 가까워지고 싶어서 키스한 여자들 사이에 분명한 선을 그어 구분할 수는 없었다. 하지만 따지고 보면 열넷, 열다섯, 열여섯 살 나로서는 키스한 남자들에 대해서도 그런 선을 그을 수 없었을 것이다.

솔직히 말하면 남자와 가벼운 관계를 맺는 데는 단지 상대방을 원하는 것 외에도 다른 욕망들이 작용했다. 욕망의 대상이 되고자 하는 욕망이라거나, 관심을 독차지하고 싶은 욕망, 그들과 함께 있을 때 어떤 모습의 내가 튀어나오는지 확인하고 싶은 욕망, 또는 공통의 친구들은 많아도 아직 친하지는 않은 누군가와 더 가까워지고 싶다거나, 상대를 거절하면 벌어질지 모르는 어색한 상황이나 위험한 상황을 피하고 싶은 욕망이었다. 또, 당연한 말이지만 아무리 키스할 때 키득키득 웃었다 해도 우리가 섹슈얼리티를 자유분방하게 표출할 때 그 배후에 진정한 욕망이 흐르고 있지 않았다면 나와 여자 친구들이 서로 키스하며 로어이스트사이드를 누비고 다녔을 리는 없었을 거다. 그러나 어떤 욕망이 진정한 욕망이고 어떤 욕망이 사회화의 결과인지와 관련해 그간 내가 내면화해온 메시지들에 의문을 제기하기 시작한 건 이런 나날로부터 세월이 한참 흐른 뒤였다.

그애가 더이상 '이성애자 여자'들과는 엮이고 싶지 않다고 말하고 흘렀던 침묵은 그날 밤 우리 둘 사이에 흘렀던 다른 침묵과 달랐다. 가능성으로 충만한 침묵이 아니라 가능성이 완전히 꺼지고 난 뒤의 냉랭함이 가득한 침묵이었다.

나를 이성애자라고 말하는 순간 느꼈던 반발감으로 그 말이 틀렸음을 분명히 알 수 있었다. 그럼에도 나는 내 안에서 서서히 형성되기 시작한 이 명확한 자각을 제때, 동이 트고 하늘이 서서히 밝아오기 전까지 제대로 말로 표현할 수 없었다. 그래서 아무 말도 하지 않았다. 나에 대한 그애의 잘못된 추측을 바로잡지도 않았다. 그저 이미 몇 시간 전에 찾아낸 내 라이터를 꺼내, 내 담배에 직접 불을 붙였을 뿐이다.

연기 자욱한 카페를 찾아서

In Search of
Smoky Cafés

　　　　　　뉴욕시에서 실내 흡연이 금지된
2003년은 내가 줄담배를 피우고 블랙커피를 들이켜는 고등
학교 자퇴생이 된 해였다. 나는 이 불편한 타이밍이 내가 시대
를 잘못 만난 탓이라 여겼고, 젠트리피케이션 이전, 투지와 예
지력만 가지고 생존하던 작가와 예술가들이 모이던 담배 연기
자욱한 카페들을 그리워했다. 내가 태어나기도 전인 시대를
그리워한 셈이다.

　나는 학교에 가는 대신 그림을 그리고 춤을 추고 케이마트
에서 슬쩍한 일회용 카메라로 사진을 찍으며 예술가 행세를
하며 지냈다. 공원에서 우연히 만난 낯선 예술가들의 지하 스
튜디오에서 밤을 지새우고, 창조적인 삶은 무엇이며 오로지
돈을 벌고 쓰는 것으로 정의되는 세계에서 어떻게 신념을 지
킬 수 있을지를 날이 새도록 떠들어댔다. 사람들의 집 거실에

서 열리는 오픈마이크 시 낭독회와 펑크 공연을 보러 다녔고, 내 친구들은 죄다 뮤지션 아니면 작가, 또는 둘 다였다. 워싱턴스퀘어파크를 메우던 포크 가수와 비트 세대 시인들의 자리를 저렴한 브랜드 옷을 입었을 뿐 패리스 힐튼처럼 차려입은 뉴욕대학교 학생들이 대신한 지도 이미 오래되었다는 점을 감안한다면, 나는 나만의 보헤미안 생활 방식을 썩 그럴싸하게 꾸려낸 셈이었다. 그러나 젠트리피케이션의 여파로 사랑받던 문화적 집결지들은 문을 닫고, 남은 곳들은 어그부츠를 신고 돌아다니는 요란하고 생각 없는 외지인들로 우글거리게 된 지금, 예술가의 삶에 진정으로 몰입하는 건 불가능한 일처럼 느껴졌다. 나는 오로지 인습을 거부하는 십대만이 품을 수 있는 비통한 열정을 담아 자본주의로 부패한 내 환경을 혐오했고, 정확히 규정할 수 없는 '더 많은 것'을 갈망했다.

그러다 열다섯 살의 어느 봄날, 애비뉴 A에서 내가 제일 좋아하던 어느 서적상 가판대에서 나를 뚫어지게 바라보는 아나이스 닌과 눈이 마주쳤다. 나는 아나이스 닌에 관해서는 아무것도 몰랐지만 3달러를 주고 그의 일기 제1권을 사서 공원에 갔고, 아나이스 닌이 파리 시절을 함께 보낸 화가들이며 작가들에 대해 쓴 이야기, 이들의 작업을 놓고 벌어진 격한 토론, 예술 일반, 나아가 삶과 사랑을 비롯한 온갖 커다란 질문들에 관한 이야기를 읽었다.

아나이스 닌은 "평범한 삶에는 흥미가 일지 않는다"라고, "나는 오로지 고조된 순간들만을 찾아다닌다. 나는 경이로운

것들을 찾아다니는 초현실주의자들과 동류다"라고 썼다. 그
는 시원찮은 삶—그의 표현대로라면 "단조로움, 따분함, 죽
음"—을 넘어 부유하는 삶, 온통 실크와 와인과 예술과 섹스
와 영감으로 뒤덮인 삶을 살고 싶어한 것 같았다. 그는 내가
원하는 삶을 내가 상상한 바를 뛰어넘을 만큼 생생하게 묘사
했다. 그리고 이 마법 같은 삶의 배경이 된 공간은, 나 이전에
도 수많은 이상주의자와 창작자에게 그러했듯 내가 원하는
모든 것의 상징이 되었다. 바로 파리였다. 파리는 뉴욕에서
아웃사이더로 살아가는 내 생활 방식을 가로막는 여피*적 삶
의 온갖 찌꺼기들이 없는 세계 그 자체를 가리키는 이름이 되
었다.

　물론, 뉴욕처럼 오늘날의 파리도 1930년대의 모습과는 딴
판이고 이곳과 엇비슷한 문제들을 겪을 거라는 건 알았다. 그
럼에도 부패하지 않고 담배 연기와 재즈로 가득한 아나이스
닌의 파리라는 유토피아가 간절히 원하기만 하면 도달할 수
있는 실존하는 장소라고 마음 깊이 믿는 게 더 쉬웠다. 내가
꿈꾼 건 순수하고 날것이며 잔혹하고 아름다운, 놀랍고 신기
한 일들로 가득한 세계, 유행이나 키치, 대중 마케팅의 수렁에
빠지지 않는 세계였고 나는 그런 세계가 가능하다 믿을 정도
로 어렸다.

＊　　젊은 도시 전문직young urban professional의 약자로 이전 세대를 장악한 히피 문화
　　와 대조되는 화이트칼라 문화를 뜻한다.

친구 레이오나와 내가 열여섯 살이 된 그해 여름의 어느 뜨거운 오후, 우리는 함께 유럽 여행을 떠나자는 이야기를 꺼냈다. 파리에 가는 건 당연하고, 런던, 암스테르담, 로마, 바르셀로나를 비롯해 낭만적이고 멀게만 느껴지는 여러 도시에 가보자고. 처음에 유럽 여행은 레이오나와 내가 고등학교 입학 첫날 함께 수업을 빼먹는 사이가 된 순간부터 나눈 온갖 허무맹랑한 계획과 다를 바 없었다. 업스테이트에 댄스 스튜디오와 도서관을 완비한 공동 농장을 차려 같이 운영하기, 로어이스트사이드에 공동주택을 구입해 친구들 모두 공짜로 살게 하기, 누구든 무료로 다닐 수 있으며 자금은…… 어떻게든 조달할 수 있는 예술학교 만들기. 그런데 유럽 여행 계획은 이런 것들과는 다르게 느껴졌다. 어쩐지 실현할 수 있을 것만 같았다.

우리는 한번 알아나보자는 생각으로 여행사를 찾아가 뉴욕에서 서유럽 아무 도시로나 가는 가장 싼 항공권 가격을 물어보았다. 그뒤로 2년 동안 우리는 웨이트리스로 일하며 받은 팁 중 5달러씩 저축했고, 지도에 가보고 싶은 곳들을 표시했고, 묵을 곳을 내줄 가능성이 있는 친구의 친구라든지 먼 친척에게 메일을 보냈다. 이 유럽 여행을 꼭 성사하겠다고 마음먹는 한편으로, 어떤 문제나 재난, 모든 계획을 수포로 만들 이유가 등장해주었으면 하는 생각이 내내 사라지지 않았다. 세계여행은 내가 아니라 다른 사람들, 그러니까 부자들의 전유물 같았다. 아니면 아나이스 닌이라든지 헤밍웨이라든지 재치와 푼돈만으로도 살아남을 수 있었던 이미 죽은 지 오래된 옛 보헤미안 아이콘만 할 수 있는 일이고, 21세기 초를 살며 웨이트리스 일로 휴대전화 요금이나 맥줏값을 버는 노동계급 출신 십대 소녀 두 명은 할 수 없는 일 같았다.

그러나 불가능하게만 느껴지는 일일지언정 우리는 스스로에게, 또 서로에게 항공권은 누구나 살 수 있는 거라고, 그러니 돈을 모으기만 하면 된다고 되뇌었다. 즉, 사치스럽게 식당에서 5달러짜리 아침을 사 먹는 대신 2달러짜리 팔라펠과 피자로 끼니를 때우고, 갑에 든 담배를 사는 대신 담뱃잎을 직접 말아 피우고, 새 옷을 사고 싶을 때 중고 옷가게의 할인 매대를 뒤지는 대신 훔치거나 꿰매 입으면 된다고 생각했다. 한 사람이 불필요한 새 물건을 사려들 때마다 나머지 한 사람이 그 돈으로 할 수 있을 다른 일들을 읊어주었다. 바게트, 샴페인, 호스텔! 금전적 책임감을 배우라고 서로를 장난스레 꾸짖는 게 우리 둘만의 놀이였다. 이 야심 찬 꿈을 이루는 게 우리가 서로에게 진 빚이었다.

그러다가, 어찌어찌 우리는 파리에 갔다. 내 열여덟 살 생일에 초콜릿딸기크레프를 먹고, 에펠탑 아래서 낯선 프랑스 남자들과 어울려 마리화나를 피우고, 레드와인을 병째 홀짝이며 센강을 따라 거닐기 딱 좋은 때였다. 나는 내 일기장에 (당연하게도, 아나이스 닌의 숭배자로서 일기장에 모든 것을 자세히 기록해왔으니까) 그 여행이 "꿈같다"고 썼다.

우리는 곳곳에서 아나이스 닌의 파리를 언뜻 마주쳤다. 무례한 웨이트리스가 우리가 들어갔을 때 고개도 들지 않고 구석 테이블에 앉아 혼자 책을 읽고 있던 텅 빈 카페에서, 셰익스피어앤드컴퍼니 서점의 책장 사이 통로에서, 밤의 센강을 에워싼 반짝이는 조명들 속에서, 골목길에서 쫓아가다가 모퉁이를 돌아 다른 길로 나온 우리를 완전히 길 잃게 만든 예쁘장한 흰 고양이와의 만남에서. 그러나 이런 순간들은 뉴욕에도 있는 체인점들의 쇼핑백을 잔뜩 안고서 영어로 시끄럽게 떠들며 마법을 깨뜨리는 관광객 무리를 만날 때마다 흐릿해졌다.

나는 오로지 내가 꿈꾸던 파리만 보려고 애썼지만, 눈을 돌릴 때마다 우리가 탈출하고 싶었던 세계와 똑같은 젠트리피케이션이, 똑같은 광고들이, 아름다운 건물들에 걸린 똑같은 맥도날드와 스프린트와 H&M 간판들이 있었다. 구름 같은 담배 연기 속에 모인 예술가들은 극히 드물었다. 이곳에 온전히 빠져들려고 노력했음에도 마음 한편으로는 시간여행을 진심으로 기대했던 터라 표면 아래로 실망감이 내려앉았다.

파리에서 실내 흡연이 금지된 건 2006년, 레이오나와 내가 파리를 찾기 불과 몇 달 전이었다. 이번에도 한발 늦었던 셈이다. 물론 내가 갈망한 건 그저 연기 자욱한 카페들이 아니라 그 카페들이 표상하는 모든 것이었다. 오후 시간을 쇼핑 따위로 낭비하기 싫은 사람들이 모이는 곳, 창조성을 중심으로 이루어진 공동체, 시원찮은 삶을 벗어나 가만히 앉아 내 생각을 이야기하고 대답이 필요 없는 질문을 던지게 해줄 장소와 사람들. 아나이스 닌의 일기장에서 읽기 전까지는 십대인 내 상상력이 빚어낸 허구일 줄로만 알았던 이상적인 예술가의 삶 말이다. 그런데 그 삶을 파리에서 찾을 수 없다면 어디로 가야 할지 알 수 없었다.

레이오나와 함께 다음 여행지로 출발하려 준비하는 내내 목적을 잃어버린 허탈한 기분이 들었다. 마치 파리가 나를 배신했거나 아니면 내가 아나이스 닌을 배신한 것 같았다. 내가 정말로 시대를 잘못 타고났다는 생각에 사로잡혔지만 이제는 그 사실이 애석하다기보다 그저 억울한 마음뿐이었다.

암스테르담행 버스는 오전 일곱시 출발이었고, 예사로 늦잠을 자는 십대이던 우리는 버스를 놓칠지도 모르니 밤을 새우고 버스에서 눈을 붙이기로 했다. 그래서 파리에서의 마지막 밤, 우리는 해가 뜰 때까지 깨어 있겠다는 것 말고는 아무 계획도 없이 커다란 슈트 케이스를 끌고 숙소를 나섰다.

바에 들어가 앉아서 샴페인을 딱 한 잔씩 마셨다. 여행 경비가 빠듯했고, 술을 너무 많이 마시면 졸릴 테니까. 바가 문을 닫기 시작하고 떠들썩하던 밤거리도 서서히 조용해지자 우리는 바깥을 서성거렸다. 센강 강가에서 담배를 피웠고, 아무도 없는 거리를 사진으로 남겼다. 가로등 불빛은 낭만적인 노란빛을 띠었고, 관광객이 사라진 좁고 구불구불한 골목은 우리가 찾던 파리 모습과 엇비슷해 보였다. 노트르담대성당 앞에도 한참이나 서 있었다. 대성당을 장식한 가고일*들은 며칠 전 관광객들이 인산인해를 이루던 대낮에 보았을 때보다 훨씬 마술적이고 초현실적으로 보였다.

세시 삼십분쯤 되자 슬슬 지루해진 우리는 이제 그림처럼 아름다운 골목을 보아도 감탄하지 않았고, 무거운 슈트 케이스를 끌고 다니는 데도 진력이 났다. 마침 카페가 눈에 들어오자 우리는 몇 유로를 더 쓰게 되더라도 자리에 앉아 카페인의 힘으로 다음 몇 시간을 버티기로 했다. 주문한 카푸치노가 나왔을 때 카페 안쪽 화장실로 이어지는 계단에서 올라오는 사람들이 예상보다 많은 게 눈에 띄었다. 사람들이 땀범벅이 되어 웃고 있는 걸 보면, 이 카페 지하에서 무슨 일인가가 벌어지고 있는 게 틀림없었다. 계단을 내려가보니 문지기가 문을 지키고 서 있었다. 문 안쪽에 뭐가 있느냐는 질문에 그가 퉁명스러운 말투로 "카바레"라고 대답하자마자 우리는 눈을 반짝였다. 그러나 이어 문지기가 말했다. "한 명당 20유로." 우리가 책정한 하루치 여행 경비보다도 많은 돈이었는데, 카푸치노 값을 내서 이미 예산 초과였다. 다시 계단을 올라가려 돌아서자, 우리의 실망을 알아차린 문지기가 눈을 찡긋하더니 잽싸게 우리 둘을 안에 들여보내주었다.

카바레는 석벽으로 이뤄진 동굴처럼 휑한 공간이었다. 나중에 누군가가 알려준 대로라면 거긴 옛 카타콤의 일부였다.

---

*   고딕양식 건축물에서 처마의 빗물받이 용도로 설치한 기괴한 모습의 괴수상.

앞쪽 무대에서 라이브 재즈 연주가 펼쳐졌고, 잔뜩 놓인 야외용 테이블에 사람들이 모여 앉아 술을 마시는데, 테이블마다 알몸에 가까운 상태로 깃털과 구슬을 걸친 여자들이 올라가 음악에 맞춰 춤을 추고 있었다. 카바레 전체가 담배 연기로 자욱했다.

우리는 경악한 나머지 몇 초쯤 굳어 있다가 뒷사람이 안으로 들어오려 하는 바람에 현실로 돌아왔다. 긴 의자 끝에 우리가 간신히 끼여 앉자 그 테이블에 있던 사람들이 맥주 피처를 나누어주었다. 음악이 잦아든 틈을 타 우리는 대화를 나누었다. 그 사람들 중 한 명은 파리에 사는 작가, 나머지는 뮤지션이었고, 지금 무대 위에서 연주하는 재즈 뮤지션들과 친구 사이라고 했다. 파리, 그리고 뉴욕에서 예술을 하는 삶이 어떤지 대화하며 공연을 즐기는 중간중간, 레이오나와 나는 놀란 눈빛을 교환했다. 그들이 우리에게 뉴욕에 대해 물었을 때 나는 내가 파리를 상상한 것처럼 그들 역시 뉴욕에 대해 낭만적 환상을 품고 있다는 걸 그들의 표정에서 읽었다. 나는 그들이 실제로 뉴욕을 찾는다면 실망할지 어떨지 궁금했다. 아니면 여행 마지막 날에야 자신들이 찾고자 했던 바로 그것을 발견할지.

음악과 춤, 술을 즐기는 사람들이 모두 하나의 비밀을 나누며 담배 연기 자욱한 공간에서 노래하고 대화하는 이곳이야말로 바로 아나이스 닌이 삶의 목적이라 했던 "고조된 순간"이자 우리가 꿈꾸던 파리였다. 파리행 열차에서 내리자마자 바로 이런 장면으로 걸어들어오지 못했다는 것이 실망스러웠지만 처음부터 완전히 잘못 생각한 거였다. 이곳이 이토록 찬란한 건 우리가 우연히 이 공간을 만나서이기도 했다. 만약 우리가 한밤의 파리를 돌아다니는 대신 그저 가만히 앉아 버스를 기다렸더라면, 카페 지하에서 무슨 일이 벌어지는지 궁금해하지 않았더라면, 그 궁금증을 풀겠다고 나서지 않았더라면, 단둘이 노트르담대성당의 가고일을 바라보다가 카바레를 찾게 된 이 완벽한 마지막 밤을 놓칠 뻔했기 때문이기도 했다.

아나이스 닌이 묘사한 파리는 그가 창조한 세계였다. 그가 함께하기로 한 사람들, 그리고 그 사람들과 나눈 대화로 이루어진 세계였다. 당연히, 파리 전체가 그런 모습이던 시절은 존재한 적이 없지만, 내가 갈망하던 파리(그리고 뉴욕)는 그곳을 바라보는 법을 아는 사람들이라면 다가갈 수 있는 모습으로 줄곧 존재했다. 아나이스 닌과 그의 글이 지닌 마법은 그가 살았던 세계뿐 아니라 그 세계를 바라보는 그의 시선, 그리고 그렇게 바라보겠다는 그의 마음가짐 속에 존재하는 것이었다. 그는 이렇게 썼다. "나는 지식, 경험, 그리고 창조를 향한 열병에 사로잡혔다." 모든 것이 예술이며, "평범한" 삶이 가진 "단조로움, 따분함, 죽음"이 얼씬도 할 수 없는 환희와 창조로 가득한 삶은 여행으로 도달할 수 있는 장소도, 내가 놓쳐버린 시대도 아니라는 사실을 나는 깨달았다. 그런 삶은 아나이스 닌이 통달했고 나 또한 통달할 수 있을, 삶의 방식이자 바라보는 방식이었다.

남은 여행—다음 여행지는 암스테르담이었고, 그뒤로는 독일과 이탈리아를 여행했으며, 스페인과 아일랜드를 거쳐 시계 방향으로 짜놓은 여행 계획을 채 완수하기도 전에 경비가 바닥났다—내내 레이오나와 나는 사소하고 완벽한 순간들을 마주칠 때마다 경탄하며 그 순간들을 보석처럼 주워모았다. 무언가 특별한, 고조된 순간에 사로잡혔다는 기분이 드는 순간들. 우리는 그 순간들을 일기장에 기록했다. 폰덜파크에서 마리화나 밀크셰이크를 마시고 데이지를 엮어 화관을 만들었던 일. 비스바덴의 어느 놀이터에서 손과 얼굴이 초콜릿 범벅이 된 독일인 꼬마가 혼자 노래하는 모습을 본 것. 베로나의 오래된 콜로세움에서 열린 오페라 공연.

　"나는 타인에게 이런 순간들이 존재한다는 것을 상기해주는 작가가 되고 싶다." 아나이스 닌은 이렇게 썼고, 내게 그는 그런 작가였다. 그 말의 의미를 진정으로 이해하기까지 그저 몇 년의 시간, 지구 반대편으로의 여행, 그리고 버스를 기다리던 긴긴밤이 필요했던 것뿐.

슬픈 소녀들

Sad
Girls

헤더의 방에 들어가자마자 내 눈은 침대 쪽 벽에 압정으로 붙여놓은 한 엽서로 향했다. 우리가 열여덟 살이던 8년 전, 파리에서 내가 보낸 엽서였다. 엽서 앞면은 에펠탑 뒤에서 큰 보름달이 밝게 빛나는 사진이었다. 뒷면에는 레이오나와 함께 유럽 배낭여행을 떠나기 전 내가 헤더와 나누었던 대화의 연장선인 편지가 쓰여 있었다. 지구 반대편에 있어도 우리는 같은 달을 바라볼 거라는 이야기였다.

십대 시절 우리는 그 어떤 부끄러움도 없이 서로에게 의존했고, 매일 만나는 게 익숙했다. 두 달간 떨어져 있으려면 우리의 사랑과 추억을 드라마틱한 방식으로 공표해야 했다. 그러나 그건 오래전 일이고 이십대가 되자 우리는 몇 달에 한 번 꼴로 만나 저녁을 먹었으며, 그때마다 "앞으로 더 자주 보자"

고 말했다. 작년쯤부터 헤더가 여기, 이 인우드의 아파트로 놀러오라고 몇 번이나 말했지만 매번 이런저런 이유로 미뤄졌다. 우리는 서로에게 "곧 보자"고 거듭 약속했다.

지금 나는 드디어, 처음으로 그애의 집에 찾아왔다. 그애의 유품을 정리하려고. 헤더는 일주일 전에 죽었다.

시드니, 레이오나, 나, 세 사람은 헤더의 자매인 젠과 아버지인 새미를 도와 이 엄숙한 과업을 함께하겠다 자원했다. 헤더의 옷을 조심스레 개어 기부할 수 있도록 포장하고, 약물 사용과 관련된 용품들은 새미가 보기 전에 먼저 찾아서 버리고, 헤더가 쓰던 세면용품이며 화장품을 버리는 일이었다. 나는 그애의 립스틱을 쓰레기통에 버리기 전에 작별의 키스라 여기며 입술에 발랐다.

부적삼아 간직할 헤더의 유품을 각자 몇 개씩 골랐다. 나는 "참으로 근사하구먼Very Fancy"이라고 쓰인 티셔츠를 골랐는데, 훗날 우리가 되고 싶다던 유대인 할머니를 흉내내며 놀 때 헤더가 했던 말이기 때문이다. 서로에게 더 많이 먹어야 한다고, 잊지 말고 외투를 챙겨 입으라고 잔소리하며 엄마 노릇하던 시절이었다. 책꽂이에 꽂는 대신 한쪽 벽면에 벽돌처럼 쌓아둔 책 무더기를 훑어보는데, 얇은 황백색 책등 하나가 나를 부르는 것만 같았다. 실비아 플라스의 『에어리얼』. 오늘의 기념품으로 삼기에 소름 끼칠 정도로 적절해 보이는 책이었다. 시드니도 비슷한 생각으로 헤더가 가지고 있던 『벨 자』를 챙겼다는 건 나중에 알았다.

십대 시절 헤더는 단연코 실비아 플라스 유형의 소녀였다. 나도 마찬가지였고. 우리는 그저 1960년대 이후 수도 없이 등장한, 강렬하면서도 폭력적인 시편들로 이루어진 『에어리얼』과 플라스가 경험한 최초의 신경쇠약 발작, 자살 시도, 입원을 소설로 재구성한 『벨 자』에 대한 사랑을 선전포고한 여러 소녀 가운데 둘일 뿐이었다. 물론 그건 우리가 괴롭다는 사실을 세상에 알리려는 그리 섬세하지 않은 방식이었다. "에스더 그린우드의 마음을 진짜 알겠어요." 우리는 어른들한테 이렇게 말하고는 했다. 위협이었다. 자신이 플라스와 닮았다고 주장하는 건 십대 특유의 슬픔을 보잘것없고, 당연하고, 클리셰인 것에서 문예적이며, 비극적이고, 낭만적인 것으로 격상하기 위함이었다. 21세기 초를 살아가는 우리가 느끼는 불안을 장엄하고 중대한 역사와 엮으려는 시도였다.

재닛 맬컴은 플라스와 그의 전기를 쓴 작가들을 다룬 책 『침묵하는 여성 The Silent Woman』에서 『벨 자』의 매력을 완벽하게 기술한다. "이 책은 겉보기에는 치기어리며, 가볍게 접근할 수 있는 것처럼 보인다. 이 책은 소녀들의 책처럼 읽힌다. 그러나 이 책은 지옥에 다녀와 자신을 고문한 이들에게 복수하고자 하는 여성이 쓴 소녀들의 책이다. 이 책은 독, 토사물, 피, 전류로 가득한 소녀들의 책이다." 우리는 독, 토사물, 피, 전류로 가득한 소녀들이었으므로, 당연히 『벨 자』를 사랑했다.

우리는 또 진지하게 작품 활동을 했던 십대 작가들이기도 했고, 따라서 또다른 차원에서 우리를 초등학생 시절 처음으로 시를 발표했던 플라스와 동일시했다. 헤더와 나뿐 아니라 한 무리의 소녀들은, 웬만한 남학생들이 기타를 가지고 다니듯 어디를 가든 노트를 지니고 다녔다. (다운타운의 부적응아들이라는 특정한 집단 속에서 왜 이런 성별 격차가 일어났는지는 모르겠지만 실제로 그런 차이가 존재했다. 소녀들은 작가였고, 소년들은 뮤지션이었다.) 헤더와 나는 밤늦은 시간, 용감해진 기분이 들면 서로 노트를 교환해 읽으며 상대를 우리의 가장 사적인 자아 속에 들어오도록 허락했고, 우리가 거의 항상 내보이는 "빌어먹을 세상 따위" 식의 냉담한 태도와는 정반대로, 무언가를 너무나 사랑하는 나머지 잘 해내고 싶은 마음이 있음을 인정했다. 우리는 서로가 쓴 소설과 시의 여백에 응원이나 감탄을 담은 메모를 써넣었고, 페이지를 넘겨 가장 처음 나오는 빈 페이지에는 더욱 긴 편지로 서로에 대한 사랑을 거침없이 쏟아냈다. 헤더가 쓴 그런 편지 중 하나엔, "때로 사막이나 북극에서도 바이올렛이 자라 황량한 대지에 색채를 흩뿌리듯이, 이토록 따분한 베이지색 세상에서 널 만난 건 행운이야"라는 글이 적혀 있었다.

톰킨스스퀘어파크의 친구들 속 역학관계는 늘 변했다. 다함께 움직이지만 누가 누구와 친한지는 그때그때 파트너가 바뀌는 정교한 미뉴에트 같았다. 내가 헤일리와 가장 친하던 시절에는 시드니와 헤더가 가장 친했다. (둘은 진zine*을 함께 제

---

*   소규모로 유통되는 잡지 형태의 작은 책자로 주로 DIY 방식이나 복사기로 제작

작했고, 덕분에 그 시절 헤더의 글 몇 편은 불멸의 것이 되어 남았다. 그중 하나가 "너는 무신론자이며 그 사실은 훤히 드러난다" "오 내 오만한 사랑이여, 네 가련하고 혐오스러운 처녀여"라는 구절이 들어 있는 짧은 산문시 「홀든 콜필드*에게 바치는 찬가」다.) 헤일리와 내가 헤더, 시드니와 사이가 나쁘던 시절도 있었는데, 우리가 톰킨스스퀘어파크에 반원을 그리며 앉아 있을 때면 서로 반대편 자리를 차지하고서는 상대 무리를 험담하기도 했다. 이런 악감정이 생겨난 건 적어도 어느 정도는 우리가 코카인을 너무 많이 흡입한다고 그애들이 걱정해서, 즉 그 시절 우리가 썼을 법한 표현을 빌리자면 그애들이 남을 판단하는 년들이라서였다.

그러나 결국 헤일리와 나는 코카인을 끊고 서로 서먹한 사이가 되었고, 비슷한 시기에 시드니는 부모 손에 이끌려 문제 아들(따지고 보면 딱히 그렇지도 않았다. 적어도 나머지 우리보다 심하지는 않고 오히려 덜한 편이었다. 학교를 계속 다녔으니까)을 위한 끔찍한 군대식 기숙학교에 들어갔다. 짝 잃은 한 쌍의 나머지 반쪽이던 나와 헤더는 완벽한 타이밍의 음율에 맞춰 서로의 손을 맞잡았다.

한다. 19세기부터 존재한 소책자 양식으로 오늘날 상업화되기도 했으나, 주목할 점은 소집단 내에서 유통되는 일종의 서브컬처, 또 정식 출판이 어려운 여성 작가들이 DIY와 스크랩북 등의 방식으로 시도해온 자비 출판의 문화를 계승하고 있다는 것이다. 페미니즘 제3의 물결과 더불어 라이엇걸, 비키니킬 등의 여성 펑크 운동에서 활발히 유통되며 페미니즘 메시지를 전하는 역할을 했다.
*   J. D. 샐린저의 소설 『호밀밭의 파수꾼』의 주인공.

"너는 내 피고, 가족이고, 최고의 친구야." 헤더가 내 노트에 쓴 또다른 편지였다. 나도 그애의 노트에 그와 엇비슷한 정도로 열렬한 선언을 남겼다. 파리에서 보낸 그 엽서에도.

헤더와 내가 가장 친하던 시절을 생각하면 실비아 플라스, 십대 시절 우리가 쓴 시, 그리고 재니스 조플린이 떠오른다. 우리 둘 다 음치였는데도 술에 취하면 재니스 조플린의 노래를 목청껏 부르곤 했다. 재니스의 음악은 심장으로부터 솟구치는 것이었으므로, 그의 고뇌를 느끼고 또 뱉기 위해 우리가 꼭 노래를 잘 부를 필요는 없었다.

재니스 조플린과 실비아 플라스는 극도로 다른 성격을 지녔다. 실비아는 겉보기에는 위엄 있고 세련된, 완벽한 주부지만, 종이 위에서는 불을 뿜어내는 라자르다. 요란하고 거친 파티걸이자 사랑의 열병에 들뜬 트러블메이커 재니스는 전염성 있는 웃음을 가진 블루스의 귀재다. 그러나 우리는 두 사람 모두를 우리의 수호성인으로 삼았다. 그들은 삭막하고 힙스터화된 9·11 이후의 오늘날보다 우리에게 더 어울리는 시대인 1960년대의 슬픈 소녀sad girl를 대표하는 아이콘이었다.

우리가 좋아하는 슬픈 소녀 아이콘 중에는 더 최근 사람들도 있었다. 나는 독, 토사물, 피, 전류를 품고 멜랑콜리를 뿜어대는 1990년대의 슬픈 소녀들을 좋아했다. 피오나 애플, 셜리 맨슨, PJ 하비, 코트니 러브. 나는 대체로 슬프다기보다는 화가 나 있었다. 적어도 겉보기에는 그랬다. 나는 가까이 오면 가시로 찌르겠다고 을러대는 고슴도치 같은 소녀였다. 그러나 그 분노 아래에는 깊고 커다란 슬픔의 우물이 있었다. 몇 년 전 겪은 아빠의 죽음으로 비통함을 안고 살았지만, 그때는 그 사실을 몰랐다. 그저 내가 세상 모든 걸 미워한다고만 생각했다. 표면 아래에서 꿈틀거리는 슬픔을 느끼는 건 오로지 혼자 있을 때뿐이었다. 반면 헤더의 슬픔은 환히 드러나는 곳에, 그 애의 입에 매달려 그애의 과장된 몸짓과 함께 움직이는 담배와 마찬가지로 늘 그 자리에 있었다. 그애는 남부끄러울 만큼, 뻔뻔스러울 만큼 슬퍼했다. 그리고 나 역시 그애와 어울려 단단한 갑옷을 일부나마 벗어던지고 슬픔에 몸을 맡기고 있노라면, 함께 슬픈 시를 쓰고 슬픈 노래를 부르는 게 너무 즐거운 나머지 실제로 우리가 슬픈 것을 잊어버리기도 했다.

우리는 함께 영원하고 광활한 무언가에 다가가고 있었다. 우리의 존재는 우리가 사는 시대를 초월해 낭만화된 과거에 뿌리내리는 게 더 적절한 것처럼 느껴졌다. 그러니까, 실비아와 재니스처럼.

"컴 온"이라는 가사가 반복될 때마다 우리는 서로를 부추겨가며 점점 더 목소리를 높이다가 클라이맥스에 도달하면 고래고래 외치듯 노래 불렀다. "가져가! 지금 내 마음의 작은 조각을 또하나 가져가, 베이비!*" 서로에게 몸을 기댄 채 목소리를 중저음으로 낮춰 흥얼거리기도 했다. "하지만 알 바 아냐, 베

---

* 　재니스 조플린, 〈피스 오브 마이 하트〉(1968)의 가사.

이비, 내일 우리는 존재하지 않을지도 모르잖아*." 그렇게 재니스 조플린의 여러 곡을 연결해 술 취했을 때 부르는 우리만의 메들리를 만들었다. 몸을 앞뒤로 흔들며 예술이라는 고통에 온몸을 내맡겼다.

이런 십대 시절의 기억들은 대부분 흐릿하게 뒤섞여 있다. 여름이면 매일 톰킨스스퀘어파크나 워싱턴스퀘어파크에 드러누워 시간을 보내고, 너무 추워 바깥을 서성이기 힘든 날에는 누군가의 빈집이나 식당에 틀어박혀 보낸 나날. 그런 순간들 하나하나보다는 그 소리들이—웃음소리, 음악소리, 동시에 이루어지는 여러 대화—한꺼번에 떠오른다. 가슴과 두 뺨을 뜨겁게 데우던 술과 손톱에 낀 담뱃진이 기억난다. 누군가의 무릎을 베고 누워 있었던 게, 그리고 내 무릎을 베고 누웠던 수많은 친구의 머리카락을 만지작거리며 놀았던 게 기억난다.

그러나 다른 소음을 뚫고 솟아오르는 몇 번의 낮과 밤, 섬광처럼 빛나는 특별하고 선명한 기억들도 있다. 그중 하나는 남자애들이 펑커델릭 스튜디오의 녹음실을 하나 빌려서 나와 헤더가 그곳에 따라갔던 밤이었다. 녹음실은 어두웠고, 실제로는 작고 좁아터졌는데도 휑뎅그렁하게 느껴졌다. 친구들은 음악을 연주했고 나와 헤더는 남들의 가방, 겉옷, 빈 기타 케이스가 놓인 녹음실 구석 벽에 등을 기대고 앉은 채로 750밀리리터 병에 담긴 서던컴포트를 나눠 마시면서 하마터면 오줌을

** 재니스 조플린, 〈겟 잇 와일 유 캔〉(1971)의 가사.

지릴 뻔할 만큼 신나게 웃었다. 컴뱃 부츠와 그물 스타킹을 신은 우리의 다리는 한데 엉켜 널브러져 있었고, 헤더의 얼굴은 새빨갛게 달아올랐다. 아버지 쪽이 중국계인 헤더는 아시아인 특유의 홍조가 심해서 술을 마실 때마다 뺨과 이마가 만지면 뜨거울 정도로 달아오르고 눈에는 눈물이 고였다. 홍조를 부끄러워했던 그애는 누가 얼굴을 보고 한마디 할 때마다 언짢아했다. 하지만 나는 그애 얼굴을 방금까지 있는 힘껏 고함을 지른 것처럼 보이게 하는 홍조가 좋았다. 실제로 헤더가 고함을 지르는 일도 많았고.

실제 녹음이 이루어지는 동안에는 우리도 조용히 있었다. 각자 노트를 손에 들고, 서로에게 편지를 쓰면서, 웃음을 참는 대결을 했다. 우리가 입을 닫은 그 짧은 순간에 나는 연주 중인 맷, 마이크, 마일스, 조나의 초상화를 빠르게 그려내기도 했다. 그날 밤의 나머지는 평소처럼 아무 이야기나 주고받고 서로를 실컷 웃기며 보냈지만, 그 이면에는 무언가 고양되는 분위기도 감돌았다. 나는 이 순간을 남김없이 흡수하기로, 이 밴드가 언젠가 성공한다면 "그때를 기억해"라고 말할 수 있도록 머릿속에 잘 새겨두기로 했다. 그러나 그 밤을 떠올릴 때 기억나는 건 그 밴드보다는 (밴드는 곧 해체됐고, 그애들은 솔로로, 아니면 다른 그룹에서 훨씬 더 나은 음악을 만들었다) 구석에 앉아 있던 나와 헤더다. 남자애들이 곡 전체를 연주해야 한다며 우리를 조용히 시킬 때까지 〈터틀 블루스〉를 불렀던 것, 웃음에 나자빠지며 젊고, 자유롭고, 시끄럽다는 사실에 환호하는 하나의 생명체가 될 때까지 몸이 반으로 접힐 정도로 꺽꺽 웃다가 내가 그애 다리 위에 쓰러지고, 그애도 내 등 위로 엎어졌던 것. 입가에는 달짝지근한 서던컴포트의 잔여물이 남은 채였다.

그해 여름과 가을 내내 우리가 서던컴포트를 마셔댄 건 그것이 재니스 조플린의 술이라서였다. 재니스가 서던컴포트를 즐겨 마신 것이 얼마나 유명했는지 이 위스키 회사에서 그에게 모피 코트를 선물하기까지 했다. 우리 눈에 그만큼 쿨한 일은 없었다. 우리는 술을 마시는 십대인 것만으로는 만족할 수 없었다. 알코올중독에 빠지고 싶었고, 과음하고 싶었다. 주류 회사에서도 그 사실을 알고 우리를 후원할 만큼 많이 마시고 싶었다.

사실을 말하자면, 우리는 재니스가 술꾼이었다는 점을 그의 음악만큼 사랑했다. 실비아가 자살했다는 점을 그의 글만큼 사랑했다.

당연한 말이지만, 슬픔과 비극을 낭만화한 십대 소녀들이 우리가 처음인 것도, 마지막인 것도 아니었다. 플라스 이전에는 버지니아 울프, 에밀리 디킨슨, 그리고 브론테 자매가 있었으며, 그 모든 여성은 음울한 추종자 무리를 거느렸다. 재니스 조플린 이전에는 블루스가 있었다. 그보다 더 최근에는 '슬픈 소녀 미학'이 텀블러tumblr를 잠식하던 시대가 있었다. 젊은 여성들이 눈물로 마스카라가 턱까지 흘러내린 사진이나 먼 곳을 아련하게 바라보는 흑백 셀피에 우울과 존재론적 권태를 표현하는 인용구를 곁들여 포스팅했다.

디지털 세대에 일어난 슬픈 소녀 유행의 기원은 종종 라나 델 레이가 얻은 인기와 델 레이 특유의 실의에 빠진 복고풍 이미지가 파급효과를 일으킨 결과로 해석된다. 델 레이가 선별적으로 내보인 슬픔의 미학 역시도 1960년대를 그 근원으로 두지만, 이는 재니스 조플린보다는 『인형의 계곡』*을 닮은 미학이다. 2012년 데뷔 앨범 '본 투 다이'를 발매한 라나 델 레이는 브리지트 바르도를 연상시키는 헤어스타일과 늘 불퉁하게 내밀고 있는 입술, 노보카인**을 복용한 것 같은 높낮이 없는 목소리로 선언했다. 슬픔은 섹시하다. 그러자 갓 태동을 시작한 새로운 세대의 슬픈 소녀들이 찬동했다.

소셜미디어에 등장하는 슬픈 소녀들은 특유의 어조를 지닌다. 냉소적인 유머와 아이러니라는 반짝으로 슬픔을 보호하듯 감싼 채 내보이는, 고유의 취약성이다. 슬픈 소녀들의 텀블러 페이지는 드라마틱한 눈물 셀피와 함께 반짝거리는 핑크빛 필기체나 파스텔 색조의 서체로 쓰인 "나는 내 인생을 혐오한다" 같은 단순하고 우울한 문구로 가득하다. 이 발랄한 표현 방식은 그 메시지와 충돌하여 인터넷 유머의 핵심이기도 한 불협

---

* 재클린 수전의 1966년 소설로, 출간되고 한 해 동안 기네스북에 오를 정도의 판매량을 자랑하며 큰 인기를 끌었다. 쇼 비즈니스 업계의 비열한 이면을 보여주고, 권태와 불안에 시달리며 프로포폴과 각성제를 사용하는 인물들이 등장하여 이후로도 문화적 참조물로 기능했다.
** 국소마취제의 상표명으로, 신경을 차단해 무감각하게 만드는 효과가 있다.

화음을 만들어낸다. 온라인의 슬픈 소녀들이 구사하는 우울증 유머는 텀블러를 넘어 뻗어나갔다. 전형적인 '슬픈 소녀' 트위터 계정인 '소새드투데이@sosadtoday'는 반은 진심이고 반은 아이러니한 내용의 불안과 우울에 관한 트윗을 올려 리트윗 수가 점점 늘어난 덕분에 유명세가 하늘로 치솟았다. "때로 내가 존재한다는 사실이 떠오르면 그저 '우웩'이다"라든지, "어머니의 날 카드: 엄마, 낳아달라고 한 적 없어요" 같은 정서들이다. 2012년에 올라온 첫 트윗은 그저 "오늘 슬픔"이라는 한마디였다. 이 계정을 운영하는 시인이자 작가 멀리사 브로더는 훗날 『오늘 너무 슬픔』이라는, 계정과 같은 제목의 에세이 선집을 출간해 이 냉소적 멜랑콜리라는 특수한 취향이 작용하는 영역을 확장했다.

온라인에서 슬픈 소녀 미학이 인기를 끌면서 "'슬픈 소녀'는 언제부터 쿨한 것이 되었나?" "텀블러의 슬픈 소녀 운동이 정신질환을 경시하게 할 가능성" 같은 분석 기사들도 등장했다. 이런 기사들엔 대개 십대 소녀들이 주도하는 트렌드를 분석할 때 으레 따라오는 부들부들하는 정서와 경멸이 담겨 있지만, 개중에는 텀블러의 슬픈 소녀들이 자해를 조장하지는 않는지, 또 이들의 미학이 젊은 여성들이 서로의 식이장애를 부추기게 만드는 뒤틀린 "프로아나*" 문화와 유의미하게 중첩되지는 않

---

*   pro-anorexia의 약어로, 극도로 마른 몸을 동경하고 식이장애를 옹호하는 사람 또는 그런 경향.

는지에 관해 정당한 우려를 표하는 글들도 있다.

슬픈 소녀의 스펙트럼 반대편을 살펴보자. 자신의 사진 작업을 비롯한 창작 일반에 대한 철학의 큰 틀로써 '슬픈 소녀 이론'이라는 용어를 만든 예술가 오드리 월런은 슬픔을 표현하는 것은 소녀들이 언제나 명랑하고 고분고분해야 한다는 기대에 대한 저항의 한 형태가 될 수 있다고 주장했다. 잘 알려진 명화들을 자신의 누드, 또는 누드에 가까운 사진으로 재창조해 인스타그램에 시리즈로 게시한 (소셜미디어라는 미학의 근원을 유지하고 또 고양하는 일이었다) 월런은 2014년 『i-D』 매거진과의 인터뷰에서 텀블러 소녀들의 과시적인 슬픔, 그리고 실비아 플라스나 라나 델 레이를 비롯한 슬픈 소녀 아이콘을 일컬어 "저항의 행위" 그리고 "동시대 페미니즘의 초긍정성 hyper-positive 요구에 대한 대안"이라는 말을 남겼다. (이 인터뷰는 #미투 운동, 로 대 웨이드 사건에 대한 대법원의 판결 번복* 그리고 페미니즘이 분노로 회귀하기 이전에 이루어졌다. 현재 '초긍정적' 페미니즘이란 기억에서조차 사라졌을 지경이나, 그럼에도 이 표현은 멀리서 보면 '힘 기르기empowerment'와 비슷한 표현처럼 들리기도 한다.)

월런은 2015년 『나일론』 매거진 인터뷰에서 "대중문화가 비

---

*　1973년의 로 대 웨이드 판결은 24주 이내의 태아에 대한 임신 중지를 헌법에 규정된 여성의 성적 결정권으로 인정한 미국 대법원의 가장 논쟁적이며 정치적으로 중요한 판례다. 2022년 보수 성향 대법관이 다수로 구성된 미국 대법원은 돕스 대 잭슨 판결로 앞선 판결을 49년 만에 무효화했다.

가시화하고자 하는 것이 있다면 그것이 무엇이건 자세히 들여다볼 필요가 있다고 생각합니다"라고 말했다. "전 세계적으로 15세에서 19세 소녀들의 사망 원인 중 1위는 자살임에도, 사람들은 소녀들에게 그들의 슬픔이 개인적인 것, 각자의 실패, 혼자만의 증상이라며 침묵하라고 합니다. 혼자 아파하라고 합니다." (이 인터뷰 이후 수년간 자살은 임신 합병증, 출산과 나란히 십대 소녀들의 사망 원인 1위 자리에 오르락내리락했다.)

월런이 '슬픈 소녀 이론'을 주창하기 10년 전, 텀블러나 인스타그램, 트위터가 존재하기 전, 헤더와 나 역시 슬픔이란 혼자 간직해야 하는 것이라는 똑같은 기대에 저항하고 있었다. 우리는 혼자보다는 함께 고통을 겪을 때 드러나는 힘을 발견하고 있었다. 그리고 우리의 슬픈 소녀 성인聖人들은 우리가 가진 너무 큰 감정들을 조금이라도 쏟아낼 안전한 그릇을, 우리가 느끼는 감정을 묘사할 언어를, 그리고 그런 감정을 느끼는 게 우리가 처음은 아니라는 위로를 내어주었다.

헤더의 집 정리를 마치고 돌아온 나는 그애가 가지고 있던 『에어리얼』 표제면에 작고 단정한 글씨로 '헤더의 책'이라고 썼다. 마치 내가 언젠가 그 사실을 잊을 수도 있다는 듯. 책을 읽기 시작했지만, 다섯번째 시 「레이디 라자로」에 이르렀을 때—그중에서도 "끝까지 해내서 절대 돌아오지 않겠다고*" 말

---

*   이 글에 등장하는 실비아 플라스 시의 인용구에 한해, 한국어판 복원본에 수록된

하는 행까지 읽었을 때—헤더가 너무나 직접적으로 연상되는 바람에 더는 읽을 수 없었다. 나는 낡은 문고판 『에어리얼』을 덮어 내 장황한 글들 사이에 중간중간 헤더의 편지가 남겨진 십대 시절 노트들과 나란히 책장에 꽂아두었다. 이대로 오랫동안 펼쳐보지 않을 작정이었다.

『에어리얼』이 플라스가 죽고 2년 뒤, 헤어진 남편 테드 휴스의 대대적 편집을 거쳐 출간된 책이라는 사실은 잘 알려져 있다. 1963년 2월 어느 이른아침 플라스의 시신이 발견되었을 때, 『에어리얼』에 담길 시들은 플라스가 출간하길 바라는 형태 그대로 검은 바인더 속에 정리되어 책상 위에 놓여 있었다. 휴스는 플라스의 전기를 쓴 헤더 클라크의 표현대로라면 "휴스 본인에게 개인적으로 피해를 줄 만한" 그의 불륜과 잔인함을 다룬 별거 기간에 쓰인 시 열두 편을 누락했으며, 그 대신 다른 시 열세 편을 추가했다. 또 휴스가 훗날 이 시집의 표제시 「에어리얼」을 가리키며 표현한 바대로, "자살 예고"라는 느낌이 더욱 두드러지도록 수록 순서 역시 바꾸었다.

"플라스는 『에어리얼』의 맨 마지막 수록작으로 희망적인 시 「겨울나기」를 골랐고, 이 시의 마지막 단어는 '봄'이다." 퓰리처상 최종 후보에 오른 전기 『붉은 혜성—실비아 플라스의 짧은 삶과 타오르는 예술Red Comet: The Short Life and Blazing Art of Sylvia

번역을 따랐다. (실비아 플라스, 『에어리얼』, 진은영 옮김, 엘리, 2022) 그 밖에 이 책의 나머지 부분에 등장하는 인용문은 모두 옮긴이가 번역한 것이다.

Plath』에서 클라크는 여기에 주목한다. "휴스가 『에어리얼』 초판의 마지막에 배치한 시 세 편은 이와는 달리 우울과 자살을 암시하는 「타박상」 「가장자리」 「말」이었다. 자신을 대놓고 겨냥한, 맹렬한 분노와 조롱이 담긴 시들 중 다수를 누락했기에 (…) 그가 편집한 『에어리얼』은 플라스가 남긴 원본보다 더욱 암울했다." 그는 플라스의 분노를 살균해 한층 더 수용하기 편한 여성적 우울로 바꾸었다.

사회가 소녀들이 슬픔을 삼키기를 기대한다는 월런의 고찰이 틀린 것은 아님에도, 여전히 여성들의 슬픔은 분노에 비해 더욱 용인되는 감정이다. 분노한 여성은 위험하고, 예측 불가하고, 통제 불능이다. 곧장 처벌하거나, 수치심을 주거나, 약물치료를 가해 다시금 현실로 되돌려놓아야 한다. 분노는 외부를 향하고, 체계를 교란하며, 권력을 가진 이들을 불편하게 하는 반면, 슬픔은 내부, 즉 우리 자신을 향하는 경향이 있다. 슬픔은 타인을 귀찮게 하지도 소란을 피우지도 않는다.

슬픈 소녀 미학이 보여주듯이 슬픔은 적절한 형태로, 적절한 여성에 의해 수행되는 경우에 유약하고 유순한 이상적 여성성으로 깔끔하게 정리된다. 즉, 슬픔은 어리고 예쁜 백인 여성들에게 허용되는 위반의 한 형태다. 텀블러의 슬픈 소녀들은 대부분 마르고 여리며, 통상적인 의미로 아름다운 외모를 가진 백인 소녀들이다. 그렇기에 슬픔이라는, 이른바 전복적인 에토스는 종종 그저 주류 패션이나 영화 산업에서 바람직하다 간주하는 협소한 기준을 강화하는 데 그친다.

올바른 유형의 슬픈 소녀란 '곤경에 빠진 여성damsel in distress' 이라는 닳고 닳은 여성 모티프의 반복이다. 슬픈 소녀는 여전 히 사랑스럽다, 구원할 수 있는 존재이므로.

너무 늦어버리기 전까지는.

슬픔에 잠식된 슬픈 소녀는 비극적이며 낭만적인 인물이 된다. 그 소녀는 자신의 고통 그 자체가 되고, 그 소녀의 고통 은 우리가 스스로를 감싸는 무엇이자 요구하는 무엇이 된다. 그 소녀는 상징이자, 매개이자, 경고가 된다. 다음 세대의 슬 픈 소녀들이 숭배하고 본보기로 삼을 수호성인이 된다. 그리 고 이 과정에서 그가 지닌 복잡성과 인간성은 소멸한다. 그가 삶에서 느낀 기쁨은—재니스가 개를 사랑했던 것, 햇볕이 뜨 거운 날 일광욕을 하며 실비아가 느낀 행복감, 헤더의 안식일 저녁식사들—사라진다.

적어도 어느 정도는 휴스가 유고를 편찬하는 과정에서 제 잇속을 챙기기 위해 저지른 조작 덕분이지만, 플라스는 생전 에 자신이 원했던 명성과 인정을 이 협소한 전형으로서의 슬 픈 소녀라는 형태로 얻어냈다. 『에어리얼』은 영국에서 출간된 지 열 달 만에 1만 5천 부가 팔렸으며 그뒤로도 수십만 부가 팔렸다. 플라스가 생전에 필명으로 출간했던 『벨 자』도 사후 에 본명으로 출간되어 수백만 부 팔리면서 수많은 우울한 십 대 소녀들이 정체성을 확립하는 토대 노릇을 했다.

클라크는 이렇게 쓴다. "플라스를 마녀 같은 죽음의 여신으 로 바라보는 대중의 인식이 태어났고 그후 오랫동안 사라지지 않았다." 죽음이 가진 비극성에 그의 시가 지닌 탁월함이 뒤섞이면서 실비아 플라스는 하나의 아이콘이 되었지만, 이 때문에 슬픔 그리고 비극적 죽음이 그를 정의하는 특성이 되었다. 새로운 세대의 플라스 연구자들이 나타나 플라스의 시 세계를 다른 차원에서 바라보게 함으로써 팬들이 플라스의 사망일이 아니라 탄생일을 기념하고, 죽음과 폭력을 환기하는 작품들이 아니라 꿀벌을 다룬 시들을 분석하며 면밀히 읽어 그 연구 결과를 발표하게 된 건 이로부터 수십 년 뒤의 일이었다.

이에 대해 맬컴은 『침묵하는 여성』에서 직설한다. "플라스가 자살하지 않았더라면 그의 시가 그토록 큰 세간의 관심을 끌었을 것인가라는 질문이 빈번히 등장한다. 나는 아니라고 보는 이들에게 동의한다."

나는 헤더를 그토록 납작한 존재로 만들고 싶지 않다. 비록, 그애는 "마녀 같은 죽음의 여신"이라는 별명을 얻는다면 분명 굉장히 기뻐했을 테지만 말이다. 슬픈 죽음을 맞이했다고 그애를 '새드 걸'로 기억하는 건 너무 쉬운 일이다. 그애의 삶을 죽음에서 시작하는 이야기로 다시 쓰는 것도. 그러나 헤더의 삶에는 훨씬 많은 것이 있었다.

우리가 서툰 소녀 티를 벗지 못했던 시절에도, 헤더는 엉덩이를 흔든다든지 저속한 농담 앞에서도 얼굴을 붉히지 않는, 매력적인 여성들만 가질 수 있는 여유로운 태도를 보였다.

웃음소리는 요란했다. 누가 우스운 말을 했을 때 주변의 공기를 깨뜨리며 킥킥거리는 게 아니라 한 번에 바보같이 내뿜

는 파안대소, 자기가 웃기다고 생각한 걸 말한 후에 자기가 터
뜨리는 웃음이었다. 그건 그 웃음소리를 내는 '핫 걸'과는 너
무나 어울리지 않고, 뜻밖에도 그리고 사랑스럽게도 엉뚱해서
모두가 그애가 자기 농담에 웃는 것을 보고 따라 웃지 않을 수
없었다.

그애는 자신의 유대인 정체성과 중국인 정체성을 자랑스러
워했으며, 양쪽 부모님으로부터 물려받은 문화적 유산을 공
부, 음식, 패션을 통해 탐구했다. 치파오 차림으로 누들 쿠글*
을 만들고, 자신을 "로어이스트사이드 스페셜"이라고 불렀다.
이스라엘에도, 중국에도 가보았고, 두 나라에서 모두를 위해
선물을 사 왔다.

그애는 이십대 초반부터 시너고그에 다니며 주요 기도문을
모두 암기했고, 책과 단어 카드를 이용해 독학으로 히브리어
를 익혔다. 엄청나게 똑똑한 애였다.

시너고그에 나가면서 정통주의 유대인 공동체를 벗어나는
중이던 한 남자와 친해진 그애는 그가 세속에 적응할 수 있게
도와주는 일을 도맡았다. 그애의 또 한 가지 특별한 점이었다.
어디서든 누구와든 친구가 될 수 있었으며, 기꺼이 친구가 되
었다.

나는 헤더를 떠올릴 때 이런 것들을 기억하고 싶다.

* 아슈케나즈 유대인의 전통 음식으로 에그 누들을 사용해 만드는 캐서롤과 비슷
하다.

그러나 슬픔은 그애의 너무나 큰 부분이자, 그애가 자기를 바라보는 방식과 세계를 헤쳐나가는 방식에서도 큰 몫을 담당했으므로, 슬픔이 헤더에 관한 기억을 완전히 장악하게 두는 것만큼이나 그 슬픔을 얼버무리는 것 역시 미안한 일이다.

한밤중 자살하고 싶다는 헤더의 전화를 처음 받았을 때, 나는 응급 상황이라고 생각했다.

우리는 직업을 가진 어린 성인의 삶에 적응하려 애쓰는 두 명의 고등학교 자퇴생이었다. 그애는 법률 비서, 나는 잡지의 팩트체커였지만, 건물 계단에 앉아 위스키를 마시며 서로의 어깨에 기대 울던 밤들은 꼭 손을 뻗으면 닿을 듯 얼마 전인 것만 같았고, 마치 우리가 그런 긴긴밤으로부터 멍한 탈수 상태로 걸어나와 곧바로 각자의 사무실로 들어간 것만 같았다. 보통 사람의 세계를 그토록 맹렬히 거부한 끝에 이런 정상성의 세계에 들어온 게 어색하고 부자연스럽다는 이야기를 종종 나누기도 했다. 그 세계가 한순간 우리를 거부하며 등 돌릴까 봐 겁이 나기도 했다.

전환에 따르는 긴장에 더해, 헤더는 얼마 전 양극성장애 진단까지 받았다. 이 진단으로 인해 그애가 느끼는 슬픔의 의미도 달라졌다. 이제 슬픔은 그저 표출하면 되는 것이 아니라 전문가의 도움을 받아 관리하고, 경계를 늦추지 않고 다루어야 하는 것이 되었다. 우리 모두 그랬듯 그저 슬프고 화난 십대 소녀인 것과, 실제 임상적 우울증을 앓는 것은 확연히 달랐

Sad ————

다. 슬픈 노래를 부르고, 달콤한 술을 양껏 마시고, 서로가 쓴 슬픈 시를 읽으며 울고, 슬픈 소녀 성인들을 위한 제단 앞에서 기도하던 열여섯 살 시절에는 둘을 가려내기 어려웠다. 그러나 이제는 그 차이를 분명히 알 수 있었다. 헤더에게 있는 건 더 크고, 더 무시무시한 슬픔이었다. 끊임없이 맞서 싸우지 않고 굴복한다면 헤더를 영원히 삼켜버릴 조류였다.

침대 옆 테이블에 놓인 휴대전화가 진동하는 소리에 잠에서 깼을 땐 정신이 없었다. 새벽 세시가 지난 시각이었다. 나는 눈을 깜박여 잠기운을 털어내고 목을 가다듬은 뒤 황급히 답했다. "여보세요?"

전화기 너머에서 헤더가 울고 있었다.

"왜 그래? 괜찮아? 무슨 일이야?" 나는 이미 침대에서 내려와 뺨과 어깨 사이에 휴대전화를 끼운 채 바지를 꿰어 입으며 지하철을 타고 그애가 있는 곳으로 당장 달려갈 준비를 했다. 헤더에게 일어났을지도 모르는 온갖 무시무시한 일들이 머릿속에서 날뛰었다. 병원일까, 아니면 경찰서? 그애 아빠한테 무슨 일이라도 생긴 걸까?

그애가 마침내 입을 뗐을 때, 그건 울부짖음에 가까웠다. "죽고 싶어!" 마지막 단어가 늘어지다가 다시 흐느낌으로 돌아갔다.

나는 당장 가겠다고, 내가 가주기를 바라느냐고, 앰뷸런스를 불러야 하는 상황이냐고 물었지만 곧 그애가 바라는 게 구조가 아니라 자신의 말을 들어주는 것임을 알아차렸다. 그애는 자기가 얼마나 아픈지 누군가가 알아주기를 바랐다. 그래서 나는 그애의 말을 들었다. 다시 침대에 누웠지만, 눈을 감지는 않았다.

"사랑해." 내가 말했다. "네가 살아 있어서 정말 다행이야. 정말 안타깝다."

시간이 지나자 마침내 그애의 흐느낌이 잦아들며 훌쩍임으로 바뀌었다. 잠들 수 있겠느냐고 묻자 그애는 한숨을 쉬었다. "응." 몇 시간 뒤 다시 잠에서 깨자 문자 메시지가 와 있었다. "고마워. 기분 좀 나아졌어. 사랑해. <3"

하지만 그날의 통화는 이후 이어진 수많은 전화 중 첫번째에 불과했다.

매번 똑같은 방식이었지만 몇 년에 걸쳐 엇비슷한 일이 세 번, 네 번, 그러다 스무 번쯤 되자 나도 더는 위급한 상태라고 받아들이지 않게 되었다. 정말로 그애의 목숨이 위험할까봐 두렵던 마음은 사라지고 그애한테는 전화가 비상 밸브 같은 거라고 이해하게 되었다. 한밤의 전화는 일상이 되었다. 그러다가 버거운 것이 되었다. 다시 심리치료를 받으라고 약을 먹으라고 온갖 방식으로 말해도 똑같았다. 널 사랑한다고, 그리고, 맞아, 네가 죽는다면 널…… 미치도록 그리워할 거야, 그렇게 안심시키는 것도 더는 소용없었다. 헤더가 자기 고통을 내가 감당할 만한 선까지만 안겨주려고 애쓴다는 건 알았다. 전화가 올 때마다 받기는 했지만 그애도 내가 지쳐가고 있다는 걸, 이제 나에게 할말이 더는 없단 걸 알았다.

결국 전화도 멈췄다.

헤더로부터 이런 전화를 받은 친구들이 나 말고도 여럿 있었다는 건 그애가 죽은 뒤에야 안 사실이다. 한 사람에게 너무 부담을 주지 않으려고 여럿에게 돌아가며 전화한 모양이었다. 그러나 우리 모두 차례차례, 번아웃에 빠졌다. 시간이 지나고 우린 모두 서로에게 같은 소식을 전했다. "이제, 더는 전화하지 않더라."

헤더가 살아 있던 마지막 해, 우리 둘 다 스물여섯 살이던 그해에 우리 사이는 소원해졌다. 그때도 죄책감을 느꼈지만 나 역시 진짜 삶을 구축하기 위해 나만의 아슬아슬한 줄타기를 하고 있었고, 추락하는 그애를 잡아줄 여력은 없다고 느꼈다. 그래도 우리 사이가 그대로 끝일 거라고 생각하지는 않았다. 전에도 소원하던 시절을 보낸 적이 있었지만 나는 우리 사이에 보이지 않는 끈이 있다는 걸 한 번도 의심하지 않았다. 각자 살아가느라 바쁜 몇 달이 지나고 나면 그 끈이 우리를 끌어당겨 순식간에 다시금 가까워질 거라고 믿었다.

마지막으로 만난 날, 우리는 애스토리아에 있는 그리스식 식당에서 저녁을 먹었다. 레몬포테이토에 곁들여, 우리 사이에 작은 테이블을 하나 더 끌어다놓아야 할 정도로 다양한 종류의 딥을 먹었고 레드와인 한 병을 나누어 마셨다. 창가 자리에 앉아 있었고, 늦여름 저녁해가 우리를 금빛으로 물들였다. 헤더가 얼마 전 승진했고 다시 학교에 갈 계획이어서 우리는 축하의 건배를 들었고, 내가 쓰고 있던 책 이야기도 했다. 내 첫 독자이던 헤더는 여전히 날 응원했다. 옷 이야기도 했다. 예쁜 옷을 사면 자기 통제력이 강해지는 것 같다거나, 쇼핑이 낙관주의적 행위라는 이야기였다. 그러나 우리 둘 다 언제 위기가 찾아올지 모르는 상황에서 불필요한 물건에 돈을 쓸 때 느끼는 노동계급 특유의 죄의식에서 벗어나지는 못했다.

"괜찮은 가격에 물건을 살 줄만 안다면 쇼핑 치료가 심리치료보다 더 저렴하다고." 그러면서 헤더는 특유의 웃음을 터뜨렸고 우리는 와인잔을 맞부딪쳤다. 와인을 한 병 더 주문해 현재 우리가 겪고 있는 시련과 승리에서부터 미래의 가능성과 과거의 상처까지 훑으며 웃음과 온기를 띤 대화를 이어갔고, 우리 사이에 한동안 서먹했던 기색은 조금도 느껴지지 않았다.

나는 앞으로도 쭉 이런 식으로 우리 사이에 부침이 있더라도 매번 서로에게 돌아올 줄 알았다. 언제까지나 같은 달을 바라볼 줄 알았다.

재니스 조플린의 마지막 앨범 '펄'은 재니스 생전 마지막 주에 녹음된 것으로, 『에어리얼』과 마찬가지로 사후 발표된 작품이다. 1968년 그가 빅브라더앤드더홀딩컴퍼니를 떠나고 2년 만에 나온 두번째 앨범이었다.

재니스는 새로운 밴드 풀틸트부기와 투어하던 1970년 여름부터 초가을까지 다섯 달간 헤로인을 끊었고, 심지어 목소리를 보호하기 위해 하루 두 잔으로 술을 제한했다. 로스앤젤레스에서 머무르던 호텔에서 우연히 옛 딜러를 만나 다시 헤로인중독이 재발하기 전까지의 일이었다. 그는 1970년 10월 4일 이른아침 헤로인 과용으로 사망했다.

재니스가 사망한 뒤, 재니스의 밴드와 프로듀서 폴 로스차일드는 스튜디오로 복귀해 악기 파트를 재녹음했고 완성되지 않은 재니스의 보컬 중 녹음된 부분들을 이어붙였다. 로스차일드는 그가 충동적으로 녹음한 곡 〈메르세데스 벤츠〉를 마지막 트랙으로 덧붙였다. 이 곡은 재니스의 "뭐, 이게 다야!"라는 말, 그리고 특유의 꺼끌꺼끌한 웃음소리로 끝난다. 이 맺음말은 『에어리얼』속 수많은 시처럼 유령이 하는 말 같다.

또하나 『에어리얼』과 비슷한 점은, 유령에 홀린 것 같은 이 앨범이야말로 진정으로 위대한 예술가로서 그의 지위를 공고히 해준 작품이었다는 점이다. 재니스가 사망하고 석 달이 지나 발매된 '펄'은 지금까지 그의 커리어를 통틀어 가장 상업적으로 성공한 앨범이었고, 총 800만 장 이상의 판매고를 올렸다. 이 앨범에서 나온 세 개의 싱글 중 하나인 〈나와 바비 맥기〉는 두 주 동안 차트 2위를 지켰다.

그 당시 뉴욕타임스에 실린 '펄' 리뷰는 〈나와 바비 맥기〉를 재니스의 죽음이라는 맥락과 연결해 다음과 같이 평했다. "이 곡의 코러스('자유란 잃을 게 없다는 말의 다른 표현일 뿐이야……')를 노래하는 그의 목소리를 듣고 있자면 다소 으스스한 기분이 든다." 이 리뷰를 읽으며 재니스 조플린의 사망 석 달 뒤 처음으로 '펄'을 듣는 사람들을 상상하니 플라스가 자살하지 않았더라면 그의 시가 그만한 영향력을 남기지 못했을 것이라던 재닛 맬컴의 주장이 자꾸 떠오른다. 물론 둘의 상황이 완벽하게 일치하는 것은 아니다. 재니스는 '펄'을 발매하기 전에도 이미 유명했고 잡지 표지를 여러 차례 장식했으며 우드스톡 페스티벌에서도 공연했다. 이 앨범이 공전의 기록을 깨뜨릴 것이라는 건 충분히 예상할 수 있는 일이었다. 그럼에도 불구하고. 그의 죽음이 이 앨범에 무게를 더하지 않기란, 슬픈 곡을 더 슬프게, 유쾌한 곡을 달콤하고도 씁쓸하게 만들지 않기란 불가능했다. 대중이 '펄'을 받아들이는 데 영향을 미치지 않는 것도 불가능했다. 사람들 사이에 이 앨범을 걸작으로 받아들이려는 경향이 깊어졌고, 최고의 작품을 만든 바로 그 순간—죽기 전 실비아가 어머니에게 쓴 편지에도 나오는 말이다—죽음을 맞이했다는 비극이 강조되었다.

비극은 우리로 하여금 한 사람을 더욱 사랑하게 만든다. 그리고 그 사람이 살아 있을 때 슬픈 소녀였다면—블루스 가수라든지, 고백시를 쓰는 시인이라든지, 또는 자신의 우울증을 낭만화하던 친구였다면—비극은 그들을 상징으로, 해독해야 할 암호로 굳혀버린다. 그들은 슬픔이라는 개념 자체의 환유가 된다. 살다가 죽은 한 인간 여성이라기보다는, 마녀 같은 죽음의 여신이 된다.

나 역시 이 패턴에 이름을 붙임으로써 이를 영속화하고 있음을 안다. 슬픈 소녀 상징을 해부하고 이해하려는 나의 동기가 내가 이 상징에 기여한다는 사실에 면벌부를 주지는 않는다. 나는 헤더를 신화화하고 있으며, 그애가 살아 있을 때는 충분히 보살피지 못했던 고통을 그애가 죽은 원인이기에 분석하고 있다. 나는 지금 일종의 속죄로서, 나의 냉담함을 내 얼굴에 들이밀며 이 글을 쓰고 있다. 아니, 어쩌면 내 눈앞에 있었던 걸 내가 어떻게 놓칠 수가 있었는지를 이해하려고 이 글을 쓰는 건지도 모르겠다.

죽기 전 몇 달 동안, 한밤중에 전화할 사람들도 다 떨어지자 헤더는 인스타그램을 통해 슬픔을 표출하기 시작했다. 포스팅을 자주 올리며 주로 정신병에 대한 밈이나 한참 운 것처럼 눈이 게슴츠레해진 자기 얼굴을 극도로 클로즈업해 찍은 셀피를 올렸다. 무표정하고 맥빠진 얼굴. 너무 진한 화장. 그애의 포스팅을 보면 마음이 불편했다.

그 당시 나는 예전처럼 슬픈 소녀와 나를 그리 동일시하지 않았다. 어느 정도는 정말 예전만큼 슬프지 않기도 했고—적어도 내가 이해할 수 있을 정도로 가까운 층위에서는 그랬다—어느 정도는 정신을 차리고 대학에 진학한 뒤 과거의 내 모습 대부분을 의식적으로 버리려 마음먹어서이기도 했다. 나는 눈물범벅인, 술 취한, 지저분한 거리의 아이 모습으로 세상에 나서고 싶지 않았다. 나는 어른이 될 준비를 마쳤고, 빠진 조각이 있다는 사실을 남들은 꿈에도 모를 정도로 엄청나게 유능한 사람이 될 준비를 마쳤다. 으르렁거리는 분노가 아니라 야망과 요령으로 무장하기로 했다. 여전히 재니스 조플린의 음악을 들었지만 흥에 겨워 따라 부르는 일은 없었다. 좋아하는 소설이 뭐냐는 질문에는 『벨 자』가 아니라 『에덴의 동쪽』이라고 대답했다. 나는 슬픈 소녀를, 모든 것이 고양되어 있던 젊은 시절의 유물을 과거에 남겨두고 떠났다.

헤더는 아니었다.

그 시절, 헤더가 자신의 슬픔을 남들 눈에 드러내고 싶어한다는 사실 때문에 나는 그 슬픔을 덜 심각하게 받아들였다. 나는 그애가 특정한 이미지를 보여주고 싶어한다고 여겼기에 그리 크게 걱정하지 않았다. 그저 헤더가 헤더처럼 군다고 생각했다. 심지어 그애의 포스팅을 "구조 요청Cry for help"이라는 식으로 멸시하듯 표현한 적도 있었던 것 같다. 그런데 이제야, 구조 요청처럼 느껴지는 무언가를 보았을 때 돕는 대신…… 멸시하는 게 얼마나 개같은 일인지 알겠다. 십대 시절 우리가 어른들에게 에스더 그린우드를 이해한다고 말하면서, 모피 코트를 거저 받을 만큼, 적어도 남을 걱정시킬 만큼 술을 마시던 일이 그저 관심을 끌려는 행동이 아니라 시험삼아 신호를 보내는 것이었다는 사실이 이제야 떠오른다. 우리는 실제로 죽음의 문턱에 놓였을 때 이 외침에 응답해줄 사람이 있는지, 아니면 우리가 느낀 것처럼 그저 혼자인지를 알고자 했다.

그러나 이십대 중반 무렵 나는 헤더도 철이 들어야 한다고, 좀더 통제력을 발휘해야 한다고, 세상에 나설 때 좀더 신경을 써야 한다고 생각했다. 물론, 그 시절 우리는 라이브저널LiveJournal*

*   2010년 전후로 유행하던 블로그 서비스.

에 온갖 우울한 헛소리를 늘어놓곤 했다. 그러나 인스타그램은 익명성이 덜하기에 다른 문제였다. 게다가 이제 우리는 직업이 있는 어른이었다. 또 나는 그애의 양극성장애가 어떤 의미인지 온전히 이해하지 못했다. 그애가 얼마나 통제 불능의 상태인지도 알지 못했다. 나는 엉망진창이 된 그애를 함부로 재단했다.

그런 본능적인 반응이 켜켜이 쌓이는 와중에도 나는 내가 틀렸다는 걸 좀더 의식적으로 이해하고 있었고―인스타그램에 무엇을 올리건 그애 자유다―그애를 재단하는 나 자신이 마음에 들지 않았다. 그래서 매번 스크롤을 내릴 때마다 새로운 충격적인 사진을 보고 거기에 움찔하는 데 죄책감을 느끼면서 반사적으로 부정적 반응 사이클에 머무는 대신, 그애를 언팔로했다(인스타그램에 '소식 숨기기' 기능이 생기기 전이었다).

당연하게도, 헤더가 죽은 뒤 나는 그애가 올렸던 셀피를 한 장 한 장 보면서 그것들을 단서라도 되는 양 분석하고, 혹시라도 죽음 너머에서 보내오는 것처럼 느껴지는 메시지는 없는지 확인하고 싶었다. "죽는다는 건 / 하나의 예술*"이라는 플라스의 메시지나 "울어, 울어, 베이비**"라며 열정적으로 부추겼던 재니스 조플린의 메시지 같은 것들 말이다. 그러나 헤더가 계정을 비공개로 돌렸기에 그럴 수 없었다. 죄책감을 삼키고 시

---

*　「레이디 라자로」의 한 구절.
**　〈크라이 베이비〉의 가사.

드니에게 헤더의 포스팅 일부를 캡처해 보내달라고 부탁할 수 있기까지 7년이 걸렸다.

내 기억 속 헤더의 인스타그램 피드에는 보고 있기도 힘들고 그렇다고 외면하기도 힘든, 게슴츠레한 눈에 절박한 표정을 한 셀피만 잔뜩 올라와 있었다. 그런데 시드니가 캡처해 보내준 이미지 폴더를 열어보니 헤더가 죽기 전 한 달간 올린 사진 중 그런 셀피는 극히 일부였다. 지금 와서 보면, 그애의 셀피는 아름답다. 비극적이어서가 아니라 내 친구의 얼굴이 아름다워서다. 내 기억만큼 드라마틱하지도 않다. 그리고 그 사이, 평범하기 그지없는 그애 일상의 조각들이 드문드문 끼여 있다. 그애가 다니던 시너고그의 저녁 예배 알림판, 갓 칠한 페인트, 데이비드 포스터 월리스의 인용구로 만든 밈, 그애가 좋아했던 나무늘보 얼굴과 함께 "느리게 살고, 아무때나 죽자"라는 글귀가 쓰인 타투, 그리고 컬을 넣은 머리에 눈썹을 짙게 칠해 마치 왕가위 영화의 여자 주인공처럼 나온 그애의 너무나 눈부신 흑백사진.

그애는 죽기 열이틀 전에 웃는 얼굴 사진과 함께 이런 글을 남겼다. "일주일. 새로운 세계. 새로운 기분. 새로운 나. 살아 있는 증거. 모든 건 정말로 나아져." 그애의 포스팅을 살펴보던 나는 그보다 이레 전 그애가 우울한 표정을 한 셀피 두 장을 올린 것을 발견했다. 하나는 침대에 누워 머리카락으로 눈을 가린 채 입을 힘없이 벌린 사진이었고, 다른 하나는 담배를 든 채 공허한 눈과 무표정으로 카메라 너머를 응시하는 사진이었다. 그러나 내 마음을 가장 아프게 한 건, 웃는 얼굴과 "모든 건 정말로 나아져"라는 말이었다. 그애가 애썼다는 사실을, 심지어 더는 희망이 없다고 결론 내리기 열이틀 전만 해도 그애가 희망을 잃지 않았었다는 사실을 알 수 있었으니까. 사진 속 그애는 웃고 있지만 눈은 촉촉하고 눈 밑에는 다크서클이 드리워졌다. 그애가 느끼던 긴장감이, 낙관적인 기분을 얻기 위해 기울였던 노력이 보인다. 아니면 그런 것들은 그 사진을 찍고 채 두 주가 되기 전 헤더가 죽었다는 사실을 아는 지금에야 보이는 건지도 모르겠다. 플라스가 시 「생일 선물」에서 언급한 일산화탄소는("감미롭게, 감미롭게 나는 들이쉬지"), 이 시를 쓰고 오래지 않아 그가 정확히 그 방법으로 죽었다는 사실을 모른다 해도 그만큼 불길하게 느껴졌을까?

물론 헤더의 인스타그램은 『에어리얼』이나 '펄'과 어깨를 나란히 할 만한 예술작품은 아니다. 다만, 상처 입은 여성이 세계와 맺는 관계였다. 그애가 자기를 표현하는 방식이었다. 그리고 이제 그 인스타그램은 사후에 부여된 의미들로 풍성한 아카이브가 되었다. 그렇기에 나는 이런 비교가 그리 큰 비약이라고 생각지는 않는다.

헤더가 죽기 나흘 전인 2014년 추수감사절, 헤더는 그날 열 개의 포스팅을 했고(그전까지는 하루 한 개꼴이었다) 대부분이 일이 년 전부터 그날이 오기 하루이틀 전에 찍은 과거 사진들이었다. 내가 가장 가깝게 알고 있는 헤더가 거기 있었다. 모두 찬란하게 빛나는, 행복한 사진들이었다. 음악 페스티벌에서 훌라후프를 돌리는 헤더. 예루살렘 풍경을 배경으로 웃는 헤더. 가족이 키우는 개와 함께 포즈를 취한 헤더. 1950년대 맥아 아이스크림 가게 광고사진처럼 마가리타 한 잔에 빨대를 두 개 꽂아 전 연인과 나누어 마시는 헤더. 마치 그애의 좋았던 시절을 아련하게 돌아본 것만 같다. 그때 내가 여전히 헤더의 계정을 팔로하고 있었다면, 그래서 무더기로 올라오는 이 과거 사진들을 보았다면, 나는 내 기억에도 있는 그 사진에 댓글을 달았을까? 이제 와 생각하면 그애가 바란 게 바로 그것이 아니었을까 싶다. 누군가가 "맞아, 기억나, 나 여기 있었지. 넌 행복했었고" 하고 말해주는 것.

아니면, 그저 세상에 공개될 마지막 모습을 의식적으로 선별하고자 우울한 셀피들을 피드 아래쪽으로 밀어내려 했던 건지도 모르겠다.

이날 올라온 마지막 사진이자 헤더가 남긴 마지막 포스팅은 짙은 보라색 바탕에 흰 글씨로 쓰인 밈이었다. "나는 사이코틱psychotic에서 핫hot을 담당하지." 10년이 지난 지금, 이 밈과 황량한 흑백 셀피들은 슬픈 소녀 미학의 완벽한 예시로 보인다. 내가 알기로 헤더에게는 텀블러 계정이 없었지만, 그애는 슬픈 소녀 미학이 텀블러라는 발상지를 벗어나 다른 플랫폼들로 넘쳐흐르기 시작한 그 시기에 자기 인스타그램을 통해 이 미학을 구현했다.

자신의 직업을 드러내고 운영하는 트위터 계정에서조차 우울증이나 해리解離를 태연히 이야기하게 된 오늘날, 한때는 논란의 대상이던, 슬픈 소녀들이 온라인에서 구사하던 유머는 이제 인터넷의 외딴 구석을 넘어 어디서나 볼 수 있다. 심지어 이런 유머를 용감하다 해석하기도 한다. 농담조거나 자기 비하에 가까운 유머도 있지만, 진지한 어조로 #TalkingAboutIt(그것에대해이야기하자)이라는 해시태그가 붙어 등장하기도 한다. 작가 새미 니컬스는 자신이 2017년 시작한 이 해시태그에 대해 블로그에서 이렇게 설명한다. "내가 겪는 어려움에 대해 침묵하는 것, 특히 목소리를 낸다고 해서 어떤 대가를 치르는 것도 아닌 상황에조차 침묵하는 것은 정신건강을 둘러싼 낙인에 기여할 뿐입니다. 나는 #TalkingAboutIt이라는 해시태그와 함께 내 정신건강에 관한 이야기를 터놓고 말할 것을 서약하며, 제 팔로어들 역시 그렇게 해주기를 바랍니다."

레딧의 하위 카테고리 우울밈r/depressionmemes에는 수만 명의 이용자가 모인다. 다른 소셜미디어에서도 왕왕 찾을 수 있는 "인생은 고통ㅋㅋ" 식의 밈들과, 비록 밈의 형태를 취한다 할지라도 자살 사고를 직접적으로 표출하는 글들이 뒤섞여 있는 곳이다. (여전히 예쁘고, 어리고, 대부분 백인인) 여성들이 눈물을 또르르 흘리며 카메라를 바라보는 #SadTok 영상이 어마어마한 조회수를 얻는 틱톡 속에는 또다른 세대의 슬픈 소녀들이 살아간다.

십대이던 헤더와 내가 큰 소리로 우리의 고통을 떠든 건 우리가 무리로부터 소외되었으며 사회적 표준에서 거부당했다는 걸 알리는 일이었다. 권력을 가진 자들은 숨기려 들지만 우리는 모든 것이 얼마나 망가졌는지를 충분히 알 만큼 세상을 똑똑히 지켜보고 있다는 걸 선언하는 일이었다. 그러나 그런 감수성은 더이상 전복적이지 않다. 이제는 당연한 전제로 간주할 뿐이다.

세상 모두가 우울하다는 감각은 어느 정도는 지난 수년간의 정치적 기후, 더불어 문자 그대로의 기후에 대한 반응인 듯싶다. 이번에는 진짜로 세계가 끝나가고 있다는 감각이 만연하고 있다. 곧 도래할 파시즘, 전 세계적 팬데믹, 하루가 멀다 하고 일어나는 총기 난사, 빈발하는 재난적인 기후 사건들은 불안감을 느낄 조건을 조성한다. 이에 더해, 이제는 아무런 희망이 없으며 얼마나 더 살 수 있을지 모르겠다는 말을 입 밖에 내는 게 평범한 일이 되어버렸다는 사실에 카타르시스를 느끼기도 한다. 하지만 그런 한편으로 요리조차 할 수 없을 정도로 우울하다는 인터넷 지인들이 종종 등장할 때마다 헤더를 떠올리지 않을 수 없다. 이런 말은 자신이 심각한 위기에 처했다고 알리기 위해서가 아니라, 그저 간단한 요리법을 추천해달라는 부탁이다. 아니면 미츠키, 루시 데이커스, 피비 브리저스 같은 새로운 슬픈 소녀('새드 걸') 수비대의 신곡이 마음에 든다는 걸 표현하기 위해 노래를 듣고 펑펑 울었다는 식의 포스팅을 올린다. 이 모든 게 너무나 평범한 나머지 나는 아무 걱정도 들지 않는다. 그러나 걱정이 들지 않는다는 사실이 때로 걱정된다. 죽고 싶다는 농담이 별 뜻 아닌 시대에는 누군가 진심으로 죽고 싶어할 때 무슨 수로 알아차리나?

인터넷은 무엇이 진짜인지 구분하게 어렵게 만든다. 소셜미디어에선 오로지 가장 잘 다듬어진 자신만 선별해 보여준다는 점에서 이런 대화는 정말이지 흔히 일어난다. 특히, 주류 소셜미디어 플랫폼 중에서도 가장 과시적인 인스타그램의 경우가 그렇다. 우울에 관한 포스팅이 늘어나는 건, 인플루언서 문화의 부상과 함께 발달한 지나치게 완벽한 온라인 미학에 대한 반발처럼 보이기도 한다. 사람들은 번지르르한 환상을 거부하며 우리의 머리는 헝클어졌고, 책상 위는 엉망이며, 커피에 우유 거품으로 그린 조그만 하트가 없는 순간도 있음을 서로에게 보여주려 한다. 때로 죽고 싶은 마음이 든다는 사실도. 그러나 애써 추하고 너저분한 진짜 삶을 포스팅할 때조차 그건 잘 다듬어진 연출처럼 보인다. 이조차도 소비되기 위해 선별적으로 올라온 것들이며, 우리가 세상에 어떤 모습으로 보일까를 조정하는 또다른 레버일 뿐인 것처럼. 그렇기에 곧 자살로 이어질 우울마저도 소셜미디어라는 필터로 바라보면 또하나의 콘텐츠처럼 보일 지경이다.

헤더는 그저 슬픈 것이 아니었다. 그애는 심각한 우울에 빠져들기 쉬운 양극성장애를 가지고 있었다. 우리 모두 그 사실을 알았지만 슬픈 소녀가 되는 것이 너무나 오래전부터 그애가 세상에 자신을 드러내는 방식 중 일부였기 때문에, 앞으로도 영원히 정신건강을 다룬 밈을 올리고 바에서 주크박스로 〈볼 앤드 체인〉을 튼다 한들 결국 그애는 괜찮을 줄로만 알았다.

헤더는 12월 1일에 죽었다. 꽃을 심으러 그애의 무덤에 가는 일은 얼었던 땅이 녹는 다음해 봄까지 미뤄야 했다. 헤더의 자매 젠이 맨해튼에서 우리—레이오나, 시드니, 나—를 차에 태워서 다 함께 뉴저지주의 유대인 공동묘지로 갔다.

마음이 힘들 게 분명했지만 나는 물질적으로 남은 유해가 그 사람 자체가 아니라는 사실을 계속 되뇌며 무덤이라는 개념을 지적으로 이해한 뒤였다. 헤더는 내 기억 속에, 영영 잊지 않으려고 머릿속에서 끝없이 재생하는 그애의 웃음소리 속에, 함께 저녁을 먹던 식당에, 함께 부르던 노래 속에, 그리고 지금은 고통스럽게 느껴지는, "영원히, —헤더가"라는 서명과 함께 내 노트에 그애가 써준 편지들 속에 있다. 땅에 묻힌 상자 속에 있는 게 아니다.

공동묘지의 구불구불한 길을 한참 달리고 나서 젠이 차를 세웠다. 뒷좌석에 앉아 있던 레이오나와 나는 서로를 마주보며 큰 숨을 길게 내쉰 다음에야 안전벨트를 풀고 문을 열었다. 우리가 폭발하듯 타오르는 태양 아래로 나섰을 때 젠은 이미 차에서 내려 작게 흐느끼고 있었다. 하늘은 형광색에 가까운 파란빛으로 빛났고, 잔디는 스프레이 페인트를 뿌린 것 같은 녹색이었다. 우리는 바깥 도로의 소음이 들리지 않을 정도로 공동묘지 깊숙이 들어와 있었다. 나뭇잎을 스치는 산들바

람 한줄기 없이 너무 밝은 하늘만큼, 완벽하게 온화하지만 상
쾌한 봄의 공기만큼 고조된 침묵이 크고 날카롭게 울렸다. 이
침묵을 방해하는 건 젠의 나지막한 신음, 그리고 나의 비정상
적으로 커다란 숨소리뿐이었다.

이 구역에 있는 유일한 무덤이자, 너무 새것이라 아직 풀도
자라지 않고 묘비조차 서 있지 않은 비뚤비뚤한 네모 모양 흙
무덤 옆에 젠이 풀썩 주저앉았다. 너무나 익명이고, 너무나 엉
성하게 자리잡은 그 무덤을 보자마자 눈물이 터졌다. 무덤은
그 사람 자체가 아니라 그저, 그 사람이 사랑받았음을 상징할
뿐이라는 걸 알면서도 이토록 헐벗은 헤더의 무덤을 보니 꼭
그애가 한쪽에 툭 던져진 채 잊힌 것 같았다. 사람들이 그애를
정말로 사랑했고, 그리워했고, 기억했다는 것을 확실히 보여
주고 싶다는 욕구가 간절해졌다.

다 함께 흙을 파서 튤립을 한 줄로 심고, 그다음에 히아신
스, 그다음에 수선화를 심는 동안, 나는 어마어마한 안도감을
느꼈다. 우리는 그애에 대한 그리움을 신체적인 행동으로 수
행하고 있었다.

헤더는 이제 나와 같은 달을 올려다보면서 말없이 우정의
끈을 이어갈 수 없다. 그애가 함께하지 않는다면, 혼자서 조용
히 그 우정을 인식하는 것만으로는 충분하지 않다. 그리고 묘
지에서, 구근 하나하나를 심을 공간을 만드느라 그애가 있는
곳을 향해 두 손으로 흙을 깊이 파내려가면서, 충분하지 않았
던 건 그애가 살아 있을 때도 마찬가지였음을 깨달았다.

꼭 그애를 돌보는 것만 같아서 기분이 좋아졌지만 살아 있을 때 더 잘 돌봤더라면 좋았겠다는 생각이 들었다.

뉴욕으로 돌아오는 차 안, 우리 모두 아무 말 없이 지나치게 완벽한 날씨를 바라보며 각자 헤더를 추억하는 사이, 나는 눈을 내리깔아 손톱에 낀 흙을 보았다. 말없는 유대가 아무리 강력하더라도 우정은 돌보아야 하는 것임을, 할 수 있는 일이라고는 꽃 심기밖에 남지 않기 전에 상대를 아낀다는 사실을 보여줘야 한다는 걸 잊지 않도록, 그 흙이 평생 내 손톱 밑에 남아 있었으면 했다.

애도하는 친구를 지지하는 법

How to Support
a Friend
Through Grief

1. 어린 나이에 어마어마한 상실을 경험하도록 해. 무척 어린 나이, 가장 중요한 시기에 부모의 죽음을 겪어서 애도가 너라는 사람의 중심이, 네 고향이 될 정도면 어떨까. 애도를 편안하게 여기고, 애도의 해안선과 동굴들을 속속들이 익혀서, 언젠가 사랑하는 사람이 네 애도의 기슭에 도착해 망연자실해하고 숨막혀해도 그 사람을 맞이하고 이곳을 구경시켜줄 수 있도록. 그러니까 대학 시절, 뉴욕에 처음 온 칼리를 만났을 때 학교 근처 평범한 바가 아니라 네 오랜 친구들이 음악을 연주하던 '레드 훅'에 데려갔던 것처럼. 그날 너는 모두가 안에서 담배를 피울 수 있도록 바가 문을 닫아걸 때까지 오랫동안 거기 머물렀지. 너만의 비밀스러운 공간을 공유해줘.

2. 네가 삶에서 두번째로 큰 상실을 경험했을 때, 그 친구가 너

를 지지하게 해줘. 네가 대학교 4학년이 되기 전 여름방학, 사비나가 죽었을 때 칼리는 너를 찾아와 화재 비상구에 나란히 앉아 있어주었지. 칼리의 존재는 꾸준하고도 고요했어. 넌 그애가 있을 때 기분이 조금 더 나아졌어. 비록 그애가 하는 어떤 말, 어떤 행동도 실제로 이 사태를 더 나아지게 해줄 수는 없었지만. 칼리도 그 사실을 알았어. 그렇기에 그애의 존재가 중요했던 거야.

3. 대학을 졸업하고 몇 년 뒤 친구가 텍사스로 돌아가더라도 가까이 지내도록 해. 텍사스로 찾아가 그애, 그리고 마찬가지로 너의 대학 동창인 그애 남자친구가 같이 사는 집에 머물러. 넌 평소에 개와 친하지 않지만 그 집 소파에서 그 집 개와 함께 낮잠을 자. 그애가 자기 동네를 네게 소개해주게 해. 아침식사로 타코를 사 먹고, 빈티지 옷 쇼핑을 다니고, 포토 부스에 가서 영원히 네 집 냉장고에 붙여놓을 사진을 함께 찍어. 무표정한, 얼빠진, 근사한, 다정한 너희 둘의 흑백사진 조각.

4. 그애의 남자친구가 그애의 약혼자가 되면 대표 들러리가 될 준비를 시작해. 결혼식 축사를 써. 대학 시절, 훗날 약혼자가 될 남자친구에게 다가가길 망설이던 그애를 위해 네가 셋의 커피 만남을 주선한 다음 중요한 약속을 깜빡 잊어버린 척 자리를 떠나줬던 이야기를 축사에 넣어. 그애와 전화로 결혼식의 테마 색상과 디스코 플레이리스트를 상의하고, 그애가

원하는 만큼 네 머리카락을 커다랗게 부풀리겠다고 약속해.

5. 몇 달 뒤, 그애한테서 약혼자가 죽었다는 문자 메시지가 오면 그애가 아직 대화할 준비가 되지 않았을지도 모르니까 전화를 걸기 전에 통화할 수 있느냐고 먼저 물어봐. 그애한테서 먼저 전화가 오면 바로 받아. 그애한테 일어난 일이 거짓이기를 바라는 마음으로 비명을 지르고 싶을 만큼 네 온몸이 강렬하게 뒤흔들리는 걸 온전히 느껴. 네게 이 상황을 나아지게 할 수 있는 방법은 전혀 없다는 사실을 잊지 마. 그저 너무 안타깝다고, 너무너무 안타깝다고만 말해. 사랑한다고 말해. 지금 당장이라도 비행기를 타겠다고 말해. 그애가 이 상황을 버티도록 네가 도와줄 수 있다는 확신을 가져. 너는 애도의 지형도를 알잖아. 그애한테 안전한 길을 알려줄 수 있어.

6. 그애가 경험하는 상실이 특히나 더 복잡한 유형이라는 걸 잘 알아야 해. 하지만 너 역시, 그런 특별한 애도를 어느 정도 알아. 너는 파트너를, 함께 아이를 갖기로 한 상대를 잃어본 적은 없지만 너는 한 사람을 애도하는 게, 그 사람을 죽인 사람을 미워하는 게 어떤 감정인지 알아. 그리고 그 두 가지가 하나의 감정이자 또 같은 감정이라는 사실을 잊지 말도록 해.

7. 다시 텍사스를 찾아가. 그애, 그리고 그애 어머니와 함께 그애가 어린 시절 쓰던 방에 앉아. 셋 모두 침대나 벽에 기댄 채

바닥에 앉아 낮은 곳에 머물러봐. 벽에 붙은 사진들, 네가 그애를 만나기 전의 유물들을 바라봐. 극단에 관한 이야기며, 미용사였던 할머니 이야기며, 어린 시절 키우던 개에 관한 이야기를 통해서 꼭 너도 아는 것 같은 그 시절의 그애를 바라봐.

그애가 그에게 화나지 않는다고 말하면 귀를 기울여줘. 그만한 지혜와 연민을 가진 그애를 대단하다 여겨줘. 너는 화난다고 말해. 그 남자에게 화가 난다고. 그 말을 할 때 그애 엄마 눈 속에 작은 불꽃이 피어오르는 걸 바라봐.

8. 그애가 남자친구와 함께 살던 아파트, 그애가 아직 짐을 챙기러 갈 엄두를 내지 못하고 있던 그곳을 함께 찾아가. 도움이 되고 싶다는 간절한 마음으로 네가 대신 해주겠다고 제안해. 하지만 밀어붙이지는 마. 그애의 지시 없이는 책 한 권, 접시 하나, 옷 한 벌 건드리지 마. 그애가 아직 준비되지 않았다는 걸 이해하고 그 대신 그애가 이 방 저 방을 돌아다니며 자기 물건들을 보고 마치 태어나서 처음 보는 물건인 것처럼 놀라워할 때 옆에 있어줘. 그애가 지금은 여기 있는 크리스털 몇 개만 가져가는 게 좋겠다고 말한다면, 우선 그 크리스털을 햇빛으로 정화해주겠다고 제안해. 햇빛이 모든 걸 태워 없애줄 거라고 말하면서 책꽂이와 창턱에 놓여 있는 크리스털을 전부 마당에 모아둬. 그애와 함께 햇빛 속에 앉아서 네가 한 말이 진짜이길 바라.

9. 바턴스프링스의 시원한 물에 허리 아래를 담근 채 텍사스의 뜨거운 태양 아래 실눈을 뜨고, 그애가 수면 위를 손가락으로 한없이 그으며 잔잔한 물결을 일으키는 모습을, 그러면서 모든 걸 다시 시작해야 한다고 말하는 모습을 바라봐. 새로운 사람을 만나는 것뿐 아니라 자기 자신을 완전히 새로 만들어야 한다고 말이야. "갓 태어난 아기가 된 기분이야." 그애가 말하면 그 말이 맞는다는 걸 깨달아. 이제 그애는 새로운 버전의 그애고, 돌아갈 방법은 없어. 애도란 변신하지 않고는 찾아갈 수 없는 장소야. 석류씨를 삼키는 순간 애초부터 가고 싶지도 않았던 나라의 왕비가 되는 거지.

발아래 돌에 들러붙은 미끌미끌한 수초의 감촉을 느껴. 그애를 따라 수면을 손으로 쓸다가, 말해. "네가 만들 새로운 네가 너무나 기대된다"고.

10. 당연히, 애도에는 지도가 없다는 걸 잊어서는 안 돼. 그애의 애도는 네 애도와는 완전히 다른 나라라는 사실, 그리고 그곳에서 길을 찾을 수 있는 유일한 사람은 그애 자신이라는 걸 잊지 마. 네가 그런 것에 질서를 부여할 수 있으리라 생각했다는 사실이 바보같이 느껴질 거야. 네가 네 존재 외에 다른 무언가를 그애한테 내어줄 수 있다고 생각했다는 사실 말이야. 네가 길을 안다는 생각을 버리고, 그저 그애의 뒤를 따라가. 너는 가이드가 아니야. 그저 아주 길고, 고되고, 때로는 아름답기도 한 여정의 일부를 함께할 뿐이야. 그러나 그 여정은 오

로지 그애 혼자만의 것이 될 거야.

11. 그애가 다른 사람을 만나기 시작하면, 원치 않으면 아직은 그러지 않아도 된다고 그애한테 말해줘. 그애가 서두르는 건 아닐지 조금 걱정하되 만약 자기는 준비되었다고 말한다면 남들의 의심하는 말은 그애에게 아무 도움이 안 된다는 사실을 알아줘. 그애가 느끼기에 적절한 속도라면 뭐든지 옳은 거라고 말해줘. 그 말을 너 자신한테도 한번 더 해줘, 그리고 그 말을 믿어.

12. 그애가 새로운 사람을 만나거든, 그가 그애의 상실에 대해 얼마나 존중하고 그애에게 공감하며, 또한 그 상실에 어떤 위협도 느끼지 않는다는 걸 전해들은 즉시 그 남자를 마음에 들어하도록 해. 그 상실이 그애의 일부라는 것을, 그애는 언제까지나 상실의 길을 걸어가고 상실의 절벽을 타고 오르리라는 사실을 그 남자가 이해한다는 말을 듣는 즉시 말이야.

13. 세번째로 텍사스를 찾아가. 그애가 새로운 남자와 결혼 서약을 하는 사이 그애 옆에 부케를 들고 서 있어. 그 남자의 얼굴을 보면 그가 네 친구를 얼마나 사랑하는지 알 수 있지. 비록 너는 신을 믿지 않지만 그애가 여기, 이 순간에 도달했다는 사실에, 또 네가 그 순간을 지켜볼 수 있다는 사실에 저 너머에 있는 그 누구에게든 감사하도록 해. 사람들 앞에 서 있다는

사실에 개의치 말고 울어. 고작 몇 년 전 서늘한 물속에서 나
누었던 새로운 자신과 새로운 삶에 관한 대화를 떠올려. 그애
가 이만큼 멀리 왔다는 사실에, 이 모든 것을 새로이 만들어냈
다는 사실에 경탄하도록 해.

파도처럼 밀려오는

*It Comes
in Waves*

팔다리가 잘려 훼손된 킴 발의 몸통은 2017년 여름, 그가 덴마크 출신 발명가 페테르 마센이 소유한 잠수정에 오른 지 열하루 만에 발견되었다. 킴 발은 기자였고 마센은 취재원이었다. 그러나 결국 그런 건 무의미해졌다. 킴 발은 강간당하고, 칼에 찔린 뒤, 팔다리를 잘렸다.

사건의 얼개가 서서히 드러나는 내내 나는 줄곧 뉴스를 따라갔다. 구역질이 날 것 같고 무서웠지만 도저히 외면할 수 없어 새 소식이 나올 때마다 온몸은 바짝 긴장했다. 몸통이 발견되고 몇 달 뒤, 나는 내가 잠수정에 오르기 전 살아 있던 킴 발의 마지막 목격자가 되는 꿈을 꿨다. 공황에 사로잡혀 내가 목격한 걸 알릴 만한 누군가를 찾아 달려가는 내 모습이 담긴 보안 카메라 영상도 꿈에 나왔다. 얼음 가득한 욕조에서 나오는 듯 숨을 헐떡이고 눈물을 흘리며 잠에서 깼다. 깨어나서도 한

동안은 처음부터 그를 잠수정에 타게 내버려둔 게 잘못이었다는 죄책감에, 그에게 무슨 일이 일어날지 어떻게든 알아내 그 일을 막았어야 했는데 그러지 못했다는 죄책감에 마음이 으스러질 것 같았다.

나와 킴 발은 실제 아는 사이가 아니지만, 우리는 같은 학교에 다녔고 공통 지인들도 있었다. 처음에는 킴 발의 실종과 살인사건이 내 마음에 이토록 큰 파문을 일으킨 이유가 그것 때문이라 생각했다.

킴 발이 살해되기 7년 전인 2010년, 내 사촌 사비나가 살해당했다는 사실을 처음 알고 받았던 충격은 이내 대체 누구의 소행인지에 관한 미칠 듯 날뛰는 생각들에 자리를 내어주었다. 사건 담당 형사들에게 연락해 최근 사비나가 남자친구와 드라마틱한 이별을 겪었다고, 확실한 건 아무것도 없지만 그애의 전 남자친구를 만나보는 게 좋을 거라고 말했다. 사비나는 갓 인기를 얻기 시작한 모델로 필라델피아의 클럽 신에서 유명했고, 그애의 화사한 미소와 길고 짙은 속눈썹은 분명 누군가의 질투를 사기 충분했을 것이다. 내가 사비나의 세계에서 일어나는 사회적 역동을 전부 알진 못했지만 나는 그애와 통화할 때마다 꼬박꼬박 전해들은 그애의 생활 중 생각나는 걸 모두 형사에게 말했다. 나는 퇴짜맞은 구애, 침범당한 영역, 정교한 앙심이나 음모와 같은 온갖 가능한 시나리오들을 살펴보다가 누군가 자신의 하찮은 옹졸함이 창창한 스무 살 여자의 목숨

It Comes ─────

만큼이나 중요하다고 결정 내렸다는 데까지 생각이 미치자 두려움이 밀려왔다. 사람들은 사소하기 짝이 없는 일로도 살인을 하잖아라고 생각하면서 내가 앞으로 "고작 남자 때문에"라든지 "모델 일 따위를 하다가"라는 말을 하며 평생을 살게 되는 건 아닐까 의심했다.

아직은 애도를, 그애를 영영 볼 수 없다는 사실을 받아들일 수 없었던 나는 그 대신 누군지 모를 그 범인을 잡는 데 뭐라도 도움이 되는 일에 집중했다. 또, 애초에 그 일이 벌어지지 않게 하려면 내가 어떻게 해야 했을까에 대해서도. 사비나가 살해당한 날 나는 다른 주에 있었는데도, 그날 밤으로 돌아가 그애를 집까지 데려다주기를 너무나 간절히 바랐던 나머지 시간을 왜곡할 정도였다. 시간여행을 하지 못한다는 데 죄책감이 들었다.

죽기 여섯 달 전, 사비나는 페이스북에 우리 둘의 아기 시절 사진을 올렸다. 그애는 내게 몸을 기대고 있고, 나는 그런 그애를 꼭 지켜주겠다는 듯 안고 있는 사진이었다. 사비나는 사진 아래에 "너희한테는 너희를 지켜줄 언니가 있었을지 몰라도 나한테는 사촌이 있었고 그걸로 충분했어!"라고 썼다. 그애가 죽은 지 몇 달, 나아가 몇 년 동안 나는 수시로 그 사진을 꺼내 보면서 결국 내가 충분하지 못했다는 사실을 떠올리며 스스로를 고문했다.

결국 경찰이 특정해낸 사비나의 살인범은 이웃에 사는 열여덟 살 남성으로 사비나와는 아무 사이도 아니었다. 그는 사비나의 시신이 남들에게 발견되도록 그애가 사는 아파트 옆 빈터에 내버려두었다. 우리가 예전에 모기에게 다리를 물어뜯기며 해질녘 바비큐를 즐기던 곳이었다. 십대 초반이던 우리가 옥수수를 자루째 들고 먹는 사이, 우리 어머니와 외삼촌, 그애의 의붓아버지(이자 나의 대부)는 버거를 굽고 초록 유리병에 담긴 맥주를 마셨다. 반딧불이가 날아다니는 저녁이었다. 이제는 그 기억이 떠오를 때마다 공터 가장자리에 그애의 벌거벗은 멍투성이 몸이 힘없이 늘어져 있는 이미지가 사라지지 않는다.

범인이 잡힌 건 그 남성이 사비나를 따라가는 모습이 찍힌 보안 카메라 영상 덕분이었다. 그는 혐의를 부인했지만 사비나의 온몸에서 그의 DNA가 발견되었다. 그가 사비나의 몸을 착취했고, 사비나는 맞서 싸웠다는 증거가 남아 있었다. 나중에 가해자측 변호사는 사비나가 성노동자였다고 주장했다. 사비나가 자기 집 바로 옆에 있는 빈터에서 상호 협의하에 그와 섹스했다는 것이다. 가해자측은 그애의 온몸에 남은 멍을 설명하지 못했다. 그애가 죽은 것을 설명하지 못했다.

킴 발의 몸통이 발견되었을 때 마셴은 킴이 잠수정에서 사고로 죽었다고 주장했다. 자신은 시신을 바다에 버렸을 뿐이라고. 그는 킴 발의 몸에 남은 강간 흔적을 설명하지 못했다. 시신을 훼손한 이유도 설명하지 못했다.

잠수정이 나오는 꿈을 꾼 뒤에야, "너무 늦었어. 내가 막아야 했는데"라는 익숙한 공황감이 찾아온 뒤에야 나는 내 머릿속에서 킴이 사비나가 되고, 사비나가 킴이 된 것임을 알았다. 인터넷으로 실제로는 만나본 적조차 없는 이 여성의 얼굴을 뉴스 기사나 기금 모금 화면에서 마주할 때마다 욕지기가 치밀었던 이유가 이 때문이라는 것도 알았다. 7년 전, 뉴스에 사비나가 등장하고, 그애의 웃는 얼굴 사진이 실린 기사 밑에 볼드체로 살인이라고 쓰여 있을 때 내가 느낀 것과 정확히 똑같은 감정이었다. 그럴 때마다 나는 노트북을 닫고 자리에 누워야 했다.

사비나에 대한 기사를 읽은 적은 없었다. 도저히 읽을 수가 없었다. 내 머릿속 이미지만으로 이미 너무 상세하고 너무 끔찍했다. 그러나 그애를 살해당한 웨이트리스라거나 피해자라고 표현한 헤드라인들을 본 적은 있었다. 견딜 수가 없는 이런 비인간화조차도 그애의 실명을 쓴 헤드라인이나 자신에게 그럴 힘이 있다는 이유 하나만으로 그애를 흙바닥에 짓누른 다음 목 졸라 생명을 빼앗은 그 괴물과 그애의 이름을 영원히 결부시켜버린 헤드라인들보다는 차라리 나았다. 누군가 사비나에 대한 기사를 공유할 때마다 나는 그애가 목숨 걸고 싸우는 장면을 상상했고, 그러면 이전에는 오로지 기절하기 직전에만 느꼈던 차갑고 얼얼한 감각이 온몸을 휘감았다.

그런데 세월이 지난 지금, 누군가가 킴 발에 대해 새로운 소식을 공유할 때마다 똑같이 차갑고 얼얼한 감각을 느꼈다. 비명이 물속 잠수정의 금속에 부딪히며 메아리치는 모습을 상상했다. 자신에게 무슨 일이 일어나고 있는지를 깨달았을 때, 탈출로는 없다는 사실을 깨달았을 때 킴 발이 느꼈을 감정도 상상했다. 새 소식은 며칠, 몇 주, 때로는 몇 달 단위로 찾아왔다. 킴 발이 실종되었다, 몸통이 발견되었다, 범인이 체포되었다. 애도와 슬픔이 파도처럼 밀려왔다, 마치 해안가로 밀려오는 신체 부위들처럼.

사비나가 살해당하고 일주일 뒤, 필라델피아에 있는 이모의 커다랗고 삐걱거리는 집에 온 가족이 모였다. 15년 전 사비나의 다섯 살 생일 파티 이후로 이모들, 삼촌들, 사촌들, 할머니까지 한자리에 모인 건 그날이 처음이었다. 드디어 온 가족을 한자리에 모았다는 사실에 그애가 얼마나 만족스러워했을지를 생각하니 달콤하면서도 쓸쓸한, 애끊는 아픔이 밀려왔다. 아일랜드계 대가족 내부에 존재하는 온갖 반목에서 벗어나 있던 단 한 사람인 그애는 몇 년째 가족 모임을 갖자고 설득했었다. 그런데, 이제야 모두가 모였다.

　차 안에서 엄마가 운전대를 잡고 사비나의 엄마이자 내 엄마의 여동생인 레이철 이모가 조수석에 앉아 있을 때, 이모에게 사비나의 부검 결과를 알리는 검시관의 전화가 걸려왔다. 이모는 한동안 듣고만 있다가, 잠시 후 덜덜 떨리는 목소리로 물었다. "강간당했나요?"

　그 순간이 오기 전까지 나는 자세한 사항을 알고 싶지 않아 고집스레 귀를 막고 있었다. 그애가 강간당했는지 알고 싶지 않았던 건 그런 일이 일어났으리라는 걸 본능적으로 알아서 였다. 내가 그 사실을 안다는 걸 도저히 견딜 수가 없었다. 그애의 삶이 그런 식으로 끝났다는 사실이 내 정신을 살짝만 스치고 지나가는 것만으로도 그로부터 영영 도망칠 수 없을 테니까. 그 사실이 남은 평생 파도처럼 밀려오고 또 밀려와 나를 온통 뒤덮을 테니까. 그래서 나는 모르고자 했다. 형사들이 새 소식을 가지고 찾아오면 그 자리를 떴고, 뉴스가 나오면 텔레비전을 껐고, 신문은 식탁 위에 뒤집어 엎어놓았다.

레이철 이모가 그 질문을 한 순간, 공황에 사로잡힌 나는 고속도로를 달리는 엄마를 향해 "차 세워, 세우라고!" 하고 부르짖었다. 차에서 내리고 싶었다. 도로변 길게 자란 잡초 덤불로 들어가 영영 그 대답을 모르고 싶었다. 그러나 다음 순간 이모가 내장 깊은 곳으로부터 나오는 듯한 절규를 토해내며 울부짖었고, 이제는 너무 늦었다. 나는 알아버렸다. 그 이미지가 내 정신을 사로잡았고, 그뒤로 줄곧 떠나지 않았다.

영안실에 갔을 때, 나는 사비나의 시신을 보고 싶은지 보고 싶지 않은지 마음을 정하지 못했다. 정확히 말하면, 보고 싶지 않다는 걸 알았지만 결국엔 내가 그렇게 할지 알 수 없었다. 내가 어릴 때 아빠가 돌아가셨고, 엄마는 아빠의 시신을 못 보게 했다. 그 이미지가 내 기억에 새겨지지 않게 해주려고. 그 당시에는 아빠를 보겠다고 고집을 부렸지만, 곧 그 결정에 감사하게 되었다. 그러나 이번에는, 언니로서 사비나의 유해를 보는 것이 내가 그애를 위해 해야 하는 일이라고 마음을 굳혔다. 그애가 마지막 순간 그런 일을 견뎌낼 수밖에 없었다면, 나 역시 그 일이 그애의 몸에 남긴 상처의 목격자가 되어주어야 했다.

방안으로 두 걸음 들어가니 솟아오른 단 위에 문 반대편을 바라보며 누워 있는 그애의 정수리가 보였다. 굵은 검은 머리카락을 보자마자 나는 돌아서서 도망쳤다. 방 바깥으로, 건물 바깥으로. 주차장으로 달려나온 다음에도 나는 계속 달렸다.

십대 시절, 한쪽의 집에서 놀다가 한 침대에서 잠들었던 어느 날, 한밤중에 사비나가 날 깨우더니 내가 잠결에 꼭 고양이를 만지듯이 자기 머리를 쓰다듬었다고 말했다. 우리는 웃었고, 나는 미안하다고 했고, 그다음에는 그애의 머리를 한참이나 더 쓰다듬어준 뒤에 다시 함께 침대에 파고들어 잠을 청했다. 그애가 죽은 뒤 처음 꾼 꿈에서, 우리는 어느 무대의 백스테이지에 있었고 그애는 큰 공연을 앞두고 초조해했다. 꿈속의 나는 이 공연이 끝나면 모든 게 달라질 것임을, 내가 그애를 다시는 만날 수 없을 것임을 알고 있었다. 작은 소파에 그애가 내 무릎을 베고 누워 있었고, 나는 그애의 머리를 쓰다듬으며 그애의 초조함을 누그러뜨리고 안심시켜주고 있었다. 잠에서 깼을 때까지도 그애의 머릿결이 남긴 감촉이 손바닥에 아른아른 남아 있었다.

영안실에서 나는 시체의 머리카락을 보았고, 그 머리카락이 그애의 얼굴에 눈물과 땀으로 엉겨붙어 있는 모습을 보았다. 그래서 나는 도망쳤다.

나는 사비나에게 일어난 일을 다룬 기사조차도 읽을 수 없었다는 사실에 죄책감을 느꼈다. 그 일을 막지 못했다는 사실에 죄책감을 느꼈듯, 영안실에 억지로라도 서서 생명이 꺼진 그애의 얼굴을 바라봤어야 했는데 그러지 못했다는 사실에 죄책감을 느꼈듯 말이다. 그애에게 빚을 갚는 마음으로 가만히 서서 공포가 나를 덮칠 때까지 기다렸어야 했다는 기분이 들었다. 하지만 나는 그럴 수가 없었다.

수년이 지난 뒤에도 내 일부는 여전히 그 차에 탄 채, 그애한테 일어난 일의 온전한 진실을 알기를 거부하며 두 손으로 귀를 막고 있었다.

킴 발이 실종된 뒤 사비나의 얼굴이 그랬듯 그의 얼굴이 온 사방에 등장하자 댐에 금이 가기 시작했다. 내가 세운 방어벽이 무너지고 있었다. 그 이야기가 똑같은 감정, 파도처럼 밀려오는 공포와 영영 사라지지 않을 이미지들을 다시금 불러왔기 때문이다.

나는 욕지기를 참으며 킴에 대한 새로운 뉴스가 나오는 족족 읽었다. 비록 그 이야기들이 내 꿈에 스며들어 공황에 물든 죄책감과 두려움을 수면 위로 찰랑찰랑 실어왔음에도 불구하고. 아직까지도 사비나의 죽음을 다룬 기사는 단 한 건도 제대로 읽을 수 없지만 킴의 뉴스는 그래도 견딜 만했기에 나는 그에게 일어난 일을 세부 사항까지 낱낱이 읽었다. 킴에 관한 뉴스를 읽을 때는 킴의 머릿결이나 웃음소리가 떠오르는 일은 없었기 때문이다. 킴에게 일어난 일과 관련해 내 머릿속을 가득 메우는 공포스러운 이미지가 우리의 행복한 어린 시절 기억들을 몰아내진 않았기 때문이다.

나는 공포가 나를 바다로 밀어내지 않고 그저 내 온몸을 훑고 지나가게 내버려둘 수 있었다.

화재 비상구

이십대 초반 리아와 내가 함께 살던 이스트빌리지의 아파트에는 내 방(벙커 침대와 침대 난간에 걸어둔 옷만으로도 절반이 가득찼다), 리아의 방(아주 조금 더 컸다), 그리고 한 걸음도 떼지 않고도 레인지에서 싱크로, 조그만 조리대로 몸을 돌릴 수 있었던 부엌, 변기에 앉은 채로도 손을 씻을 수 있는 욕실뿐이었다. 그뿐이었다.

그 밖에는 화재 비상구가 하나 있었다.

우리는 그곳을 포치Porch라고 불렀지만, 화재 비상구에는 사방을 둘러싼 난간이나 두 계단 오르면 나오는 흔들의자 같은 데서 풍겨나오는 나른한 분위기는 없었다. 5층 아래로 떨어질 것 같은 기분을 느끼지 않으려면 건물 벽에 기대거나 난간을 꽉 잡아야 했다. 건물 벽 옆으로 위태롭게 튀어나온 화재 비상구는 딱 우리를 위한 곳처럼 느껴졌다. 포치만큼 쉽게 다가갈 수 없고, 저 아래서 걷는 사람들은 존재조차 알아차리기 힘든 곳이었다. 우리는 세상과 그 안에 담긴 걱정으로부터 아주 높이 올라간 곳에, 나무우듬지에 앉은 까마귀들처럼 앉아 있었다.

우선, 큰 보폭으로 창틀을 넘어가서 몸의 절반은 건물 안에 절반은 건물 밖에 있도록, 만용을 부리는 카우보이처럼 창틀에 걸터앉아야 했다. 그다음엔 몸을 숙이고 상반신을 바깥으로 빼내면서 손을 뻗어 곧 허물어질 것처럼 생긴 녹슨 난간을 붙잡았고, 하반신을 빼내다가 레인지를 발로 차지 않게 조심해야 했다. 그다음에는 창밖을 넘어가자마자 바로 자리에 앉아야 난간 너머로 굴러떨어지지 않을 수 있었다. 또, 이곳에 나올 때마다 상당히 오랜 시간 앉아 있었기 때문에 우리는 늘 양손에 이것저것을 잔뜩 든 채로 창틀을 넘어갔다. 한 손에는 담뱃갑과 라이터, 아니면 집안에서 방금 만 조인트. 그리고 다른 한 손에는 가득 채운 술잔. 늘 가득 채운 잔이었다. 때로는 병째 들고 나오기도 했다.

이름부터가 '비상구'였지만, 우리가 비상 탈출하려는 대상은 화재가 아니었다. 아니, 맞았는지도 모른다. 일상이라는 불은 때로 짙게 피어오르는 연기처럼 우리를 질식시켰다. 우리는 바텐더로 일하고, 데이트를 하고, 때로는 학교에 다니고, 때로는 안 다니면서 자립해보려던 너무 어린 사람들이었다. 어머니와 싸우고, 실직하고, 남자친구와 헤어지고, 또 새로운 남자친구를 만들면서. 리아와 나는 도저히 숨을 못 쉴 것 같은 기분이 들 때마다 서로의 방에 불쑥 찾아가 "화재 비상구?"라고 물었고, 함께 밖으로 나갔다.

화재 비상구에 혼자 앉아 있는 것도 마법 같은 일이었지만 그래도 그곳은 누군가와 함께 앉아 있을 때 진정한 의미를 가졌다. 우리의 삶에서 문자 그대로 걸어나가, 함께 술을 마시고, 담배를 피우고, 서로를 위로했다. 때로는 그저 말없이 앉아 건물 아래 부산한 거리를 내려다보기도 했다. 우리 생활 속 정신적, 정서적 공간은 좁아터진 아파트의 물리적 공간만큼이나 협소했다. 보통 리아는 빨간색 긴 곱슬머리의 잔상이나 집안에 떠다니는 벳시 존슨 향수 냄새로 존재했다. 그애는 방안에서 플로렌스앤드더머신의 노래를 따라 부르며 외출 준비를 하곤 했다. 나는 늘 집안을 들락날락했고, 학점을 꽉꽉 채워 들으면서 바에서 풀타임으로 일하고 돌아와 지쳐쓰러져 잠들 때 말고는 집에 있는 시간이 거의 없었다. 그러나 화재 비상구에 나와 있으면 모든 게 느려지고, 확장되었다. 그곳은 우리 둘이 온전히 현재에 존재할 수 있는 곳이었다. 배경에서 들리는 텔레비전 소리나 음악소리도 없었고, 화장할 필요도 없었고, 레인지 위에서 끓는 무언가를 저을 필요도 없었고, 휴대전화를 쳐다보지도 않았다. 그저 엉덩이 아래의 녹슨 철근, 그리고 땅만큼이나 가깝게 느껴지는 하늘뿐이었다.

사비나가 살해당하자 화재 비상구는 더이상 내가 가는 곳이 아니라 내가 있는 곳이 되었다. 내게는 잠시 동안이 아니라 여름 내내 머무를 수 있는 탈출구가 필요했다. 그래서 나는 매일, 한 번에 몇 시간씩 그곳에 앉아 있었고, 친구들이 교대하듯 술과 담배와 먹을 것을 들고 차례차례 찾아왔다. 친구 중 누구도 나더러 안으로 들어오라고 설득하지 않았고, 그 이유로 나는 그 어느 때보다도 친구들을 사랑했다. 리아도 출근 전에 잠시 이곳에 들렀고, 집에 돌아오자마자 이곳으로 왔다.

애도로 인해 다른 모든 것이 불안정하게 느껴지는 와중에도, 등에 닿는 벽돌 건물의 외벽과 맨다리에 깊게 눌린 자국을 남기는 철제 널조각은 여전히 단단했다. 그 감각이 내가 여전히 피와 살을 가지고 이곳에 존재한다는 사실을 상기시켜주었다. 5층 높이에서 내려다보는 세상은 내가 느끼는 것만큼이나 멀게 보였다.

그러다 마침내 어느 날, 나는 다시 집안으로 들어갈 준비를 마쳤다는 기분이 들었다.

결국 나는 그 집을 떠났지만, 리아는 계속 그 집에 살았고, 내가 리아를 찾아올 때마다 우리는 함께 창밖으로 나갔다. 몸을 수그리고 뻗는 근육의 기억은 여전히 내 몸에 깊이 새겨져 있었다. 우리가 이 위태로운 높은 둥지에서 편안함과 익숙함, 그리고 안전함을 느낀 그 순간, 잠시 침묵이 흘렀고, 그뒤로 대화는 몇 시간이나 이어졌다. 화재 비상구에 나와 있을 때면 평소보다 솔직해졌다. 무슨 말이건 할 수 있을 것 같은, 딱 그 정도의 거리만큼 우리의 나머지 삶에서 떨어져나올 수 있던 시간이었다.

몇 년 뒤, 리아도 그 집을 떠나게 되었고, 나는 마지막으로 화재 비상구를 찾았다. 한겨울이라 너무 추웠지만 우리는 빵빵하게 부푼 겉옷을 입은 채 창틀을 비집고 나가 웅크린 뒤 바람을 맞으며 서로에게 기댔다. 나는 작은 유리병 두 개를 준비해왔고, 우리는 각자의 주머니칼을 꺼내 화재 비상구 철제 난간의 페인트와 녹을 벗겨내 검은색과 빨간색 부스러기들을 각자의 병에 담았다. 공원이 됐건, 거실이 됐건, 우리가 다음에 만나게 될 공간에서 서로를 위해 새로운 화재 비상구를 만들어줄 때 가져갈 신성한 땅의 흙이었다.

마지막으로 창문을 넘어 집안으로 돌아오기 전, 우리는 더 이상 그렇게 술을 마시지 않음에도 축배를 들듯이 위스키를 벌컥벌컥 들이켰다. "화재 비상구를 위하여!"를 외치며 건배했지만, 사실 그 말의 진짜 의미는 "우리를 위해! 그 시절과 서로를 살아남게 도와주었던 것을 위해"라는 뜻임을 우리 둘 다 알았다.

아픈 마음을 치유하는 주술

Spell to Mend
a Broken Heart

　　그날 밤은 잠잠했고, 들리는 소리라고는 오로지 리아, 리즈, 그리고 내가 롱아일랜드해협의 바닷물 속으로 걸어들어갈 때 세 쌍의 다리가 나직이 밀려오는 물결을 가르며 내는 리드미컬한 찰랑찰랑 소리가 전부였다. 차가운 물이 허벅지까지 차오르고 팔에 소름이 돋자, 우리는 걸음을 멈춘 뒤 손을 꼭 맞잡고 둥글게 섰다. 이우는 달이 반들거리는 수면에 아른거렸고, 모래도 자갈도 흐려져 보이지 않았다. 물가에 단정하게 줄지어 서 있는 집들의 유리창에서 빛이 새어나와 어두운 밤을 밝혔지만, 그래도 하늘을 향해 고개를 젖히면 별이 보였다.

　　리아의 오랜 남자친구는 얼마 전 동거를 끝내고 집을 나갔고, 내가 사랑할지도 모른다고 생각했던 남자는 별안간 나를 차더니 예전 여자친구와 다시 만나기 시작했고, 리즈가 좋아하던 누군가는 밤새 술을 마시다 술집도 문을 닫은, 동트기 전 깜깜한 시각에 술에 취해 그애한테 키스한 뒤 아무 일도 없었던 척했다. 우리는 자존심 때문에 상처받은 걸 인정할 순 없었지만 그럼에도 상처받은 건 분명했고, 거부당한 느낌에 정서적으로 욕지기가 나는 상황에서 모였다. 그렇기에 신발을 벗어던지고 물속에 첨벙첨벙 들어가 우리의 실연을 바다에 쏟아붓고 잊어버리기로 했다. 눈을 감고, 낮에는 창피해서 도저히 입 밖으로 낼 수 없었을 말들을 하면서 살랑거리는 물결에 몸을 맡기고 흔들렸다. 우리는 상처를 내려놓고 이 상처가 깨끗이 씻겨나갔다고 선언했다.

100미터쯤 떨어진 집에 칼리와 코트니가 있었고, 그애들에게 함께 바다에 오자고 했더라면 기꺼이 왔을 것이다. 그러나 둘은 각자 헌신적 연애를 하고 있었고, 이 의식은 실연을 겪은 우리끼리만 해야 했다. 이런 우리의 마음을 칼리와 코트니가 한 점 소외감도 내비치지 않고 이해해주었을 때, 우리 다섯이 얼마나 특별한 친구 사이인지 느꼈다. 여자 친구들끼리 주말을 보내는 내내 어떤 일은 다 같이 했지만—차를 몰고 농장 판매대를 찾아간다든지, 가져올 수 있는 만큼 최대한 베리를 딴다든지, 저녁을 먹은 뒤 지쳐 바닥에 쓰러질 때까지 거실에서 춤을 춘다든지—어떤 일은 따로 했고, 큰 무리 안에 존재하는 각양각색 관계들은 우리가 더 풍요로워질 수 있는 공간을 내주었다.

리즈, 리아, 그리고 나는 할말을 다 마치고 서로 손을 꼭 잡은 채 서늘한 밤공기를 가슴 깊숙이 들이마신 다음, 눈물이 뺨을 타고 바닷물 속으로 굴러떨어질 때까지 울었다. 그러고 나서 우리는 다시 해변으로, 따스한 빛을 뿜는 창문을 향해 걸어갔다. 호스 물로 다리에 묻은 소금물을 씻어낸 다음, 집안에서 칵테일과 파이를 준비하고 기다리는 칼리와 코트니에게로 돌아갔다. 남은 주말은 일광욕하고, 마가리타를 만들고, 바닷가 별장의 깊숙한 개수대에서 몇 파운드나 되는 베리를 씻으면서 한결 가벼워진 마음으로 보냈다.

13년 전, 내가 열두 살이었을 때 아빠가 돌아가셨고, 아빠의 지갑에는 단돈 9달러가 남아 있었다. 엄마와 나, 고모들과 아빠의 가까운 친구 몇몇과 함께 아빠가 돌아가신 캘리포니아주 레드웨이라는 마을로 가서 유품을 정리하고, 나중에 샌프란시스코에서 열릴 장례식에 앞서 작은 추모식을 가졌다. 우리가 묵은 고속도로변 모텔은 애초에 이름 없는 간이 정거장으로 지어진 곳이었는데, 한쪽 벽에 아빠의 소유물 전부가 든 판지 상자를 무더기로 쌓아둔 탓에 지나치게 내밀한 분위기를 풍겼다. 아빠가 가지고 있던 책들, 미술용품, 낡아서 얇아진 작업화와 가죽 재킷, 그리고 내가 숲속에 혼자 사는 아빠가 외롭지 않도록 소포로 보내주었던 조그만 개 인형. 상자들 맨 위에 놓여 있는 캔버스 배낭 속에서 엄마는 아빠 지갑을 찾아내 신분증과 도서관 카드, 그리고 현금 9달러를 꺼내 만지작거렸다. 엄마는 이 돈을 나를 위해 쓰자고 했다. 그 돈을 그대로 엄마의 지갑에 넣으려니 기분이 이상하다고, 만약 아빠가 이 돈이 자신에게 남겨진 마지막 9달러라는 사실을 알았더라면 분명 나한테 썼을 거라고 했다.

7월이었고, 나는 햇볕에 잔뜩 탄 상태였다. 열두 살짜리 아이의 울퉁불퉁한 무릎은 어린아이답게 여름 내내 바깥을 뛰어다니다 긁힌 상처로 가득했다. 앞으로는 아빠로부터 그주에 어떤 동물을 보았는지에 관해서, 내가 좋아할 것 같은 책에 관해서, 아빠가 나와 함께하고 싶어하는 예술 프로젝트에 관해서 이야기하는 엽서를 더이상 받지 못하게 될 세상을 이해하려 애쓰며, 엄마를 따라 무거운 마음으로 말없이 이 작은 히피 마을의 중심가를 떠돌아다니는 지금, 그 시절이 아주 먼 과거처럼 느껴졌다. 아빠는 5년 전 엄마와 헤어진 뒤로 적어도 일주일에 한 번은 엽서를 보냈다. 아무리 먼 곳에서도 나를 지탱해주던 사랑과 실없는 농담이 담긴 짧은 메시지들이 별안간, 그리고 영원히 끊기고 말았다.

어쩌다보니 우리는 창가에는 홀치기염색 티셔츠들이 걸려있고 안에서는 인센스가 타고 있는 선물 가게에 들어갔다. 대마 잎이라든지 선글라스 쓴 개 사진으로 '캘리포니아 험볼트'를 홍보하는 범퍼 스티커와 냉장고 자석들이 가득한 가게 안을 눈으로 훑으며 아빠가 나에게 주는 마지막 선물로 무엇이 좋을지 살펴보았다. 계산대 근처에 '휴대용 주술'이라는 이름이 붙은 물건들이 진열되어 있었다. 재물 운부터 건강 운을 불러오는 건 물론 악몽을 꾸지 않게 해준다는 온갖 마법을 약속하는 초, 원석, 주문이 적힌 종이를 담은 손바닥만한 상자였다. '아픈 마음을 치유하는 주술'이라고 쓰인 상자를 고르면서 나는 생각했다. 손해볼 건 없지. 주술 상자와 함께 보라색 구슬줄에 매달린 크리스털 하나를 엄마에게 건네자, 엄마는 나를 안아주더니 구겨진 지폐로 값을 치렀다.

장례식이 끝나고 집에 돌아온 나는 방문을 닫고 대리석무늬 작문 공책을 베이지색 카펫 위에 내려놓고는 상자 속 물건들을 노트 표지 위에 늘어놓았다. 장미 꽃잎 한 개, 조잡한 플라스틱 촛대에 꽂힌 생일 케이크 촛불보다도 작은 빨간 초 하나, 빨간 실 한 가닥, 그리고 예전에 내 '아메리칸 걸' 인형을 위해 만든 졸업장을 연상시키는, 돌돌 말린 종이 하나. 나는 조그만 두루마리를 펼친 뒤 거기 쓰인 지시를 따랐다. 촛불에 불을 붙이고, 실을 자르고, 잃어버린 사랑으로 인해 아픈 마음으로부터 자유로워질 수 있다는 내용의 짧은 글을 소리 내어 읽었다. 연인과 헤어진 슬픔을 달래기 위한 주술임이 분명했고 지금의 내 슬픔과 딱 들어맞지는 않았기 때문에 내용을 조금씩 바꿔가며 주문을 읽었다. 실연을 극복하는 게 아니라 아빠를 영원히 기억할 수 있기를, 그럼에도 아빠를 잃은 고통이 아주 조금이라도 누그러지기를 빌었다.

가느다란 목소리로 주문을 외우면서 매끈한 노트 표지 위로 금방이라도 쓰러질 것 같은 작디작은 촛불의 불꽃을 보자 눈물이 앞을 가렸다. 바닥에 가부좌하고 천천히 심호흡했다. 눈을 감고 아빠의 얼굴—많이 웃어서 생긴 눈가 주름, 관자놀이의 점, 내가 물려받은 곱슬머리—을 그려보았다. 그리고 아빠를 떠올려도 커다란 구멍이 뚫린 것 같은 기분을 느끼지 않을 미래를 상상하려 애썼다.

그 의식을 치른 뒤 아픔이 누그러진 건 아니었지만, 그래도 내가 원하는 것, 내게 필요한 것을 소리 내어 말하고 나니 개운했다. 슬픔, 그리고 이미 불안정한 청소년기 속에서 허우적거리는 대신 내 힘으로 새로운 여정에 오를 수 있을 것 같았다. 그 감정을 다시금 느끼고 싶었던 나는 나만의 제단을 만들려고 도구를 모으기 시작했다. 매주 받는 용돈으로 벼룩시장이나 시내 오컬트 가게에 가서 성배, 단검, 소금과 물을 담을 조그만 토기들, 갖가지 색초, 작은 유리병에 담긴 약초를 샀고, 약초 병에는 직접 마스킹테이프를 붙인 뒤 샤피 펜으로 이름을 써붙였다. 나뭇잎, 원석, 깃털, 작은 여신상들을 모았다. 나는 어릴 때부터 근사한 자연물이 보이면 항상 수집했기에, 내가 어린 시절 읽던 책들엔 갈피마다 나뭇잎이 끼워져 있고 주머니엔 늘 돌멩이나 조개껍데기가 잔뜩 들어 있었다. 그러나 각각의 원석과 꽃이 지닌 상징과 공감주술*을 알게 된 지금, 나는 단지 모으는 것이 아니라 만들고 있었다. 나 자신을 만들고, 나와 나를 둘러싼 세상을 이어주는 다리를 만드는

---

* 동종주술(저주를 걸고 싶은 대상의 인형을 파괴하는 것처럼 유사성에 입각한 주술)과 감염주술(대상의 소지품이나 신체 일부를 이용하는 등 접촉을 매개로 하는 주술)처럼, 떨어져 있는 사물들이 비밀스러운 공감을 통해 서로 영향을 미칠 수 있다고 보는 개념이다. 인류학자 J. G. 프레이저가 『황금가지』에서 언급했다.

일이었다.

엄마의 남자친구를 따라 캘리포니아주 중부의 한때 군사기지이던 마을로 이사한 직후였기에 동네에 아는 사람이 아무도 없었다. 아빠는 돌아가셨고, 나는 유배 생활중이었다. 우리가 이곳으로 이사한 건 그해 여름, 장례식이 열리기 직전이었고, 새로운 중학교에 입학해 7학년이 되기까지 몇 주간의 여름방학이 내 앞에 광활하고 형체 없이 뻗어 있었다. 그러나 이제는 새로 생긴 방 침대에 누워 스투코 천장을 올려다보며 아빠를 그리워하는 것 말고도 할일이 있었다.

　나는 그전까지, 그후에도, 심지어 10여 년 뒤 대학원에 진학했을 때조차도 느낀 적 없는 갈망과 헌신을 품고 마법과 마녀술 공부에 뛰어들었다. 색상으로 구분하는 인덱스카드를 만들어서ー마법 약초의 쓰임새를 다룬 카드는 초록색, 원석의 의미는 노란색, 수비학과 색마법은 빨간색, 신화와 신은 분홍색, 도구 사용법은 주황색, 달의 위상과 별자리는 보라색ー매일 익혔다. 첫 시작은 엄마의 책이었다. 오컬트에 대한 엄마의 관심은 꾸준하고 조용한 존재감으로 내 어린 시절 내내 지속되었다. 엄마의 서랍장 위에 실크에 싸여 놓여 있는 타로카드, 악몽과 질병을 막아주는 크리스털과 약초, 그리고 여태 한번도 관심을 둔 적이 없지만 지금은 엄마의 어떤 반대도 없이 꺼내 읽고 있는 이 책장 속 책들이었다. 엄마의 책을 전부 읽고, 내가 찾을 수 있는 정보들을 모조리 인덱스카드에 정리한 뒤 엄마를 졸라 매주 보더스 서점에 가서 책을 한 권씩 샀다. 마녀의 역사와 현대의 주술 안내서, 약초와 상징 백과사전, 전세계 민담과 신화가 담긴 책 들이었다.

책에서 읽은 지식을 바탕으로 직접 주술들을 실행하며 나만의 '이면의 책'*을 쓰기 시작했을 때는 특정한 영적 수행들은 나에게 해당 사항이 없다는 사실을 까맣게 몰랐다. 그렇기에 내가 물려받은 문화와 조금이라도 가까운 전통들뿐 아니라ㅡ나는 임볼크**에는 켈트 여신 브리지드에게 제물을 바쳤고, 유대교 신화 속 사나운 릴리스***라는 필명으로 내 이면의 책을 편찬했다ㅡ화이트 세이지(여러 아메리카 원주민에게 성스러운 식물로 여겨졌다) 태우기 같은 것들도 내 주술에 포함했다. 나만의 신전에는 여남은 가지나 되는 다양한 전통 속 여신들이 나란히 놓여 있었는데, 여러 종교와 문화는 그 본질적 개념은 같으나 역사적으로 다른 얼굴과 다른 이름을 가지고 등장했을 뿐이라고 믿어서였다. 다산, 복수, 죽음, 풍요, 희생, 지혜는 다양한 언어와 다양한 변형으로 신격화되었지만 그보다는 반복적으로 등장하는 것들이었다. 나는 이 보편성에 끌렸다. 무척 사적이면서도 동시에 나를 훌쩍 뛰어넘는 방식으

---

*   Book of Shadow. 마녀가 개인의 실험과 연구를 기록하는 일기장.
**   Imbolc. 겨울을 나고 봄을 맞이하는 기념으로 브리지드 여신을 기리는 켈트 민족의 축제로, 축일은 2월 1일이다.
***   Lilith. 히브리어 성서를 비롯한 고대 문헌에 등장하는 여성 괴물로, 올빼미나 큰 부엉이로 번역되기도 한다. 신에게 맞선 여성이라는 점에서 1970년대 유대 페미니즘 운동의 주요한 아이콘이기도 하다.

          Spell to Mend ————

로, 특정 전통임을 드러내는 구체적인 요소들을 초월하는 느낌이 들었다.

그 당시 내 접근의 동기가 된 핵심적 믿음은 지금도 여전하다. 여러 종교는 차이점보다 유사점이 더 많으며, 모두 우리 삶과 우리를 둘러싼 세계를 이해하고 싶다는 인간 공통의 선천적 욕망에서 태어났다는 믿음 말이다. 즉 어떤 하나의 전통만으로 모든 것을 이해할 수는 없다. 그러나 지금의 나는 각 전통의 계보를 더욱 존중하게 되었고, 때로 무언가를 존중하는 가장 좋은 방법은 건드리지 않는 것임을 배웠다. 나는 더이상 화이트 세이지를 태우지 않는다.

학기가 시작하자, 전학할 때마다 느끼던 불안감은 내가 만들어가고 있는 사적인 세계 덕분에 한결 누그러졌다. 학교에서는 누구와도 대화하지 않았지만, 내 방에서 초에 불을 붙이고 나를 둘러싼 원에 약초를 뿌리면서 내 목소리를 만들어갔다. 4원소가 내 목소리를 듣는다는 느낌이 들 때까지 그것들을 내 원 안으로 불러들였다.

마녀술을 청소년기에 대한 알레고리로 다룬 이야기들은 이미 수없이 쓰였기에 여기서 같은 말을 굳이 하진 않겠다. 나는 그저 대중문화 속에서 마녀가 십대 여성들로 그려지는 게, 또는 대다수 사람이 청소년기에 오컬트를 처음 탐구하기 시작하는 게 우연은 아니라고 말하고 싶다. 신체가 우스꽝스러운 동시에 매혹적인 방식으로 변신하고, 사람들이 우리를 우리 자신과 타인에게도 위험한 존재인 양 대하기 시작하는 시기. 우리를 둘러싼 모두가 우리의 자유에 새롭고 또 노여운 제약을 가하기 시작하는 시기임과 동시에, 어쩌면 내가 무척 강한 존재일지도 모른다는 의심을 품는 시기…… 분출구가 필요한 건 당연하다. 자기 안의 불꽃을 부추길 방법이 필요하다.

내가 원하는 것들을 위해 (기성품처럼 파는 것이 아니라 나만의) 주술을 걸기 전, 우선 마법 속으로 들어갈 수 있도록 계절과 달의 리듬에 맞게 나 자신을 정렬해야 한다는 생각이 들었다. 그러고 나면 마법을 휘두를 수 있을 것도 같았다. 그래서 공부를 시작하고 몇 달 뒤인 어느 보름날 밤, 나는 방문을 잠그고 천장 등을 껐다. 내 방은 집 뒤쪽 숲을 바라보는 방향이어서 나는 그 숲이 그저 교외 한가운데의 작은 녹지가 아니라 광활한 마법의 숲이라도 되는 양 바라보곤 했다. 큰길의 가로등 불빛은 내 방 창문까지 닿지 않았기에 벼룩시장에서 사 와 제단 삼아 방 한가운데에 가져다둔 커피 테이블을 밝히는 건 오로지 은색 달빛과 촛불 빛이 전부였다. 나는 동서남북을 차례로 바라보며 각 방향을 향해 소금을 뿌리고 인센스와 빨간 초에 불을 붙인 뒤 물그릇에 손가락을 담갔다. 제단 앞에 앉아 보름달의 빛과 힘과 너그러움이 나를 흠뻑 적시도록 해달라고 빌었다. 달과 계절과 4요소의 리듬에 휩싸이게 해달라고 빌었다.

마녀가 되게 해달라고 빌었다.

뺨이 붉게 달아오를 정도로 내 목소리를 들어주기를 간절하게 바라면서 나는 맹렬한 침묵 속에 앉아 있었다. 그리고 바로 그때, 침묵을 뚫고 또렷한 올빼미 울음소리가 들려왔다.

내가 뱃속에 있을 때 엄마는 올빼미 꿈을 꿨고, 구순열을 가진 채 솜털만 복슬복슬한 머리를 갖고 태어난 내가 꼭 올빼미 같았다고 했다. 엄마는 내 가운데 이름을 웨일스어로 올빼미를 뜻하는 틸루언Tylluan이라고 지었고, 예술가이던 아버지는 아기를 지키는 부적삼아 올빼미 그림을 그리고 조소 작품을 만들어서 어머니에게 주었다. 내가 가장 좋아하는 그리스 여신 아테나의 동반자인 이 맹금류와의 특별한 연결은 처음부터 나의 타고난 권리처럼 느껴졌다. 의식을 치르던 중 올빼미가 창밖에 나타난 게 결코 우연일 리 없었다.

나는 내가 드리웠던 보이지 않는 커튼을 살짝 걷고 원 밖으로 나와 창가로 달려갔다. 거기, 채 6미터도 떨어지지 않은 곳에 있는 가장 가까운 나무에 올빼밋과의 수리부엉이가 한 마리 앉아 있었다. 창밖을 보자 수리부엉이는 커다란 눈으로 나를 뚫어지게 바라보면서 또 한번 울었고, 훗 우는 그 울음소리가 내 등줄기를 타고 진동했다. 두번째 울음소리가 들리자 나는 숨을 참고 꼼짝 않고 선 채 그 장엄한 새를 똑바로 마주보았고, 길게만 느껴지던 몇 초 뒤 부엉이는 거대한 날개를 펼치고 날렵하게 숲속으로 방향을 틀더니 보름달 빛을 반사하며 허공을 날아 휙 사라져버렸다.

피부가 얼얼해진 걸 느끼며 나는 이 방문에 감사를 표하고 의식을 마치기 위해 다시 제단 앞에 앉았다. 그날 밤, 나는 나무우듬지 너머로 솟아올라 순수한 어둠 속으로 날아가며 소리를 보고 공기의 맛을 느끼는 생생한 꿈을 꾸었다. 거리 감각이 초현실적으로 붕괴된 꿈속에서는 가까이 있는 게 흐리게 보였고 아주 멀리 있는 건 작은 움직임조차 증폭되어 선명한 대조를 이루었다. 다음날 아침 눈을 떴을 때는 온몸에 기운이 차올라 강해진 것 같았고, 양팔 근육에 여전히 날개의 기억이 선했다.

며칠 뒤, 초경이 찾아왔다.

세 여신―처녀신, 어머니신, 노파신으로, 달의 위상을 따르며 여성들이 거치는 삶의 매 단계와 매월의 순환을 반영한다―은 청소년기의 초보 마녀이던 내게 무척 큰 의미를 지녔다. 여기서 성스러운 여성성이라는 개념이나 초경과 달, 갓 피어오르기 시작한 나의 힘 사이에서 내가 느낀 연관성을 언급하기가 망설여지는 건 여성으로 살아가는 것의 의미를 월경과 출산이라는 신체성에만 의거해 인식하면서 트랜스 여성을 여성됨womanhood에서도, 마녀술에서도 배제하는 젠더 본질주의자들이 이런 개념을 자신들 편의에 따라 사용하기 때문이다. 그러나 나는 터프TERF*들에게 달을 내주지 않을 것이다. 나는 거부한다.

종교적이며 영적인 이야기들이 모두 그러하듯, 월경 주기와 달의 관계는 살아 있음을 덜 무시무시하게 느낄 수 있도록 해주는 알레고리다. 한 달에 한 번 피를 흘림으로써 우리가 천

---

* 　트랜스를 배제하는 래디컬 페미니스트Trans-Exclusionary Radical Feminists의 약자.

상의 것들과 고대의 것들의 일부가 될 수 있다면 월경통을 참아내기도 쉬워지니까. 그러나 월경이 여성됨의 전부는 아니다. 그런 관점은 다산의 여신과 뿔 달린 남신들이 등장하는 이교도 신화의 핵심을 비켜나간다. 그 핵심이란 여성적인 것과 남성적인 것은 자연에서도, 우리 안에서도 조화를 이루며, 누구나 어느 쪽이든 가질 수 있고, 우리 모두가 그럴 수 있다는 것이다.

그러나 열두 살의 나는 이런 것들에 대해서는 별생각이 없었다. 그때 나는 내 몸이 나보다 훨씬 큰 규모의 주기를 따른다는 사실이 내 삶에 일어나는 여러 변화를 덜 두려운 것, 덜 영구적인 것으로 느끼게 해준다는 걸 알 뿐이었다. 달을 올려다보고 있으면 어린 시절과 그 너머에 놓여 있는 광활한 미래 사이의 이 험난한 해안에 영영 머무르지 않아도 된다는 걸 알 수 있었다. 아빠로 인해 처음으로 밀려온 이 애도의 감정은 물러갈 것이며, 언젠가 이 모든 게 기억이 될 것임을, 또 변화에는 공포만이 아니라 힘 또한 담겨 있음을 알 수 있었다.

이십대 중반, 파도처럼 밀려온 새로운 주기가 최고조에 이르며 나는 또하나의 변화를 맞이했다. 아빠 없이 살아간 시간이 내 삶의 절반을 넘겼다. 아빠를 알았던 시간은 앞으로도 아빠 없이 보낸 시간보다 줄어들기만 할 터였다. 내가 어린아이였던 시간만큼 어린아이가 아니게 된 시간이 흘러갔는데도 나는 갓 어른이 된 기분이었다. 고등학교를 자퇴한 뒤 독학한 사연

을 담은 에세이로 면접관을 설득해 대학에 들어갔고, 그뒤에
는 내게 기대된 길을 거부하며 보낸 시간의 흔적을 모조리 지
워버리기라도 하려는 것처럼 대학원에 진학했다. 대학원을 졸
업하자 뭘 해야 할지 더는 알 수 없었다. 앞으로도 주류 사회
에서 성공의 증표를 얻으려고 고군분투할지, 아니면 꼭 다른
사람을 위해 만들어진 것처럼 여전히 내게 맞지 않는 듯한 전
문성이라는 가장을 벗어던지고 더 편안한 언저리로 물러날지.
그러다가 자아감마저도 재고하게 만드는 극단적이고도 기습
적인 고통스러운 실연을 겪었다. 지금이야말로 내가 어떤 사
람이 될지 정해야 할 때라는 사실이, 도저히 거부할 수 없는
선명함으로 다가왔다.

그래서 나는 실크 파우치에 들어 있던 타로카드를 몇 년
만에 꺼냈다. 옷장 깊숙이 넣어둔 상자에서 제일 좋아하는 도
구도 몇 개 꺼냈다. 성배, 그릇, 그리고 모로코에서 엄마가 선
물로 사 온 뱀가죽 손잡이가 달린 단검이었다. 이 도구들은
내 모습을 내가 원하는 대로 얼마든지 만들 수 있다는 사실을
상기시켜주었다. 타로카드를 뽑자, 마법사 카드가 나오고,
나오고, 또 나왔다. 변화, 현현의 능력, 방향 찾기를 기다리는
상태를 의미하는 카드였다. 타로카드는 내가 전환점에 서 있
으며 원하는 건 무엇이든 창조할 능력이 있음을 은근슬쩍 알
려주었지만…… 내가 무엇을 원해야 하는지는 알려주지 않
았다.

나는 늦은 밤이면 친구들에게 타로카드로 점을 봐주기 시

작했다. 코트니와 함께 바에 다녀온 뒤 내 침대에 함께 가부좌하고 앉아 얼음처럼 차가운 물을 긴 잔에 담아 마시면서, 내 오렌지색 줄무늬 고양이가 반쯤 감긴 눈으로 가르릉거리며 우리를 바라보고 있는 가운데 카드를 꺼냈다. 코트니는 자기 삶에 놓인 양립할 수 없는 진로들을 열거하고는, 어떤 길을 선택할지 결정할 때 참고할 원칙을 알고 싶어했다.

칼리가 텍사스주로 돌아가야 할지 말지 고민할 때는 와인과 촛불을 준비해 바닥에 카드를 풀 스프레드로 펼쳤다. 그애가 전차 카드를 뽑았을 때 내 가슴은 쿵 내려앉았다. 칼리가 떠나지 않았으면 했지만 그애가 떠나리라는 건 분명했다. 마치 타로카드가 칼리에게는 그애가 이미 알고 있는 사실을 알려주는 한편으로, 내게는 그 사실을 받아들이라고 이야기하는 것 같았다.

리아의 남자친구가 함께 살던 집에서 나갔을 때, 나는 집을 정화하고 그곳을 오로지 리아 혼자만의 공간으로 축성해주려고 크리스털과 와인을 가지고 찾아갔다. 우리는 창문을 전부 열고 인센스를 태웠고, 음악을 크게 튼 뒤 집안의 모든 구석에 한 번씩 앉았다.

리즈와 나는 촛불을 켜거나 제단을 만들진 않았지만 각자가 만들어가고 있는 삶에 관해 나눈 대화는 전부 주술의 기운을 띠었던 것 같다. 우리의 방탕한 밤 외출은 모두 성스러운 바쿠스 축제였다.

우리 모두, 하나의 삶에서 다른 삶으로 넘어가는 세찬 흐름

속에 있음을 깨달은 나는 다시금 달을 생각했다. 삶이 주기를 가지고 순환하는 것임을 다시금 떠올렸다.

하지가 다가오자 우리 다섯은 주말을 끼고 어디론가 여행하기로 했다. 우리 모두 어른의 삶을 만들어가느라 애쓴 나머지 지친데다 상처를 입었고, 여름이 끝날 무렵 칼리는 텍사스 주로 떠날 예정이었다(공식적으로 결정했다). 그렇게 우리의 롱아일랜드섬 여행이 정해졌다. 그저 늦잠을 자고, 햇볕에 살갗을 태우고, 서로를 위해 요리하고, 다음번 자아로 넘어가기 전 바로 지금의 우리 모습 그대로 존재할 수 있도록 세상의 모든 시간이 우리 편이기라도 하다는 양 지낼 예정이었다.

나, 리아, 리즈가 바다에 들어가기로 했을 때, 그게 누구의 생각이었는지는 기억나지 않는다. 기억나는 건, 우리 셋이 각자의 다양한 낭만적 고통을 안고 함께 아파하던 중, 우리가 느끼고 말하는 모든 것의 에너지가 저절로 형상을 이루었다는 것뿐이다. 누군가 어느 순간 이 제안을 입 밖에 내기는 했을 테지만, 마치 우리가 그 생각의 조류에 자연스레 실려 차가운 물속으로 흘러들어간 것만 같았다.

엄마와 내가 뉴욕으로 돌아온 것은 내가 고등학교에 입학하기 전 여름방학 때였다. 입학한 첫날, 나는 얼음처럼 새파란 눈을 가진 우리 반의 한 여학생에게 네 이름인 레이오나가 켈트 신화 속 여신 리아논과 관련 있느냐고 물었다. 레이오나는 아니라고 답하면서도 호기심을 보였다. 나는 그애한테 리아논에

Spell to Mend ⎯⎯

관해 아는 대로 이야기해주었다. 웨일스 신화에 등장하는 리아논은 늘 말 등에 오른 모습으로 그려지며, 달, 재탄생, 여행, 창조적 영감과 다양하게 연관된다고 말이다. 우리 둘의 우정은 바로 그 순간, 신화를 바탕으로 시작되었다. 나는 학교 운동장에서 그애한테 타로카드 점을 봐주었고, 오래지 않아 내가 아는 마법을 그애한테 가르쳐주기로 했다.

여태까지 고독한 마녀였던 나는 마녀 집회를 열 수 있다는 사실에 짜릿함을 느꼈다. 비록 우리 둘뿐이었지만 말이다. 나는 늘 자매가 있기를 바랐다. 우정보다 더 깊은 관계, 서로를 너무 잘 알아서 말하지 않아도 통하는 상대. 나는 〈크래프트〉나 〈프랙티컬 매직〉을 비롯해 지금까지 내가 본, 마녀들이 힘을 합쳐 혼자서는 다다를 수 없는 더 큰 무언가에 다가가는 이야기를 그린 영화들을 떠올리며, 레이오나와 내가 힘을 합치면 얼마나 높은 곳까지 갈 수 있을지 상상했다. 내가 공부한 것을 나눈다고 생각하자 마치 모든 게 더 진짜 같았고, 여태 했던 공부는 모두 지금부터 레이오나와 함께 시작할 그 일에 대한 준비 작업인 것만 같았다.

내가 마법 공부를 주도하는 입장이라는 점에서도 들떴다. 늘 자매를 원하긴 했지만, 그중에서도 갖고 싶은 건 여동생이었다. 실제로는 레이오나가 나보다 일주일 먼저 태어났지만 그래도 지식을 나누어주는 위치에 있는 것은 나였기에, 스스로를 비밀을 알고 싶어하는 초보 마녀가 아니라 비밀을 알려주는 대사제라고 생각할 수 있었다. 놀이터에서도 늘 내가 만든 놀이 규칙을 친구들에게 알려주며 앞장서는 아이였던 나는 자연스럽게 우리 둘만의 마녀 집회에서도 인도자 역할을 할 수 있었다.

나는 레이오나에게 무슨 책을 읽어야 하고 무슨 도구를 모아야 하는지 알려주었다. 내가 매일 하고 다니는 것과 비슷한, 은으로 된 오각형 별 한가운데에 문스톤이 박힌 목걸이를 고르는 것도 도왔다. 이 목걸이를 주술 도구들과 함께 두어 마력을 흡수하게 하되, 공부가 끝나고 입문식을 치르기 전까지는 목에 걸고 다녀서는 안 된다고 알려주었다.

우리 우정은 다른 영역들에서도 자라났다. 우리는 오래지 않아 수업을 빼먹고, 공연에 다니고, 공원에서 술을 마시는 다운타운의 부적응아들 무리 중 일부가 되었다. 센트럴파크에서 애시드를 복용한 뒤 이스트빌리지까지 먼 길을 걸어갔고, 타임스스퀘어에 있는 유령의 집에 들어가 아찔한 공포를 느끼며 서로 꼭 붙어 돌아다녔다. 나는 레이오나에게 아빠의 유품인 파란색과 흰색 펜들턴* 셔츠를 주었는데—아빠의 유품을 누군가에게 준 건 처음이었다—눈이 파랗고 머리까지 코발트블루로 물들인 그애한테 파란색이 잘 어울려서이기도 했지만, 우리의 우정이 얼마나 깊은지 표현할 방법은 내게 가장 의미 있는 물건을 나누는 것뿐이라고 생각했기 때문이기도 했다.

하지와 보름마다 나는 주술 도구를 잔뜩 담은 빨간 체크무

---

* 북아메리카 원주민 전통 문양과 체크 패턴이 특징인 모직 의류 브랜드.

Spell to Mend

늬 빈티지 볼링백을 끌고 로어이스트사이드의 우리집에서 지하철을 타고 브롱크스의 그애 집으로 갔다. 은으로 만든 성배, 조그만 주물 솥단지, 오각형 별 모양 토기 접시, 작은 벨벳 주머니마다 채워넣은 깃털, 원석, 초, 약초 묶음이었다. 우리는 각자 가진 옷 중 가장 하늘하늘한 것을 입고 펠럼베이파크 깊숙한 곳을 향했다. 뉴욕에 사는 십대인 우리가 갈 수 있는, 자연과 가장 가까운 곳이었다.

수질오염으로 거품투성이인 바닷가에 마침내 도착한 우리는 쓰러진 통나무 위에 가져온 물건들을 놓아 제단을 차렸다. 남쪽에는 불을 상징하는 흰 초와 단검, 동쪽에는 공기를 상징하는 조그만 청동 향로와 깃털, 북쪽에는 땅을 상징하는 석영과 소금 그릇, 그리고 서쪽에는 물을 상징하는, 벼룩시장에서 산 성배들을 놓았다.

공원에서 밤을 보내는 날이면 우리는 보호, 사랑, 재물, 창조적 영감을 비는 주술을 걸었다. 때로는 함께 공통의 목적을 위해서, 때로는 함께 원을 만든 뒤 각자의 소원을 빌며 각자의 제물을 바치기도 했다. 효과가 있을 때도, 없을 때도 있었다. 한번은 재물을 얻는 주술을 걸고 삼십 분도 지나지 않아 길에서 20달러를 주웠다. 입에 장미 꽃잎을 물고 좋아하는 남자의 얼굴을 상상한 지 며칠 뒤에 그가 내게 뜬금없이 키스한 적도 있었다. 하지만 그처럼 감질나게 찾아오는 성과의 순간들보다도 둘이 함께 마법의 원 안에 있을 때 기분이 더 중요했다. 일상에서 우리는 부모님과 다투고 친구들과 시시한 드라마에 휘말렸다. 형편없는 아르바이트를 하고 뉴욕의 젠트리피케이션을 지켜보면서, 우리가 불과 몇 년 뒤 직접 월세를 내기 시작할 때에도 사랑하는 이 도시에 살 수 있을지 궁금해했다. 빠르게 흘러가는 시간에 조바심이 난 나머지 아무때나 톰킨스스퀘어파크에 가더라도 반드시 아는 사람이 기다리고 있는 지금을 벌써부터 그리워했다. 그러나 원 안에 있으면 그런 일상은 모두 희미해졌다. 삶의 끊임없는 움직임은 느려지면서 우리 몸을 타고 하늘 위로, 땅속 깊은 곳으로 퍼지는 나지막한 공명으로 바뀌었다.

1년쯤 지난 뒤, 레이오나가 이제 입문식을 치를 때가 된 것 같다고 하자 나는 마음이 뒤숭숭했다. 완전히 이해하거나 명확히 표현할 수는 없지만, 아마 내가 뭔가를 망쳐버리고 말았다는 사실을 마음 한구석에서는 알았던 것 같다. 나는 레이오나의 마법을 마치 내가 그애에게 내려주는 무엇으로 만들어버렸고, 직접 만들어가는 경험을 그애한테서 빼앗아 그저 받아들이는 경험으로 바꿔버렸다. 고작 내가 그애보다 2년 먼저 책을 읽고 잡동사니를 모으기 시작했다는 이유만으로.

레이오나가 입문식을 하자고 했을 때, 나는 내가 저지른 실수를, 나는 그애를 마녀라고 선언할 수 있는 위치가 아니며 그일은 오로지 그애 자신만이 할 수 있다는 사실을 어떤 말로 설명해야 할지 몰랐다. 그래서 그 대신 이렇게 말했다. "넌 아직 준비가 안 된 것 같아." 십대들은 멍청이니까, 또 내 망설임의 이유를 나 또한 완전히는 몰랐으니까. 그애는 내 거절을 받아들였지만 그후 뭔가가 바뀌었다. 우리는 보름마다 커다란 의식을 치르는 일을 잊거나 별로 내켜하지 않게 되었고, 다음번 하지에는 뭔가 대단한 일을 하자고 말하다가 더는 그 말조차 하지 않게 되었다. 앞으로 함께 의식을 치르는 일은 없을 거라 말한 적은 없었지만 서서히, 의식은 멈췄다.

이제 와 돌아보면 우리 우정은 얼마든지 그런 용두사미 결말로 끝날 수 있었다. 하지만 우리는 우리 우정에서 마법이 희미해지게 내버려두고 대신 다른 것들에 집중했다. 함께 유럽으로 여행을 떠나자고 계획하고는 이 목표를 실현하는 데 우리의 추진력, 꼼꼼한 집중력, 기량을 집중했다. 약초나 여신, 주술이 아니라 도시와 숙소, 열차 노선의 목록을 만들었다. 우리는 불균형하던 언덕에서 아무렇지도 않게 내려와 평평한 땅 위에서 함께 앞으로 걸었다.

몇 달이나 손도 대지 않은 마법 도구들은 상자에 넣어 벽장 속 높은 선반 위에 올려놓았다. 오각형 별 목걸이도 하지 않았다. 여전히 계절과 달에 관심이 갔지만 마녀술을 실제로 실행하는 건 마치 내가 등 돌려야 할 어린 시절의 한 부분이자, 어른이 되어가며 벗어던지는 여러 허물 중 하나로 느껴졌다. 이제는 내가 실제 세계에서 이루고 싶은 일들에 집중할 때였다. 대학교 지원, 집세, 완전히 새로운 자아상. 도심 공원에서 직접 만든 옷을 입고 주문을 외우던 타락한 아이였던 나는 때 빼고 광을 낸, 야심을 품은 젊은 어른이 되었다. 어쩌면 나는 지금까지 걸어온 주술 중 가장 성공적인 매력 주술을 부려 내가 세상에 보여주고 싶은 버전의 내 모습을 투사하고 있는 건 아닌가 하는 생각이 들 때도 있었다.

10년이 흐른 뒤, 레이오나와 나는 우리가 A 학점을 받을 수 있는 수업이라도 되는 양 마녀술에 접근했던 일을 두고 함께 웃었다. 그날 우리는 시간 가는 줄 모르고 공원에서 온종일 시간을 보내던 옛 습관으로 자연스레 돌아가 프로스펙트파크에 담요를 깔고 누워 있었다. 나는 우리가 결국 치르지 못했던 입문식에 관해 생각했었다고, 나는 그 무엇도 네게 수여할 자격이 없었다는 걸 깨달았다고 이야기했다. "주제넘게 굴어서 미안해." 내 말에 그애는 웃으면서 자신도 나만큼이나 스승-제자라는 역학관계에 몰입해 있었다고 했다. 마치 열심히 노력하면 황금별을 받고 마지막에는 공식 마녀 인증서라도 받을 수 있다는 듯 노력할 명확할 목표가 생겼었다고. 또, 오각형 별 목걸이를 한 번도 목에 걸지 않은 채 벨벳 파우치 속에 몇 년이나 간직하다가, 마침내 자기에게 '자격이 생긴' 지 오래되었음을 깨닫고 목에 걸었다는 이야기도 했다. 그애가 스스로 결정을 내렸다는 이야기를 듣고 정말 기분이 좋았고, 내 목걸이의 먼지도 떨어내야겠다는 생각이 들었다.

펠럼베이의 오염된 물로 부식된 내 성배들이 벽장에서 나와 책장 위에 자리잡은 것도 그 무렵이다. 타로카드를 꺼내 꼭 놀리기라도 하듯 수시로 마법사 카드를 뽑은 것 역시. 십대 후

Spell to Mend ——

반에서 이십대 초반까지 휴식기를 가진 뒤 서서히 이루어진 마법으로의 귀환은 새롭고 훨씬 더 절제된 형태로 이루어졌다. 컵케이크나 좋은 와인 한잔처럼 간소한 의식으로 하지를 기렸고, 바깥으로 나가 잠시 조용히 보름달을 올려다보는 일을 중요하게 생각했고, 의식적으로 달의 차고 기움에 때를 맞추어 내 삶에서 무언가를 얻거나 놓아주려는 노력을 기울였다. 그저 눈을 감고 집중하는 것만으로도 의식이 주는 광활하고 마음 저릿한 평온을 느낄 수 있다는 사실을 알게 되었다. 주술 도구가 가득 든 볼링백을 들고 숲속으로 들어가지 않아도 되었다.

엄마의 서랍장 위에 있던 타로카드가, 엄마가 읽으라고 강요하지는 않았지만 원할 때마다 곧장 빌려주던 책들이 종종 떠오른다. 섬세함에는 힘이 깃들어 있음을 나는 배웠다. 선언할 필요가 없는 단단하고 단순한 자기 확신 속에도.

리즈, 리아, 내가 바닷물에서 나오자, 차가운 물에 잠겼던 다리가 따뜻한 여름밤의 공기를 만나 따끔거렸고, 나는 내 나이가 지금의 딱 절반일 때 걸었던 첫번째 주술을 생각했다. 지금, 우리는 아픈 마음을 달래는 또하나의 주술을 걸었지만 이번에는 그저 순수한 본능에만 의지한 진정하고 유기적인 주술이었다. 미리 포장되거나 타인의 처방에 따라 상자째로 오지도 않았고, 그 어떤 과시적인 요소도 없었다. 심지어 촛불 하나 켜지 않았다. 위계 역시 존재하지 않았다. 대사제도 제자도 없었다. 우리는 동등한 자리에서 손을 마주잡아 연기나 소금으로 그린 그 어떤 원보다도 강력한 원을 이루었다.

물에서 나와 잔디 위에 물방울이 뚝뚝 떨어지자마자 우리의 아픈 마음이 누그러진 건 아니었다. 그러나 우리는 오래지 않아 각자의 방식으로 모두 상처를 치유했다. 내게 상처를 준 남자는 내가 일하는 바에 찾아와 자기가 정말 큰 실수를 저질렀다며 사과했고, 우리는 곧 다시 사귀게 되었다. 재회한 초기 나는 내가 그날 밤 바다에 들어갔을 때 하고 싶은 말을 굉장히 신중하게 골랐음을 떠올렸다. 나는 헤어짐이 주는 고통에서 자유롭기를 빌었고, 내 실연을 잊고 나아가기를 빌었다. 꼭 그를 잊고 나아갈 수 있기를 빈 것은 아니었다.

그와 내가 결국 결혼했을 때, 내 결혼식에서 서로 잘 어울리는 보석 색상의 드레스를 입고 내 곁에 서 있었던 이들은 그 주말에 함께했던 바로 그 네 여성이었다. 대표 들러리는 없었다. 넷 중에 나머지보다 더 중요한 사람은 없었으니까. 나는 이날을 기념하기 위해 촛대로 쓸 수 있는, 백랍으로 만든 작은 앤티크 고블릿을 한 세트 사서 다섯 명이 나눠 가졌다. 이제 우리는 서로 멀리 떨어져 뉴욕, 시애틀, 샌프란시스코, 오스틴에서 어른의 삶을 살고 있다. 나는 이 촛대의 초들이 우리를 전화통화보다 더 실재적으로 연결해줄 거라고 말했다.

이제 우리는 또 한번 전환기에 놓였다. 또다른 결혼식, 아기, 커리어 전환, 질병. 그리고 우리 삶에서 그런 커다란 일이 있을 때마다 우리의 문자 메시지 타래에는 수천 킬로미터 떨

Spell to Mend ───

어진 다섯 개의 방에 놓인, 똑같은 촛대에 켜진 다섯 개의 촛불 사진이 등장한다. 외롭고 슬펐던 열두 살의 내가 마법을 통해 무언가 광대하고 강력한 것의 일부가 되기를 가장 원했음을 상기시켜주는, 고요한 주술이다.

장미 타투

사진 한 장. 내 결혼식 날의 사비나와 나. 어린 시절 찍은 수많은 사진 속에서와 마찬가지로 서로를 꼭 안고 얼굴을 나란히 붙인 우리. 나는 곱슬곱슬한 금발을 틀어올려 안개꽃을 핀으로 꽂아놓았다. 사비나는 곱슬기 없는 검은 머리를 넓은 광대뼈가 드러나도록 드라이해 넘겼고, 핫핑크색 아이섀도 덕분에 그애의 생기 있는 밝은 미소가 두드러진다.

사진 한 장. 피로연에서 자연스럽게 웃고 있는 우리 둘. 우리는 줄 조명 아래서 둥글고 따스하게 빛난다. 사비나는 입을 벌리고 코를 찡그린 채 내 쪽인 앞으로 상체를 내밀고 있다. 나는 몸을 살짝 젖힌 채 숨을 고르려 가슴에 한 손을 올리고 있다. 너무 웃어서 마스카라가 줄줄 흘러내릴까봐 걱정이다. 배경에 보이는 바에는 우리 둘의 엄마들이, 두 자매가 함께 서 있다.

사진 한 장. 사비나와 내 새신랑인 수민이 하객으로 가득한 예식장 벽에 기대 서로 대화한다. 사비나는 두 손을 맞잡고 살짝 어깨를 올린 채 수민을 보며 웃는다. 그애가 좋은 인상을 줄 때면 늘 짓던 다정하고 소녀다운 포즈다. 수민은 스카치 온 더록스가 담긴 잔을 들고 있고 말하는 도중이라 얼굴이 일그러져 있다. 농담하는 중이다. 그의 손은 사비나의 어깨 옆 벽을 짚고 있다. 은색 펌프스를 신은 사비나의 한쪽 발끝은 꼼지락거리느라 바닥에서 살짝 떨어져 있다.

이 사진 중 실제로 존재하는 건 한 장도 없다.

사비나는 내가 그애와 한 번도 만나본 적이 없는 남자와 결혼하기 5년 전에 살해당했다. 그는 오로지 내가 들려준 슬픈 과거 이야기를 통해서만, 내가 어떤 영화를 보지 않는 이유를 통해서만, 내 침대 옆에 놓인 액자 속 사진(내 다섯 살 생일 파티에서 서로를 꼭 끌어안고 얼굴을 맞대고 있는 우리 둘)을 통해서만 사비나를 안다.

그러나 내 눈에는 두 사람의 모습이 선명히 보이고, 나는 그애가 스무 살 나이로 영영 얼어붙지 않은 채 나와 함께 삶을 헤치고 나아가는 모습을 상상할 수 있다.

장미 타투는 클리셰다. 닳고 닳은 모티프다.

그러나 사비나의 가운데 이름은 로즈였고, 그애가 죽었을 때 클리셰를 혐오하는 내 성향은 아무 의미가 없었다. 그애는 장미가 무성하게 피어나는 6월에 죽었다. 그해 6월은 마당이며 정원에서 어느 때보다도 근사하고 또 고통스럽게, 어느 때보다 많은 장미가 긴박하게 꽃봉오리를 열어대는 것 같았다. 나는 만개한 채로 얼어붙은 동시에 나와 함께 삶을 헤치고 나아갈, 내가 간직할 수 있는 장미 한 송이가 필요했다.

진동하는 바늘이 왔다갔다하며 내 어깨뼈의 섬세한 가장자리를 따라 붉은 꽃잎들을 새길 때, 나는 생각했다. 만약 그애가 다시 살아날 수만 있다면 평생 매일 이런 고통을 느껴도 상관없어. 다음 순간 그 생각이 진심인지, 이 격렬하고 날카로운 아픔을 느끼며 평생 살 수 있을지 의구심이 들었다. 불가능할 것 같았다. 그러나 따지자면, 그애의 부재가 남긴 격렬하고 날카로운 아픔을 느끼며 살아가는 것도 불가능한 건 마찬가지였다.

결혼식 몇 달 전, 나는 가장 친한 친구 넷과 모여 스타일과 메이크업을 의논했다. 서로 구두와 드레스 사진을 메시지로 주고받았다. 우리 모두 함께 네일아트를 받을 수 있게 예약을 마치자, 머릿속에 이미지 하나가 스쳐지나갔다. 그 네일 살롱에서 그애를 한 번도 만난 이 없는 이 친구들과 웃으며 친해지는 사비나의 모습이.

그 대신 나는 드레스의 등 부분을 5센티미터 정도 더 파이도록 수선했다. 큼직한 빨간 장미가, 등뼈를 따라 휘어지며 S라는 이니셜을 그리는 초록 줄기가 드러나도록. 미용실, 치아 미백, 얼굴 관리 등의 기나긴 예약 목록에 하나를 더 추가했다. 장미가 가장 생기 있게 보이도록 만들 타투 터치업이었다. 바로 그 예민한 어깨뼈 가장자리에 따끔거리는 니들 건의 익숙한 통증을 느끼면서 나는 눈을 감고 이건 우리 둘이 함께 결혼식을 준비하는 과정이라고 상상했다. 이건 사비나의 미용실 예약, 네일아트 예약이다. 그애는 내 옆자리에 앉아 있고, 나는 다리털을 왁싱하거나 두피까지 바짝 탈색하는 바람에 아픈 거다. 아픈 건 금방 끝날 테고, 그뒤에는 사비나와 함께 점심을 먹으러 가야지.

존재하는 사진 한 장. 결혼식 피로연의 수민과 나, 나는 카메라를 등지고 옆얼굴을 내보인 채다. 붐비는 결혼식장 한가운데 줄 조명 아래 서서 둥글고 따뜻하게 빛나고 있다.

그리고 내 등, 새하얀 실크 드레스라는 완벽한 액자 속, 사비나의 장미.

서로에게 엄마 되기

리즈와 나는 주크박스의 노래를 따라 부르고, 모르는 남자들과 당구 대결을 하며 "굿 샷!"을 외치고, 사고 칠 거리를 찾아다니는 장난기 넘치는 요정들처럼 이 바에서 저 바를 넘나들며 이십대를 함께했다. 서로 몸을 기대고 실컷 웃으면서 이스트빌리지를 비틀비틀 걸으면 사람들이 우리를 피하며 길을 내주었다. 둘 다 딱 붙는 옷을 입고 진한 눈화장을 한 채로 우리에게 쏟아지는 남들의 시선을 즐긴 적도 있었다. 또 어떤 때는 헐렁한 청바지에 떡이 진 머리를 하고, 바 구석에 앉아 위스키를 홀짝이며 책에 대한 열띤 토론을 벌이면서 남자들이 접근하면 모조리 퇴짜놓기도 했다.

내가 바텐더로 일하던 시절, 리즈는 그곳에 놀러와서 몇 시간씩 머물렀다. 나는 손님을 상대하지 않을 때면 바에 몸을 기대고 여느 밤과 마찬가지로 그애와 이야기했다. 다시 바 뒤로 물러나 있을 땐 리즈가 자신에게 접근한 남자들에게 미소를 지으며 다정하게 굴지, 아니면 곧바로 확실하게 거절할지 빠른 판단을 내리는 모습을 지켜보았다. 책이나 술잔 위로 구부린 가녀린 브론즈빛 어깨, 하트 모양 얼굴 위로 흩어진 윤기나는 검은 머리카락을 본 남자들은 포치의 전등을 향해 몸을 던지는 나방처럼 그애한테 달려들었다. 한번은 어떤 남자가 그애의 팔에 새긴 스페인어 시구가 무슨 뜻이냐고 물으며 타투를 만지려고 손을 뻗었다. 나 또한 이런 식으로 전형적으로 막돼먹은 행동을 하는 인간들 때문에 타투한 팔을 홱 치워버린 적이 여러 번 있었다. 그때 리즈는 마시고 있던 버드와이저를 내려놓고 육식조처럼 고개를 홱 돌리더니 대꾸했다. "X발 내 몸에 손대지 마'라는 뜻인데."

그러나 우리가 늘 이렇게 예민하고 허세 넘쳤던 건 아니다. 함께한 밤거리의 나날 중 내가 특히나 아끼는 기억은, 텅 빈 거리를 내달리던 택시 뒷좌석에 리즈와 꼭 붙어앉아 귀가하던 풍경이다. 아직도 퍼스트애비뉴를 달리던 택시의 부드러운 흔들림이, 소란하던 바에서 몇 시간을 보내다 폐쇄된 공간에 들어왔을 때 메아리치던 고요함이, 위스키 섞인 숨결이며 담배 연기가 느껴지는 것만 같다. 고해성사실에 들어가본 적은 없지만, 아마 그곳은 그 택시 안과 비슷한 분위기가 아닐까 싶다. 성스럽고, 조용하며, 안전하게 독립된 공간. 무슨 말이건, 정말 어떤 말이건 할 수 있고 곁에 있는 사람이 이 비밀을 반드시 지킬 것이라 확신할 수 있는 공간. 그 택시 안에서 우리는 마치 긁힌 무릎에 반창고를 붙여주는 엄마처럼 다정하게 서로의 상처받은 마음과 불안을 돌보고, 서로를 위로하고 또 용서했다.

그 시절로부터 10년쯤 흐른 뒤, 리즈가 우리집에 찾아왔다. 우리는 각자 소파의 양끝을 차지하고 앉아 각얼음을 넣은 화이트와인을 홀짝였다. 나는 우리 사이에 놓인 쿠션에 털양말 신은 발을 올렸고 리즈는 커피 테이블에 발을 올린 채 작은 벨벳 쿠션을 끌어안고 있었다. 은은한 음악이 낮게 흘렀고, 방안의 조명은 램프 불빛뿐이었다. 너무나 고요하고 평온해서 방안 공기가 예전 그때보다 한결 낮은 주파수로 진동하는 것만 같았다. 우리는 그 시절 이야기를 하며 함께 웃었고, 모든 것이 결코 멈출 줄 몰랐던, 너무나 요란하고 극도의 흥분 상태가 계속되던 그 시절의 역동적인 느낌을 다시 한번 느껴보려고 고개를 이리저리 돌렸다. 그때가 이제는 머나먼 옛날 같았다.

나는 그 시절 우리의 관계가 엄마의 양육과 비슷하다고 생각해왔다고, 두번째 사춘기가 왔을 때 서로에게 엄마 노릇을 해준 것 같다고 말했고, 리즈에게 같은 마음이냐고 물었다.

"어, 맞아." 리즈가 말했다. "너희 집 문은 늘 열려 있었던 것 같다. 그런 안전한 공간이 있으니 과한 행동을 해도 그냥 즐거웠지. 우리 관계에는 늘 돌봄이 깔려 있어서 거침없이 날뛰면서도 단 한 번도 위험하다고 느낀 적이 없었어."

여태 우리의 요란한 행동이 우리 관계에 깃든 안전함과 편안함 덕분에 가능했다는 상관관계에 생각이 미친 적은 없었지만, 리즈의 말을 듣자마자 그 말이 맞는 것 같았다.

친구들끼리 엄마 노릇을 해주는 형태의 돌봄은 내가 십대 시절 공원에 죽치고 지내던 친구들과 서로 돌보던 시절 배운 사랑의 방식이었다. 가정에서 안정을 얻지 못한 아이들이 서로에게 기댔고, 서로 눈물을 닦아주었고, 서로를 위해 싸웠다.

헤더를 처음 만난 날 나는 톰킨스스퀘어파크에서 엑스터시에 취해 있었다. 잔디 위에 레이오나와 라켈과 함께 앉아 담배를 말아 피우려고 했지만 자꾸 실패했다. 땀으로 축축해진 손이 떨리는데다 집중력이 자꾸만 흐려져서였다. 이십 분이나 용을 쓰는데 단 몇 번 만난 사이인 헤더라는 아이가 다가오더니 내 옆에 앉아서는 끼고 있던 큼지막한 선글라스를 들어올리며 물었다. "내가 하나 말아줘?"

지는 태양을 등지고 있던 그애의 짙은 갈색 곱슬머리가 금빛과 빨간빛으로 빛났다. 호의적인 존재의 등장에 깜짝 놀란 나는 아무 말 없이 다 구겨진 담배 종이를 그애한테 건넸다. 헤더는 내 옆에 앉은 채 수다를 떨면서 담배 하나를 말고, 또 하나를 말고, 계속 말았다. 그러고는 자기도 한 대 물고 불을 붙였다. 한참 뒤 일어나 자리를 떠나면서도 가기 전에 식수대에 들러 모두가 나눠 마시고 있던 4.5리터들이 물통에 물을 채워 갖다주었다. 곧이어 그애가 사라지자 잠깐이었지만 그애가 정말로 존재한 건 맞을까 하는 생각이 들었다.

Mutual ─────

그날의 다정한 호의는 이후 이어진 우리 우정을 고스란히 물들였다. 서로를 모르던 시절, 헤더가 가던 길을 멈추고 바닥에 앉아 그날 오후 내내 피워도 충분할 만큼의 담배를 말아주었던 일을 그후로도 잊지 않았다. 사소한 행동이지만 몹시 중요하게 느껴졌다. 약에 취해 있었던 탓에 모든 것이 중대한 일처럼 느껴져서만은 아니었다. 헤더의 행동으로 인해 우리는 서로가 돌봄을 받는다고 느끼게 할 만한 건 어떤 일이라도 기꺼이 하는 사이가 되었다. 어쩌면 이 돌봄이야말로 지금 내가 말하려는 바의 핵심인 듯하다. 누구에 관해 신경쓰는care about 것을 넘어, 그 사람을 위하고care for, 돌보는take care of 일.

　나도 기회가 있을 때마다 헤더에게서 받은 돌봄을 되돌려주었다. 그애는 대체로 나보다 일찍 집에 갔다. 집에 드나드는 시간을 확인하는 부모를 둔 헤더는 우리처럼 공원에서 밤을 지새울 수 없었고 자정쯤 늘 작별인사를 건넸다. 세컨드애비뉴에서 M15번 버스를 탈 때도 있었지만, 때로 우리가 진지한 대화를 나누던 중이거나 그애가 집에 도착하기 전에 술이 깨야 할 정도로 많이 취한 상태일 때면, 나는 이스트빌리지에서 그애 아빠의 집이 있는 사우스스트리트시포트까지 걸어서 바래다주었다. 취객으로 붐비는 로어이스트사이드와 그보다는 한산한 차이나타운을 가로질러 3킬로미터가 넘는 길을 걸어야 했다. 나는 그애 혼자 걷게 하지 않았다. 위험했으니까. 집이 있는 건물까지 그애를 바래다주고 나면 왔던 길을 혼자 걸어 돌아갔다. 타인의 안전과 안녕과 평온을 내 것보다 우선하기. 그게 내가 말하는 엄마 노릇의 의미인 것 같다.

거침없는 생활이 극에 달했을 무렵, 리즈와 나 둘 다 정말 진심으로 좋아한 남자들로부터 거절당했다. 우리에게 불리한 게임이었다. 우리는 함께 슬픔에 한껏 젖은 채 여름을 보냈고, 심장이 산산이 부서진 게 거의 기분좋게 느껴질 만큼 되는대로 살았다. 우리는 그저 가만히 앉아서 속상해하는 대신 우리의 상처받은 마음을 헤엄치고, 발로 차고, 집어던지고, 들이마시고, 다시 토해냈다. 이른 시간이라 손님도 몇 없고 아직 아무도 소란을 피우지 않는 바에서도 홀Hole의 노래를 목청껏 따라 불렀다. 바 테이블에 앉아서 울고, 바 입구에서, 길거리에서 담배를 피웠다. 십대 시절 잘 울던 나는 언제부턴가 꽉 조이는 드레스의 지퍼를 단단히 잠근 것처럼 감정을 억누르며 살았다. 리즈와 함께 있을 때면 참아왔던 감정들이 다시금 쏟아졌다.

우리집 소파에 앉아 있을 때, 나는 우리의 잔에 와인을 새로 따르고 그해 여름을 어떻게 기억하느냐고 리즈에게 물었는데, 그애의 기억 중 내 것과는 다른 게 하나 있었다. 내 기억에는 우리가 온갖 곳에서 엄청나게 많이 운 것 같았는데, 그애는 내가 평소답지 않게 울음을 터뜨렸던 어느 한순간을 기억하고 있었다.

"네가 바텐더 일을 하던 어느 밤이었는데, 내 손목을 잡고 화장실로 끌고 가더니 울기 시작했어." 리즈는 말했다. "바로 전에 수민이 바에 찾아온 바람에 굉장히 화가 나 있었지. 네가 우는 모습을 보니까 꼭 부모님이 우는 모습을 보는 것처럼 마음이 무너져내렸어. 그래서 이렇게 생각했지. '릴리가 남자 때문에 이만큼 감정을 드러내다니 믿기지 않아.' 놀라긴 했지만, 그 모습을 보면서 네가 수민을 정말 사랑한다는 걸, 또 네가 상처를 표현할 수 있을 만큼 우리 둘 사이를 안전하게 느낀다는 걸 알 수 있었어."

그 말을 듣자 웃음이 났다. 왜냐하면 리즈는 내가 수민을 사랑한다는 사실을 나보다 먼저 깨달은 사람이자, 그 사실을 가장 먼저 입 밖에 낸 사람이었으니까. 수민이 나를 찬 이후로 나는 내 자존심을 걸고 그와 결코 말하지 않겠다고 다짐했다. 그럼에도 그가 바에 나타나기를 간절히 바랐는데, 같은 공간에서 그를 용의주도하게 무시하기 위해서였다. 물론 그러다 내가 울어버렸지만 말이다. 리즈와 함께 있던 어느 밤, 수민에게서 문자 메시지가 오자 나는 불쑥 내뱉었다. "수민이 사과하면 기회를 한번 더 줄까 싶어." 창피한 고백이었다. 내 약점을 인정하는 일이었으니까. 나는 리즈가 나한테 세게 나가야 한다고, 내가 수민 없이 더 잘살 거라고 꾸짖을 줄 알았다. 하지만 리즈는 나를 다정하기 그지없는 눈길로 바라보더니 말했다. "당연히 그래야지. 넌 수민을 사랑하잖아." 무시하는 말투가 아니었다. 그저 너그러운 마음으로 사실을 말하는 동시에, 허락하는 것이기도 했다. 그 순간의 리즈는 다음 단계의 나로 성장하라고 나를 격려해주는 엄마였다.

몇 년 뒤 수민과 결혼했을 때, 나는 결혼식 내내, 또 피로연이 끝나갈 무렵까지 눈물 한 방울 흘리지 않았지만, 리즈가 자리에서 일어나 아름다운 축사를 하자 아기처럼 엉엉 울고 말았다.

분명히 말하지만, 친구들이 서로에게 해주는 엄마 노릇이 실제로 아이를 양육하는 엄마가 온 영혼을 기울여 하는 헌신과 결코 같은 게 아니라는 사실은 안다. 내 말은, 누군가의 엄마라는 상태와 엄마 노릇이라는 행위는 다르다는 것이다. 두 가지를 구분한다고 해서 엄마로 살아간다는, 버겁고 고단하고 기쁜 일의 가치를 깎아내리려는 것도 아니다. 그저, 꼭 누군가의 실제 엄마여야 엄마 노릇을 할 수 있는 건 아니라는 이야기를 하고 싶다. 타인에게 자양분을 주고 돌보는 일, 그 사람에게 다정함을, 그리고 대체로 그 사람에게 일말의 신경조차 쓰지 않는 세계에서 정서적 쉼터를 내주는 일. 사랑받는 사람이 그 사랑이 자기 삶을 지탱한다고 느낄 만큼, 세상에서 혼자가 된 기분이 절대 들지 않을 만큼, 맹렬하게, 무한하게 사랑을 쏟아붓는 일. 가장 친한 친구들이 내게 해주는 일이자 내가 그들에게 해주고자 하는 일은 바로 그런 것이다.

그럼에도 이런 일은 실제 엄마가 하는 일의 극히 일부일 뿐이라는 사실을 안다. 친구들 사이에서 한 엄마 노릇 외에도 한 아이를 양육하는 일에 작게나마 참여한 경험 덕분에 알게 되었다. 열여섯 살에 엄마 집에서 독립해 친구 세 명과 함께 브루클린에 집을 얻었을 때, 아기를 낳은 내 친구 야엘이 갈 곳이 없어지자 나는 우리집에서 같이 살자고 제안했다. 내 방에 십대 소녀 한 명과 아기 한 명이 더 들어갈 만한 물리적인 공간이 있는 이상 그저 그애한테 행운을 빌어주고 나는 나대로 살겠다는 생각은 아예 떠오르지조차 않았다.

야엘이 아기를 데리고 우리집에 들어오자, 나는 아기 라일리를 돌보는 데 힘을 보탰다. 기저귀를 갈아주고, 우유를 먹인 뒤 트림하게 하고, 잠들 때까지 책을 읽어주거나 자장가를 불러주었으며, 아기가 깨지 않도록 다른 룸메이트들은 물론 놀러 오는 친구들을 조용히 하도록 시켰으며, 마리화나 연기가 복도를 따라 요람이 있는 곳까지 실려오지 않도록 거실 창문을 활짝 열어두었다.

라일리와 내가 처음으로 단둘이 집에 있던 날을 선명하게 기억한다. 아기가 울자 나는 요람을 내려다보면서 지금 이 순간, 아기가 필요로 하는 것을 줄 수 있는 사람은 오로지 나뿐이라는 사실을 엄숙하게 깨달았다. 면 소재 우주복을 입은 아기의 둥글고 팽팽한 배에 한 손을 올려보았다. 아기는 너무 작았고, 그 조그만 몸은 요구로 가득차 있었다. 아기는 찢어지게 울며 나름대로 최선을 다해 자신의 요구를 표출하고 있었다.

내가 법적 성인이 되기까지는 아직 2년의 시간이 남아 있었다. 내가 나와 마찬가지로 미성숙한 친구들과 함께 이 아파트를 빌릴 수 있었던 건 오로지 운좋게도 돈 욕심이 그득한 집주인을 만난 덕분이었다. 때로는 진짜 삶을 흉내내며 여기, 이렇게 산다는 게 마치 불법인 양 느껴질 때가 있었고, 우리는 언제든 누군가에게 들킬 것 같았다. 예를 들면 내일이나 모레, 휴가를 떠났던 누군가의 부모님이 돌아와 우리 모두 각자의 집으로 돌아가야 할 수도 있었다. 그러나 하루가 지나고, 또 이틀이 지나도 우리는 여전히 현금으로 일당을 지급받는 불법 아르바이트를 했으며, 일을 마치고 돌아오면 집에 어른은 아무도 없었다. 어쩌면 우리가 일종의 어른 같기도 했다. 이미 초현실적인데다 금방이라도 끝날 것 같은 이 생활에, 어쩌다 보니 아기까지 더해졌다. 그리고 모두가 일터로 간 지금, 아기의 목숨이 내게 달려 있었다.

"괜찮아, 괜찮아." 나는 최대한 어른 여자 목소리를 흉내내며 아기를 들어 어색하게 품에 안았다.

이미 우유를 먹였고, 기저귀도 갈아주었고, 이런 임무를 하나씩 할 때마다 아기가 울음을 그쳤기에 자만하고 있었다. 그런데 내가 아는 아기 달래는 법이 모조리 동났는데 또다시 아기가 울기 시작했다. 뭘 해야 할지 알 수 없었던 나는 그저 아기를 안은 채로 복도를 계속 서성거리며 아기를 좌우, 위아래로 얼렀고, 아기의 등을 쓰다듬으며 머릿속에 떠오르는 아무 이야기나 해주었다. 내가 읽은 책, 내가 만난 사람들, 네 울음소리가 얼마나 큰지 따위의 이야기를 한 시간쯤 했던 것 같다. 어쩌면 단 십 분이었을지도 모른다. 전혀 알 수 없었다. 우리 둘은 시간을 벗어나 오로지 아기 울음이 남기는 메아리와 그 울음을 진정시키지 못하는 나의 한없는 무능력만 존재하는 공

Mutual ———

간에 있었다.

　우리 둘이 등장하는 영화를 보는 기분이었다. 내가 지겨울 만큼 많이 본 장면. 머리가 온통 헝클어진데다 더러운 옷을 입은 어린 엄마가 정신없이, 간절하게, 아기에게 울음을 그쳐달라고 애원한다. 제발! 하지만 내가 대본을 읽는 기분으로 좋아, 지금이 내가 부담감에 무릎을 꿇고 나 역시 울음을 터뜨리는 타이밍이로군 하고 생각하는 와중에도 상황은 조금도 나아지지 않았다. 그칠 줄 모르고 엄청나게 시끄럽게 울어대는 소리는 정말이지 견디기 힘들었다. 머리뼈가 욱신거릴 지경이었다. 그러나 울음 자체보다 아기가 얼마나 힘들지에 생각이 미치자 더 스트레스였다. 아기는 탈수 상태일 게 분명했고 목도 아플 거였다. 너무 오래 울면 머리가 아프던 기억을 떠올리며 아기도 마찬가지일지 생각했다.

　진짜 걱정이 나의 과장된 현실 연기를 뚫고 등장했다. 큰일이 난 거면 어쩌지? 아기를 응급실에 데려가야 하나? 야엘의 일터로 전화할까? 그 모든 생각이 머릿속을 내달리는 와중에도 나는 계속 아이를 어르면서 쉿, 쯧쯧 소리를 냈다. 등을 토닥이고 몸을 부드럽게 흔들어주면서 아기가 원하는 게 또 뭐가 있을지 생각하고 있는데, 아기가 딸꾹 소리를 냈고, 다음 순간 뜨뜻한 토사물이 내 등을 타고 흘러내리는 게 느껴졌다. 그렇게 아기는 울음을 그쳤다. 아기를 멀찍이 떨어뜨려 든 채로, 아직도 새빨갛게 달아오른데다 작고 섬세한 속눈썹에 눈물이 그렁그렁하고, 턱에는 토사물이 잔뜩 묻은 아기의 얼굴을 보았다. 웃고 있었다. 나는 안도한 나머지 반쯤 소화된 분유에 젖은 셔츠가 등에 들러붙은 것에도 신경쓰지 않고 웃음을 터뜨렸다.

아기의 턱을 닦아주고 나도 윗옷을 갈아입은 뒤 한참 더 얼러주었더니 아기는 마침내 내 어깨에 뺨을 대고 조용히, 묵직하게 잠들었다.

"그래, 괜찮아." 나는 아기의 정수리에 대고 속삭였다. "괜찮아, 우리가 해냈어."

내가 라일리에게 느꼈던 사랑―그리고 그애가 자라서, 그때의 내 나이를 넘긴 지금까지 여전히 느끼는 사랑―은 내가 친구들에게 느끼는 사랑과는 다르다. 그러나 한편으로는 내가 그때 그토록 강렬하게 느낀 헌신의 감각―이 아이를 안전하고 행복하게 해주기 위해 무슨 일이든 할 것이며, 그애의 요구 앞에서 내 불편은 아무런 의미도 없다는 확신―덕분에 친구들에 대한 사랑에서도 같은 감정의 실마리를 찾아낼 수 있었다.

친구들과 서로에게 엄마 노릇을 해주었던 이야기를 글로 쓰고 싶다는 생각은 오래전부터 했지만 글을 쓰기 위해 실제로 메모를 시작하고서야 내가 아이를 낳아 엄마가 될지를 고민하기 시작하는 과정에서 이런 생각들이 전과는 다른 긴박감을 띠고 솟구쳤다는 뻔한 사실을 깨닫게 되었다.

지금 사는 집을 보러 왔을 때―이 집으로 결정한다면 앞으로 한동안 이 집을 떠나지 않으리란 걸 우리는 이미 알고 있었다—내 작업실로 쓸 두번째 침실을 본 수민이 말했다. "나중에 아이방으로 쓰기도 좋겠다."

그 순간 내 머릿속에 그려진 건 편안한 색감의 연한색 페인트로 벽을 칠하고 구석에 흔들의자가 놓인 이 방에서 잠든 우리의 귀여운 아기가 아니었다…… 그저, 내 책상이 사라지고 노트북 컴퓨터는 침대 옆 협탁에 위태롭게 놓여 있으며 노트들은 집안 여기저기 나동그라져 있고, 최악의 경우 노트가 새것 그대로 책장에 꽂혀 있는 모습이었다. 아이가 있는 미래를 상상하자 삶이 확장되는 감각이 아니라 공포가 밀려왔다. 내 경력, 여태 그토록 노력해 쌓아올린 작가의 삶을—그 삶의 상징인 이 방에서부터 시작해—빼앗길지도 모른다는 생각이 불러온 공포-도피 반응이었다. 몸속에서 화물 열차처럼 내달리는 공황감을 정확히 뭐라 설명해야 할지 알 수 없었던 나는 그저 동의하듯 고개를 끄덕이고는 다시 벽장 크기며 수압을 확인하러 갔다.

그뒤로 몇 주 동안 내 작업실이 아이방으로 변한다는 것에 담긴 상징성이 머리를 떠나지 않았다. 견딜 수 없을 정도로 뻔하디 뻔한 일 같았다. 그후 몇 주간은 어쩌면 내가 아직은 아이를 갖고 싶은 마음이 없다는 게 문제가 아닐지도 모른다는 생각이 들었다. 나는 늘 아직은 준비되지 않았으나 미래의 언젠가는 준비될 거라 생각했다. 우리는 언젠가 준비를 마치고 아이를 가질 것이었다. 사귄 지 얼마 안 되었을 무렵 수민이 가게 진열장에 있던 너바나 우주복을 보고 반쯤 농담삼아 "훗날을" 위해 간직하자고 했을 때, 그 말을 통해 수민도 나만큼 우리 관계를 진지하게 생각하는 걸 알았고, 그 순간부터 수민과 내가 함께 계획한 미래에는 늘 아이가 있었다. 아이를 어떻게 기를지에 관한 대화는—대속죄일에 시너고그에 데려갈지, 악기나 스포츠를 하다가 시들해졌을 때 계속하라고 밀어붙일지, 여름 캠프가 상대적으로 가치 있는 일인지, 우리가 좋아하는 이름, 또 싫어하는 이름은 무엇인지 — 우리의 일상에서 조용히, 그러나 끊임없이 이어졌다. 내가 수민과 결혼하고 싶었던 여러 이유 중 중요한 것 하나는 그가 무척 좋은 아빠가 될 거라고 상상해서였다.

그런데 별안간 '언젠가'가 코앞으로 다가왔고—우리가 이사하려는 이 아파트 안에서, 우리 삶의 현재 시점에서 펼쳐지고 있었고—나는 아직도 준비가 되지 않은 것 같았다. 그 대신 엄청난 두려움을 느꼈다. 임신이 '노산'으로 분류되는 나이에 점점 더 빠르게 다가가고 있는 지금, 내 삶의 유리창이 닫히는 기분이 들었다. 내가 이룬 모든 것—지금까지 수민과 꾸려온 다정하고 안정적인 삶, 수년간 무진 애를 쓰고 노력한 끝에 더는 바에서 일하지 않고 온종일 책을 읽고 쓰면서도 그 대가로 돈을 벌 수 있게 된 만족스러운 경력, 성소聖所처럼 느껴지는 집—을 빼앗기기 직전인 기분이 들었다.

결국 수민에게 그때 한 말이 자꾸만 떠오른다고, 걱정되어 미칠 것 같았다고, 구석에 몰린 기분이 들었다고 털어놓자 그는 곧바로 사과했다.

"아, 자기." 그는 매번 내 심박수를 낮추는 부드러운 말투로 말했다(맞다, 때로 나는 남편이 내게 엄마 노릇을 한다고 느낄 때도 있다). 우리는 센트럴파크에 누워 맨발을 잔디에 묻은 채 그 작업실/아이방이 있는 아파트로 이사하는 일에 관해 이야기하고 있었다. 나는 한 팔로 눈을 가렸다. 태양 빛을 막는 동시에 방금 털어놓은 고백으로부터 보호받고 싶어서. 수민은 특유의 자신 있고 현실적인 어조로 당연히 내 경력이 최우선이라고 안심시켜주었다. 필요하다면 더 큰 집을 얻을 수도 있고, 만약 내 작업실이 있는 쪽이 더 나은 상황이 온다면, 이 또한 공동의 지출 항목이라고 했다. 우리 삶에서 지금 내 것인 공간을 아이에게 전부 내주지 않아도 된다고 그가 약속하자 나는 울기 시작했다. 처음부터 수민은 내가 아이를 위해 희생하길 기대하지 않았으리란 걸 알면서도, 그에게서 직접 그 말을 듣고, 눈물이 귓가로 굴러떨어지는 걸 느끼면서, 나는 그가 내게 희생을 요구하건 하지 않건 관계없이 아이가 생기면 불가피하게 그렇게 되고 말리라는 생각을 얼마나 깊이 내면화했는지 깨달았다. 두번째 침실은 엄마가 아니라 아이의 것이라고 처음부터 정해져 있기라도 하다는 듯.

내가 엄마가 되고 싶은지 그렇지 않은지 같은 대화는 나의 엄마와 나누어야 마땅하겠지만, 첫 책을 출간한 후 우리는 1년 넘게 연락하지 않았다. 첫 책은 아빠에 관한 회고록이었지만 그 책의 일부는 엄마 이야기일 수밖에 없었다. 우리 가족은 우리 셋이 전부였으니 엄마 이야기를 빼놓고 아빠와 내 관계를 쓸 도리는 없었다. 아빠의 죽음을 애도하는 글을 쓸 때 엄마가 나의 유일한 부모가 되어버렸다는 게 어떤 의미인지를 빼놓을 수도 없었다.

어린 시절 엄마는 엄마 노릇을 훌륭하게 해주었다. 잘게 썬 파슬리를 뿌리면 버터로 버무린 누들 맛이 이상해질 것 같다든지, 엘리베이터 버튼을 내가 누르지 않으면 큰일난다든지 하는, 내게는 너무나 중요했던 자잘한 걱정들에 늘 귀를 기울여주었다. 내가 잠들지 못할 때면 관자놀이를 부드럽게 눌러주면서 파란 하늘을 둥둥 떠다니는 구름을 상상하라고 했다. 모르는 사람들이 내 곱슬머리를 만져대는 게 싫다고 말하자, 엄마는 사람들이 그저 친근한 태도를 보이려는 것뿐이라고 안심시키는 대신, 내가 그들에게 "저를 만질 권리는 없어요!"라고 자신 있게 말할 수 있을 때까지 연습시켰다. 엄마는 내게 마법에 관해 알려주었고, 동화는 당연히 진짜이며 내가 원한다면 공주와 마녀 둘 다 될 수 있다고 믿게 해주었다. 핼러윈 의상은 당연히 처음부터 끝까지 엄마가 직접 만들어주었으며, 자투리천을 바느질해 인형 옷 만드는 법도 알려주었다. 열한 살인 내게 머리를 보라색으로 염색해도 된다고 허락해주었고, 다른 어른들이 한소리 할 때마다 상대를 무표정으로 빤히 바라보면서 "자기 몸이잖아요"라고 단호하게 말해 모든 대화를 종결시켰다. 엄마는 내게 다정하게 귀기울여주는 동시에 맹렬하게 나를 보호했고, 나는 그것이야말로 엄마 노릇이라고 생각한다.

하지만 그러다 아빠가 돌아가신 뒤, 내가 학교에 가는 대신 공원에서 술과 약에 취해 시간을 보내기 시작하자 엄마는 도저히 나를 감당할 수 없어졌다. 여느 십대들처럼 나는 엄마를 밀어냈지만 실은 엄마가 나를 놔버린 거나 마찬가지였다. "넌 도저히 손쓸 수가 없었어." 훗날 엄마는 말했다.

"아무리 그래도 계속 노력했어야죠." 내가 대꾸할 말은 그게 다였다.

아빠를 애도하는 글을 쓰면서, 나는 엄마와 내 관계 속 역기능을, 그리고 '힘든' 십대이던 내가 엄마로부터 정서적으로 유기된 기분이었다는 걸 처음으로 분명히 표현할 수 있었다. 그 시절 나는 엄마를 필요로 하는 감정을 불로 지져서 마비시켜버렸기에 그때부터 엄마와 정서적으로 온전히 연결된 느낌이 들지 않았고, 그 대신 다른 곳에서 엄마를 찾았다. 그 모든 이야기를 글로 쓰는 과정에서 상처에 겹겹이 앉았던 딱지가 떨어졌고, 어떻게 보면 그 덕분에 우리 둘은 어느 때보다 가까워졌다. 아빠에 관한 회고록이라는 프로젝트는 엄마와 나 사이에 있었던 것들과 없었던 것들에 관해 진실하고, 어렵고, 눈물어린 이야기를 할 수 있는 나의 안전한 공론장이 되어주었다.

책 출간을 앞두고 책에 등장하는 이야기에 엄마도 마음의 준비를 할 수 있게 해주어야 한다는 데 생각이 미쳐 여태 한번도 한 적 없는 이야기—지금까지도 내가 얼마나 엄마에게 화가 나 있는지를 포함해—들을 했다. 이 책이 지난 수년간 내가 느꼈던 감정을 담은 건 맞지만 지금도 그 감정들이 고스란히 남은 건 아니라고도 했다. 엄마가 이해한다고 말하자, 나는 우리가 모녀 관계의 다음 장으로 나아갈 준비가 얼추 되었다고 생각했다. 아직 남아 있는 십대 시절의 아픔을 싹 몰아내고, 오래지 않아 나 역시 가장 친한 친구는 엄마라고 말하는 어른 여성이 될 수 있을 거라고 생각했다. 오래전부터 어린 시절의 안전함으로부터 한 번도 벗어나본 적 없는 여자가 되는 게 정말 좋은 일일 거라고 생각해왔다.

내가 받은 깊은 상처에 관해 쓰는 동안에도 나는 이 글을 통해 엄마에게로 돌아가는 기분이었다. 나는 마치 엄마와 내가 함께 걸어들어갈 문을 열어젖히듯, 실제로 엄마를 용서하는 과정에 다다른 바로 그 지점을 지나 글을 써내려갔다.

그러나 엄마는 내 책을 그렇게 받아들이지 않았다. 십대 시절 내가 엄마를 향해 품은 감정들, 슬픔, 분노, 외로움을 묘사한 글을 읽은 엄마는 이 책이 "앙심"과 "증오로 가득하다"고 표현했다.

"사랑은 안 보였어요?" 나는 그렇게 되물었지만 너무 늦었다. 우리 사이에 생긴 깊은 간극을 글로 쓰면서 나는 앞으로 다시는 건너갈 수 없을 만큼 그 간격을 더 깊고 크게 만들어버렸다.

이제는 엄마에 관해 쓰고 싶지 않다. 독자들은 아마 내가 지난 일에서 교훈을 얻었다고 생각할 것이다. 그런데 내가 어떤 엄마 노릇을 받았고, 또 받지 못했는지를 쓰지 않고 어떻게 엄마 노릇이 나에게 갖는 의미에 관해 쓸 수 있을까?

요즈음 내가 가장 엄마처럼 느끼는 존재는 리아다. 우리는 나의 전 남자친구가 그애를 만나게 된 걸 계기로 서로 알게 됐지만 그건 우리 관계의 첫 한 시간을 정의하는 사소한 사건에 지나지 않는다. 그저 딱 한 잔 술을 마시는 동안 그 남자의 이상형이 확고하다는 이야기를 나눈 게 다였다. 우리 둘 다 목소리가 크고 고집 센 유대인 여성이고, 강한 곱슬머리에 코에는 링 피어싱을 했으며, 아이리시 위스키를 온더록스로 마시는 걸 선호하고, 온몸에 시커먼 옷만 걸치고 다니는 경향이 있다는 점 말이다. 그러나 바에 나란히 앉아 누군가와 연결되고 있을 때 느껴지는 그 특별한 짜릿함이 우리 둘 사이에서 진동하기 시작한 순간, 그 남자는 우리 관계와는 아무 상관도 없어졌다. 그날 밤이 더 깊어지자 우리는 또다른 바에서 만났다. 위스키를 여러 잔 마시고 조앤 제트의 음악에 맞춰 함께 춤을 추다가, 술에 취했을 때만 가능한 솔직함을 담아 "너 진짜 멋지다, 우리 친구하자!" 비슷한 말을 했던 게 아주 흐릿하게 기억난다. 정확히는 내 말이 아니라, 그애가 한 대답이 기억난다. "뭐야, 우리 이미 친구잖아!"

얼마 뒤, 내가 일하던 옷가게가 갑작스레 문을 닫자, 리아는 자기가 일하고 있던 식당에 내가 일할 자리를 알아봐주었다. 그리고 그 직후에, 내 룸메이트가 상의도 없이 집을 떠나버렸고 리아는 나더러 자기 집에서 같이 살자고 했다. 이 두

가지 행동만으로도 리아는 내게 이미 엄마 노릇을 해주고 있었다. 나를 붙잡으려고 손을 내밀며 괜찮다고, 그냥 이리 와, 걱정 마, 내가 있잖아 하는 일. 일자리나 집 같은 현실적 문제를 혼자 힘으로 해결하는 데 익숙했던 나는, 친구가 나를 보살펴주고 싶어하고 그럴 수 있다는 것만으로도 그애한테 헌신하게 되었다.

룸메이트로 지내는 4년 동안 우리는 서로를 위해, 또 자기 자신을 위해 집이 갖는 새로운 의미를 만들어갔다. 나는 그애 방을 자주 찾았는데, 리아가 출근 준비를 하는 동안 우리는 그곳에서 삶의 작은 승리와 고통을 나누었다. 또, 내가 학교생활에 몰두하고 훗날 내 첫 책이 될 프로젝트를 시작했던 때에 리아는 딱 좋은 간격으로 내 방문을 똑똑 두드려 화재 비상구에 담배를 피우러 가자고 제안했고, 덕분에 몇 분이나마 삼차원의 세계로 돌아올 수 있었다. 우리는 각자의 삶을 살았지만 어처구니없을 만큼 좁아터진 이스트빌리지의 아파트 부엌에서 마주칠 때면 요리하던 음식이 무엇이든 서로 나눠 먹었다.

내 사촌 사비나가 죽었을 때, 내가 그 소식을 전해들은 직후 귀가한 리아가 방바닥에 웅크리고 꺽꺽 울면서 마른 숨을 헐떡이는 나를 발견했다. 리아는 무슨 일이냐고 물었고, 내 이야기를 듣자마자 그애는 돌아서서 나가버렸다. 처음에는 그애가 이 상황을 감당할 수 없어 자리를 떴다고 생각했고 이해할 수 있었다. 나 또한 감당할 수 없었으니까. 나는 상처 입은 짐승처럼 울부짖으며 바닥에서 몸부림치고 있었으니 분명 보기

Mutual ———

불편한 몰골이었으리라. 그러나 리아는 금세 장미 열두 송이, 1리터들이 병에 든 제임슨 위스키를 가지고 돌아와 내 옆 바닥에 앉았고, 나는 그애 무릎에 얼굴을 묻고 울었다.

리즈와 처음 가까워진 것도 리아와 함께 살던 시절이었고, 얼마 지나지 않아 우리는 셋이 함께 화재 비상구로 나가 메이슨 자에 담아 온 위스키를 마시고 줄담배를 피우며 긴 밤 내내 세상 꼭대기에 걸터앉은 채로 젊고 자유롭고 사랑받는 우리 셋의 존재를 떠들썩하게 기념했다.

가족의 지인이던 어느 사진학과 교수가 어느 날 내게 문자 메시지로 연락해왔다. 학생 중 하나가 선택된 가족chosen family을 다루는 프로젝트를 한다는 이야기에 나와 내 친구들이 모델이 되어도 좋겠다고 생각했단다. 그 교수가 우리가 가진 특별한 유대감을 알아보았다는 게 자랑스러웠던 나는 참여하겠다고 했다. 우리는 우리가 삼총사로 지낸 시간을 명확히 상징하는 장소인 화재 비상구에서 사진을 찍고 싶다고 말했다.

우리집에 찾아온 사진학과 학생은 우리 중 누가 엄마고 누가 아기냐고 농담처럼 물었다. 그러자 우리 셋은 동시에 똑같이 대답했다. "우리 전부 둘 다예요!"

그날 찍은 사진 중 한 장은 액자에 넣어 작업실 벽에 걸었다. 지붕 위에서 찍은 사진이다. 리아와 나는 서서 나는 그애의 어깨에 내 고개를, 그애는 자기 뺨을 내 머리에 기대고 있다. 리즈는 우리 둘에게 등을 기댄 채 앉아 있다. 셋 다 검은 옷을 입고 있어서, 어디까지가 내 몸이고 어디부터가 리아의 몸인지, 리즈의 어깨와 우리의 다리가 만나는 지점이 어디인지 알아보기 어려울 정도로 뒤섞여 있다. 우리 셋이 하나처럼 얽혀 있는 것도 좋지만, 이 사진에서 가장 인상적인 건 우리 셋이 짓고 있는 표정이다. 이 사진을 액자에 넣은 이유였던 그 표정 때문에 우리 모두 무척이나 평온해 보인다. 자신의 무게를 서로에게 온전히 실어도 안전하다는 걸 아는 세 여자의 평화롭고, 편안하고, 풀어진 얼굴.

엄마와의 관계에 회복 가능성 없는 균열의 그늘이 드리워지고 있었지만 아빠에 관한 회고록이 출간되었을 때 나는 기뻐하려 애썼다. 책이 나온 날 저녁, 수민과 리아와 함께 저녁을 먹으려고 근사한 식당을 예약했다. 두 사람은 이 책을 쓰는 동안 나와 함께 살았고, 나를 위해 그 어떤 복잡함도 담기지 않은 기쁨을 표현해줄 사람들이었다. 옷을 근사하게 차려입고 만난 우리는 샴페인을 마시며 나의 업적을 축하하며 건배했다. 잠시였지만, 그날은 순수하게 행복했다. 엄마 이야기는 꺼내지 않았다.

　그러나 아이를 가지는 문제에 관해서는 이야기했다. 수민과 나는 아이를 가질지 말지 망설이고 있었다. 리아는 지난 2년간 내가 매번 "일단 책부터 내야지"라고 말해왔던 걸 알았고, 책이 마침내 나왔다. 우리는 "그러면 이제 아이를 갖는 거야?" 같은 질문을 할 수 있는 사이였다. 물론 낯선 사람이 비슷한 질문을 했더라면 아마 정강이를 걷어차주었을 테지만 말이다.

　수민과 내가 몇 년째 살고 있는 어퍼웨스트사이드로 얼마 전 이사한 리아는 이곳을 마음에 들어했다. "쭉 이 동네에서 살고 싶기도 해." 그날 저녁 리아가 말했다. "그러니까, 만약 너희한테 아기가 생긴다면 리아 이모가 같은 동네에 있게 된다는 거지."

　리아는 진심이 아니라면 그런 말을 하지 않는 사람이었다. 수민과 리아 또한 가족처럼 친밀한 관계였다. 수민은 리아가 우리 삶에 차지하는 역할을 이해했고, 또 즐겼다. 새집으로 이사하며 열쇠를 복사할 때 리아의 몫으로도 열쇠를 복사해야 한다는 사실을 떠올린 것 역시 수민이었다. 셋 모두 특별한 일을 축하하느라 들떠서 샴페인잔을 서로 부딪치고 사진을 잔뜩 찍던 그날 밤, 리아의 말은 그저 흘러가는 대화 속에 묻힐 수도 있었다. 그러나 우리 셋 다 그 말을 아주 중요하고 무언가의 시작이 될 수도 있는 것으로 여기고 그냥 흘러가게 두지 않았다.

　염소치즈샐러드와 스테이크를 먹으면서 우리는 요즘 같은 시대에 뉴욕에서 아이를 키우는 일이 실제로 어떨지를 놓고 한참이나 대화를 이어나갔다. 우리 세 사람이 뉴욕에서 보낸 어린 시절과 지금은 얼마나 다른지, 또 내가 글을 쓰는 사이 고작 몇 블록 떨어진 이웃에 사는 친구가 내 아이를 공원에 데려가줄 수 있다는 게 어떤 의미인지. 처음 만났을 때부터 아이를 낳지 않겠다는 리아의 신념은 부러울 만큼이나 확고했다.

그러나 그날 밤 리아가 세상 그 누구보다도 멋진 이모가 되리라는 사실을 의심한 사람은 아무도 없었다. 또 아이가 존재하는 미래의 조각들이 내 머릿속에서 그 어느 때보다도 더욱 선명하게 짜맞춰지기 시작했다.

어린 시절, 엄마의 두 여동생 중 적어도 한 명은 늘 가까운 곳에 살았으며, 우리에게는 엄마와 가장 친한 친구이자 내 '요정 대모'였던 해나도 있었다. 부모님에게 휴식이 필요한 오후에는 해나가 나를 데리고 외출했고, 해나의 집에서 밤을 보낸 적도 있었다. 내가 네 살쯤 되었을 때 해나는 엄마라면 절대 사주지 않을 법한 우스꽝스러울 만큼 프릴이 잔뜩 달린 노란색 태피터 드레스를 사주었다. 나는 그 옷이 작아져서 더는 입을 수 없어질 때까지 매일 입다시피 했다. 진짜 공주 드레스였으니까. 세월이 흘러 내 결혼식을 앞두고 해나는 나를 삭스 백화점에 데려가 웨딩슈즈를 사주었다. 중고 웨딩드레스보다도 더 비싼 메탈릭 실버 스틸레토힐 한 켤레였다.

십대에는 해나의 아이인 비타를 때때로 돌봐주기도 했다. 내가 열다섯 살이고 비타가 열 살일 때였다. 내가 요일을 분명히 인식하는 날은 일주일에 두 번 학교에 그애를 데리러 갔다가 걸어서 드럼 수업이나 축구 수업에 데려가는 날뿐이었다. 나는 대부분 1.2리터 맥주병을 들고 톰킨스스퀘어파크에 누워 있었지만, 매주 화요일과 목요일에는 비타를 목적지까지 안전하게 데려다주기 전까지 술을 한 방울도 마시지 않았다. 가끔 해나가 저녁에 외출하는 날에는 친구들과 밤거리를 돌아다니는 대신 비타와 다리가 세 개인 줄무늬 치즈 고양이 프릭과 함께 영화를 보았다. 나는 〈록키 호러 픽처 쇼〉나 〈퍼플 레인〉을 비롯해 비타에게 꼭 소개하고 싶은 고전 명작 영화들을 보여주었다. 남들에게는 우리가 자매라고 말하고 다녔고, 상대의 눈길이 내 금빛 곱슬머리와 비타의 크게 부풀어오른 아프로 헤어를 번갈아 훑더라도 눈 하나 깜짝하지 않았고, 아무 설명도 덧붙이지 않았다.

5학년이 된 비타가 학교에서 괴롭힘을 당하자 나는 학교를 찾아가 그애를 괴롭히는 남학생이 누구인지 물어본 뒤, 컴뱃 부츠와 가죽 재킷 차림으로 어슬렁어슬렁 다가가서는 목소리를 깔고 말했다. "꼬마, 비타한테 큰언니가 있다는 걸 알려줘야 할 것 같네. 밤길 조심해라." 그 녀석은 겁에 질린 듯했고, 내가 돌아서서 눈을 찡긋하자 비타는 엄청나게 기뻐했다. 그 순간 내가 느낀 감정—나를 믿어도 된다는 걸 확인한 비타의 얼굴을 보며 느낀 만족감—이야말로 바로 엄마다운 사랑이었다.

내 성장 과정의 핵심에는 친한 친구들은 자매이고, 자매란 일종의 엄마이며, 친구들과 그들의 아이들에겐 가족의 의무를 다해야 한다는 생각이 자리하고 있었다. 리아의 제안 덕분에 내가 엄마가 될 수도 있다는 가능성이 더 커진 것도, 야엘이 십대 싱글 맘이 된 첫해에 당연히 개입하고 도와야 한다고 생각했던 것도 놀라운 일이 아니었다. 성장하는 내내 엄마 노릇은 오로지 엄마들만 할 수 있는 것이 아니라 공동의 역할이라

배웠기 때문이다.

저녁식사를 마친 뒤 우리는 브로드웨이에서 작별인사를 나눴고, 가로등 아래에서 셋이 꼭 붙어 서서 또하나의 흔들린 셀피를 남겼다. 리아가 양팔을 번쩍 들더니 외쳤다. "아기를 만들자!" 다들 웃음을 터뜨렸지만 우리가 언제까지나 가족일 거라 약속하는 그애가 너무나 사랑스러웠다. 내가 정말로 아기를 갖게 된다면 그 과정에서 비록 내 진짜 엄마는 아닐지라도 내게 엄마 노릇을 해줄 사람이 있다는 뜻이니까.

친한 친구들 중 성인이 되고 헌신적인 파트너와 함께하면서 계획해 아이를 낳은 첫 친구는 리즈였다. 친구의 아기를 안아보면 나도 아기를 낳고 싶어질지 모른다는 은근한 기대를 품었다. 리즈를 뒤따르면 망설임을 덜 수 있을지도 몰랐다. 심지어, 리즈가 아기를 낳은 직후 내가 출산하는 꿈까지 꿨다. 꿈에서 겁이 났지만 리즈가 내 곁에서 잘하고 있다고 안심시켜주었다.

수민과 결혼할 때 나는 스물일곱 살이었는데, 당시에는 그때가 아기를 갖기에 이상적인 나이 같았다. 엄마가 나를 낳았던 스물두 살은 너무 이르고, 이십대이던 내 눈에 서른이란 모든 게 끝나는 나이 같았으니까. 그렇다면 아기를 갖기엔 지금이 딱 좋은 나이였고, 그보다 중요한 건 그게 옳은 선택이라 느껴졌었다. 수민과 나는 사랑에 흠뻑 빠진데다가 우리 앞에 끝없이 열린 미래가 펼쳐져 있다는 사실에 도취된 상태였다.

처음 동거하던 좁아터진 아파트를 떠나, 침실에 요람 놓을 자리가 넉넉한 훨씬 큰 아파트로 이사하기 직전이었다. 그때 나는 아기를 갖고 싶다는 내재적인, 동물적인 갈망을 느꼈다. 임신하고 싶다는 욕구가 본능적이면서도 긴급하게 나를 휘감았다. 내 몸속에서 생명이 형성되는 것을 느끼고 싶었고, 내가 수민과 우리가 함께하는 삶을 향해 느끼는 사랑을 서늘하고 푸른 새벽에 품에 안고 나직이 노래해줄 수 있는 실제 몸을 가진 존재에게 쏟아붓고 싶었다. 완전히 새로운 한 인간에게 세상을 바라보는 법, 그 속에 담긴 마법을 찾아내는 법을 알려주고 싶었으며, 내가 사랑하는 남자가 우리를 닮은 아기와 다정하게 놀아주는 모습을 느긋하게 바라보고 싶었다. 그 모든 욕망은 깊고도 신체적인 방식으로 찾아왔다. 혀 밑에서 비릿한 호르몬의 맛이 느껴질 정도로 강렬한 이 욕망이 생물학적으로 프로그래밍된 것에 불과하다는 걸 안다고 해서 그 충동이 누그러지지는 않았다.

그러나 수민은 아직 준비되어 있지 않았다. 재정 상태라거나 공간, 우리의 업무 일정 같은 현실적인 일들을 걱정했다. 아기를 원하는 내 거대한 욕망에 비하면 아무것도 아닌 일들 같았지만, 그렇다고 수민에게 부모 되기를 보채보았자 누구에게도 좋은 일이 아님을 알았기에 둘 다 직업적으로 안정될 때까지 2년쯤 기다리기로 했다. 나는 이 휘몰아치는 허기를 억누르고 다시금 일에, 한 인간을 탄생시킬 수 있을 만큼 더 안정적이고 굳건한 삶을 만드는 일에, 책을 끝내는 데 집중했다.

시간이 흐르자 내 머릿속을 헤집었던 호르몬은 잦아들었다. 마치 애시드를 복용했을 때 소용돌이치고 요동치는 환각이 찾아왔다가 서서히 희미해지면서 직선이 직선으로 돌아오고 텅 빈 벽이 다시금 텅 비는 것처럼 호르몬이 사라지는 것이 느껴졌다. 동물적 허기가 사라지자 출산은 다시 이성적인 문제로 바뀌었고, 아무리 생각해도 아이를 가질 만한 합리적인 이유가 떠오르지 않았다. 가져서는 안 되는 이유는 아주 많았다.

리즈가 임신하자, 그애와 가까이 지내면서 내가 한때 그토록 간절히 원했던 엄청난 일을 사랑하는 친구가 해내는 모습을 지켜보다보면 다시금 아이를 갖고 싶다는 욕망이 자극받을지도 모른다고 생각했다.

임신 8개월인 리즈의 배가 둥글게 부풀어올라 너무나 아름다울 때 함께 프릭컬렉션*을 찾았다. 우리는 고요한 미술관 안을 천천히 걸으면서 초상화를 위해 포즈를 취한 부유한 여자들의 지루한 표정을 보며 농담했다. 나는 그애가 배에 한 손을 올린 채 장오노레 프라고나르의 거대한 회화 앞에 서 있는 모습을 몰래 사진으로 남겼다(연작인 '사랑의 단계들The Progress of Love' 중 한 작품인 〈구애The Pursuit〉로, 무성한 수목, 꽃, 실크와 움직임으로 가득한 그림이었다). 예상대로 경비원이 곧장 제지했지만, 곧 엄마가 되어 이 세상을 바꾸기 전 리즈의 이 순간을 사진에 꼭 담고 싶었다.

* 뉴욕 맨해튼의 미술관.

미술관에서 나온 우리는 매디슨애비뉴에서 처음 눈에 띈 식당에 들어가 점심을 먹었다. 그해 뉴욕 곳곳에 등장해 야외 좌석으로 거리를 침범하던 여러 식당 중 하나로, 테이블이 빨간 체크무늬 비닐 테이블보로 덮인 식당이었다. 그날 하루는 편안하고 만족스러웠고, 우리는 젤라틴이 듬뿍 든 커다란 블루베리파이 한 조각을 먹으며 대화를 나누었다. 리즈의 몸과 삶에 일어나는 초현실적인 일들에 관한 이야기도 했다. 나는 엄마가 되는 게 무서운 이유 중 하나가 앞으로 몇 년간 혼자 있을 수 없다는 점이라고 말했다. "난 혼자 있는 시간이 좋거든." 그러면서 두려움이 묻은 웃음을 터뜨렸다.

"맞아." 리즈는 한숨을 쉬더니 고개를 한쪽으로 기울였다. "하지만 혼자가 아닌 일에 익숙해질 기회는 충분해. 난 이미 단 한 순간도 혼자가 아니야. 그애가 이미 나와 함께 있거든. 여기, 바로 지금 존재한다고."

오로지 둘만의 친밀한 시간처럼 느껴졌던 이 순간에 또다른 존재가 있음을 깨닫고 우리는 잠시 말을 잃었다.

그날 나는 리즈를 향한 경외감과 짜릿함을 느꼈지만 여전히 예전에 느낀 그 유혹은 느낄 수 없었다.

그 이야기를 들은 수민이 말했다. "어쩌면 아기를 안아보면 느껴지지 않을까?" 호르몬이 치솟은 상태에서 느꼈던 아기를 향한 갈망을 나는 수민에게 자세히 설명했었다. 그 감정이 얼마나 육체적이고, 또 강렬했는지도. 그리고 더는 그 감정이 느껴지지 않는다는 걸 알아차리고 그에게 그 사실을 털어놓았을 때 우리는 앞으로 그런 감정이 또다시 찾아올지, 아니면 결국 조금 더 실용적인 고민 끝에 출산을 결정하게 될지를 두고 고민했다. 혼자서는 내심 그때가 내게 찾아온 기회였고, 내가 그 기회를 놓쳐버린 건 아닌가 하는 생각이 들기도 했다.

리즈가 딸을 낳은 지 일주일 후, 나는 그 아이를 만나러 뉴저지주로 가는 열차에 올랐다. 그토록 사적이고 취약한 공간에 이렇게 일찍 초대받은 사실이 영광스러웠다. 아기의 잠든 얼굴을 바라보면서 그 존재에 감탄했고, 늘 입술을 내밀고 있는 리즈의 표정을 미니어처처럼 닮은 것도 알아보았다. 소셜미디어에 아기 사진이 올라오자마자 다들 아기가 아빠를 쏙 빼닮았다고 했고 실제로도 그랬지만, 입술은 리즈와 똑같았다. 아름답고, 영원하며, 아주 약간 화난 것 같은 그 입술.

아기의 아빠가 내 품에 아기를 안겨주자 아기는 아주 잠깐 몸부림치다가 금세 잠들었다. 우리 세 어른이 낮은 목소리로 대화하는 두 시간 내내 나는 아기를 안고 있었다. 벅차오르는 감정이 느껴지기는 했지만, 그건 리즈와 이 아기에 대한 사랑일 뿐 내 욕망은 아니었다. 아기를 간절히 바라던 욕망의 흔적이 내 몸속에 남아 있다 한들, 그 욕망은 내가 사랑하는 리즈의 아주 작은 조각인 이 아기를 품에 안고 있는 것만으로도 충족된 것 같았다. 그러고 보면, 아기를 낳고 싶은 욕망은 적어도 어느 정도는 사랑하는 사람의 아주 작은 버전을 품에 안고, 그애에게 처음부터 엄마 노릇을 해주고 싶은 욕망이기도 하다는 생각이 들었다. 생물학적 구성 요소는 주로 시스젠더 이성애 관계와 연관되지만 지금 나는 그것이 지닌 더 광대한 가능성을 보고 있었다. 내게 엄마 노릇을 해준 친구의 작은 조각을 품에 안고 만족감을 느끼는 것.

내가 가진 이상적인 우정관에 따르면 그것만으로 충분했다. 나는 내가 엄마 노릇을 한다고 느낄 만큼 리즈와 그애의 딸 곁에 언제나 함께할 것이다. 하지만 어퍼웨스트사이드와 뉴저지주는 같이 자잘한 볼일을 보고 어느 한쪽이든 고된 하루를 보낸 날에 예고 없이 들르고, 아기를 재우고 잠깐 와인 한잔을 함께 즐길 만큼 가까운 거리가 아니다. 나는 내가 여기서 할 수 있는 일들을 하겠지만, 사실 성장이 우리 사이에 다소간의 거리를 만들었다. 어느 정도는 실제 물리적 거리이기도 했지만 더이상 바가 아니라 각자의 가정을 중심으로 하는 두 개의 삶이 가진 거리였고, 서로가 아니라 각자의 파트너가 있다는 데서 오는 거리였다. 리즈에게 아기가 생겨서 만들어진 거리가 아니며, 엄마 됨을 탓하려는 게 아니다. 오히려 리즈의 임신과 딸의 탄생은 내가 물리적으로 멀리 있는 지금 내가 얼마나 리즈 삶의 일부가 되고 싶은지를 다시금 떠올리게 했다. 그럼에도, 나는 일상에서도 리즈가 그립다. 늦은 밤까지 놀다가 우리집에서 곯아떨어지고 난 다음날 아침, 리즈가 떠나고 나면 그애가 그리웠던 것처럼.

리아와 나는 서로 몇 블록 거리에 살았기에 일상에서도 가까운 사이를 이어가기 더 쉬웠지만 당연히 함께 살던 때와는 다르다. 우리는 함께 산책하고, 공원에 앉아서 우리의 진짜 엄마들, 우리의 상처, 고통, 직업에 관해 불평을 늘어놓고, 서로가 세상과 맞서 싸울 수 있게 힘을 실어준다.

그해 들어 처음으로 봄다운 날씨가 찾아왔을 때, 우리는 리버사이드에서 만난다. 뉘엿뉘엿 해가 지는 시간이라 거리는 이미 어두워졌지만 여기서 보이는 서편 하늘과 강은 온통 비스듬한 금빛 석양에 물들어 있다. 우리는 지는 해가 마주보이는 벤치에 앉아 눈을 감고 긴 겨울 끝에 맞이한 온기를 온몸으로 흡수하며 서로가 너무 편안한 나머지 몇 분간 아무 말도 하지 않는다. 그저 집고양이처럼 호흡하며 볕을 쬘 뿐. 한참 뒤에야 우리는 서로를 향해 돌아앉아 오래전 화재 비상구에 나란히 앉을 때처럼 다리를 벤치 위로 끌어올린다. 우리 둘 다 서로를 만날 때 '멀끔해' 보여야 한다는 부담을 느끼지 않는다. 아마 자주 만날 수 있는 이유 중 하나이기도 할 것이다. 웬만하면 레깅스 차림에 얼굴은 당연히 민낯일 것임을 서로 알기에, 어쩐지 집에 있는 듯 편안한 기분이다. 강을 따라 배 한척이 지나가고, 우리가 앉아 있는 곳에서 불과 6미터 정도 떨어진 곳에서 십대 초반 남자아이 무리가 뛰어다니며 낮은 울타리를 넘어서 들어왔다 나갔다 해 정신없는 와중인데도 말이다.

우리는 형편없는 일자리, 최근 내가 한 고관절 수술, 최근에 또 오른 리아의 월세 이야기를 나눈다. 잠시 후, 나는 어떻게 그토록 확고하게 아이를 원치 않을 수 있느냐고 묻는다. 그러자 리아는 돈 문제나 기후 위기 같은 내가 반박할 수 없는 현실적 이유를 나열한다. 하지만 나는 이 현실적 이유가 욕망과 경쟁하기에는 부족하다는 걸 안다. 리아가 하는 모든 말에 진심으로 동의하고, 고개를 끄덕이며 맞아, 맞아 하는 와중에도 내 안 어딘가에서는 이런 논리를 무시하고 싶은 마음이 있다는 걸 안다. 엄마가 되는 일이 여전히 필연적으로 일어날 거라 느낀다.

그때 리아가 말한다. "진짜 어릴 때 이런 생각을 했었거든. '내가 엄마한테 품는 감정을 누가 나한테 품는 건 절대 싫다고.'" 그 순간 온갖 이성적 이유 아래서 부글거리던 두려움이 건드려지며 리아가 진실을 드러낸 것만 같았다.

나는 한숨 쉬고 고개를 끄덕였고, 우리는 말없이 허드슨강, 사뭇 저문 해 덕분에 분홍빛으로 물든 하늘만 쳐다보았다. 얼마 안 되는 급료를 아껴 월세와 식비와 각종 요금을 내고, 그러면서도 내가 우리집이 가난하단 걸 모르도록 내가 좋아할 물건을 살 수 있는 돈을 남겨가면서 혼자 힘으로 나를 키우다시피 한 엄마는 어떤 기분이었을까. 엄마는 엄청나게 애썼다. 그 모든 노력 끝에는 우리 사이에 커다랗게 입을 벌린 침묵만 남았다.

그러나 내가 엄마가 저지른 실수를 되풀이할까봐 걱정하는 건 아니다. 내가 더 걱정하는 건, 엄마가 되고 내 아빠처럼 변해버리는 일이다. 그 무엇보다 자신의 예술을 우선했으며, 완전히 준비를 갖추지 않고는 스튜디오 바깥으로 나오지도 않았던 내 아빠. 함께 시간을 보낼 땐 온전히 내게 마음을 쏟았지만 육아에 필요한 일상적 노동 대부분은 엄마가 도맡게 한 사람. 물론 이는 그가 남성이기에 가능한 일이었다. 내게 아이가 생긴 뒤에도 내가 지금처럼, 마치 내 아빠가 그랬듯 글쓰기를 무엇보다 우선시한다면 나는 이기적이고 무정한 악당으로 보일 것이다(스스로도 그렇게 느낄 테고). 이 쓰라린 정체성의 분열을 피할 방법이 없단 건 이미 안다. 내 경력이 언제나 최우선이라고 수민이 아무리 열심히 안심시킨들 내가 일과 아이 중 하나를 선택해야 하는 자잘한 순간들이 수도 없이 생겨날 테고 일이 이기는 때는 극히 드물고 또 귀할 것이다.

라일리가 네다섯 살일 때—야엘과 라일리가 우리집을 떠난 뒤에도 때때로 내가 아기를 돌봐주던 시절이 있었다—동이 트자마자 라일리와 함께 잠에서 깨서 손을 잡고 팬케이크를 사 먹으러 가고, 그다음엔 놀이터를 찾던 기억들은 지금도 따뜻하게 남아 있다. 내 몸은 여전히 잠에 취해 있었고 내 정신은 꿈 이야기를 한참 늘어놓다가, 장난감 가게에 가도 되느냐고 묻다가, 또 오줌이 마렵다고 말하는 라일리의 목소리를 들으며 서서히 깨어나곤 했다. 그 시절은 내게 그런 식의 엄마 노릇을 할 능력이 있음을 알려주었다. 그러나 아이를 키우는 것이 얼마나 힘든지도 알려주었다. 라일리와 한집에 살 때 오로지 라일리를 지켜보는 게 내가 하는 일의 전부였다. 그때 나는 대학생이었지만, 아기와 함께 있는 동안 과제를 끝내는 건 시도조차 하지 않았다. 둘만의 시간을 최대한 알차게 보내려는 마음도 있었지만 어차피 과제를 하려 해도 불가능할 걸 알아서였다. 끊임없이 아이를 돌보는 일이 얼마나 피곤하며 얼마나 많은 정신적 에너지가 필요한 일이었는지를 기억한다. 마침내 아기를 재우고 나면 잠자리에 들 기력조차 남지 않을 정도였으니까. 지금 아기를 가진다면 그런 상황에서 글을 쓰는 게 어떻게 가능할까? 물론 그렇게 하는 사람들이 있다. 그러나 어린 자녀가 있는 엄마인 작가들의 이야기를 들어보면 그 일은 고문처럼 느껴진다. 방해받지 않는 단 몇 시간을 원한다고 말할 때 그들이 표출하는 울분, 육아로 인해 글쓰기를 삶의 가장 좁은 여백 속에 욱여넣지 않았더라면 지금쯤 자신들이 어떤 위치에 있을까 상상할 때 그들의 얼굴에 떠오르는 애석함과 슬픔. 아이를 갖는 선택은 너무 엄청난 타협 같다.

아기가 내 작업실과 그 안에 담긴 모든 의미를 빼앗아간다면 영영 용서하지 못할 것 같았다. 한번은 다른 공원에서 다른 대화를 나누던 중 리아에게 이런 두려움을 설명한 적이 있었다. 듣기 좋은 말로 포장하는 성격이 아닌 리아는 이렇게 대답했다. "그렇지 뭐, 아이 때문에 경력을 포기한 엄마를 가진 입장에서 하는 말인데, 내가 그런 감정을 느끼는 걸 아이도 다 알게 돼."

결국, 나는 수민에게 내가 아이를 원한다는 확신이 없다고 털어놓는다. 예전 그 어느 때보다도 아이를 원하는 마음이 줄었다고. 또 왠지, '아직은'이 '어쩌면 전혀'로 바뀌었다고.

내가 느끼는 두려움을, 내가 원하건 원하지 않건 엄마의 삶이 내 발목을 잡을 것이라는 공포를 표현하려 애쓴다. 수민은 내 말을 잘 이해하지 못한다. 나와 아기 이야기를 나누는 동안이나 간혹 스쳐가듯 떠올릴 때가 아니면, 우리가 아이를 가질지 말지에 대해서 그리 많이 생각하지도 않는다고 말한다. "난 늘 그 생각을 해." 나는 의사에게 "늘 아프다고요" 할 때 쓰던 심각하고 조금은 절박하기까지 한 말투로 대답한다.

아이를 가진다면 우리는 잘 키울 거고 아마 우린 행복해하겠지만, 아이 없이 산다 해도 우리에겐 서로가 있고 여행할 수 있고 금전적 여유도 있을 거라고 수민은 말한다. 어느 쪽이건 다 좋다는 수민의 말은 진심 같다. 안심이 되기도 하지만 동시에 혼란스럽다.

엄마가 되는 게 필연적인 일 같다는 감정을 샅샅이 파고들 때마다, 때로 그건 생물학적 충동이고 나는 원하는 삶을 위해 이 충동을 물리칠 수 있을 만큼 강하다는 생각이 든다. 그러나 어떤 때는 그것이 직관, 즉 내가 실제로, 진정으로 원하는 것을 가리키는 몸 깊숙한 곳에서 우러나오는 앎이자 내가 극복해야 할 두려움 같기도 하다.

프릭컬렉션을 다녀와 함께 점심을 먹을 때, 리즈는 자기가 엄마의 삶에 매몰되는 것 같으면 손을 뻗어 다시 자기 자신이 될 수 있게 끌어내주겠다 약속해달라고 내게 말했다. 나는 한 손을 들고 반드시 그러기로 맹세하면서 그애의 삶에 끼어들어도 된다는 허락을 받았다는 데 감사했다. 리즈가 딸을 낳고 한 달 뒤, 나는 그 약속을 떠올리며 네가 준비될 때 언제든 밖에서 단둘이 근사한 저녁을 먹자고, 와인을 곁들이며 일이라든지 꿈이라든지 아기를 뺀 나머지 온갖 일에 관해 대화하고 싶다고 문자 메시지를 보냈다. 세계가 여전히 너를 기다리고 있음을 리즈에게 알려주고 싶었지만 아직은 이르기에 다그치고 싶지 않았다. 리즈의 답장이 도착했다. "다음주 일정이 어떻게 돼?"

쫙 빼입고 외출한 우리는 아기 이야기도 조금은 나누었지만 동시에 각자가 쓰는 글, 최근 소셜미디어에서 일어난 괴상한 사건들, 옛 시절에 관한 이야기도 했다. 그뒤로 우리는 번갈아 서로를 찾아간다. 내가 (때로는 리아도 함께) 뉴저지주로 리즈와 아기를 만나러 가면 그다음엔 리즈가 어른들만의 저녁 시간을 보내러 뉴욕으로 오는 식이었다.

리즈에게 바와 내가 예전에 살던 아파트에서 보낸 시절을 어떻게 기억하느냐고 물은 건 그렇게 리즈가 아기를 집에 두고 뉴욕에 와 우리집 소파에 앉아 보내던 밤들 중 한 날이다. 나는 또 엄마로 사는 일이 어떤지, 자신이 무엇을 원하는지 어떻게 확신했는지 묻는다.

그러자 리즈는 이렇게 대답한다. "부름을 받는다는 건 보통 종교에서 하는 이야기긴 한데, 사실 정말로 아기를 가지라고 부름을 받는 기분을 느꼈어. 이제는 그 아기를 행복하게 해주고 그애가 그저 안전한 것을 넘어 좋은 삶을 살도록 해주는 게 내 평생의 사명이야."

나는 아기를 낳은 후에도 예전의 자신을 되찾고자 애쓸 필요 없었던 게 정말 다행이고 또 대단하다고 말한다. 적어도 밖에서 보기에는 전혀 자기를 잃은 적이 없는 것처럼 보인다고. 하지만 어떻게? 궁금한 건 그것이다. 리즈는 어떻게 자신의 자아와 시간을 이토록 단단히 지킬 수 있었던 걸까?

"죽기 살기로 하는 거지." 리즈는 말한다. "조금이라도 나만의 시간을 보내지 않으면, 그 집을 나와 아기한테서 떨어져 있지 않으면 그애를 미워하게 될 것 같다는 생각이 들거든. 그런 생각이 너무 강해서 아기를 낳기 전부터 걱정했는데 선택의 여지가 없어지고 나니 딱히 문젯거리도 아니더라. 그냥, 살아남기 위해서 해야 할 일을 하는 것뿐이야."

안심되는 동시에 무시무시한 이야기다. 리즈의 목소리에서 다급함이 느껴져서 밖에서는 이토록 아무렇지 않아 보이는 그애 역시 지난 몇 달간 살아남기 위해 싸워왔다는 걸 알 수 있다.

와인을 한 모금 마신 리즈가 말을 잇는다. "그러다 결국 내 리듬을 찾게 되고, 그때부터는 그저 생존하는 게 아니라 정말로 삶을 즐기고 아기와 서로의 존재를 즐길 수 있게 되더라."

이 말을 들었을 때부터는 기대감을 느끼기 시작한다. 와인한 병을 끝내고 두 병째를 연 시점이라 뺨에 열이 오른 내게 리즈의 말은 목가적으로 들린다. 엄마로서의 삶과 자기로서의 삶이 불편하고 서먹한 사이가 아니라 조화를 이루며 공존할수 있다는 이야기. 엄마가 된 뒤로 더 창조적이고, 자신을 둘러싼 세계에 더 깊이 참여하고 더 살아 있음을 느끼게 되었다는 여성들의 이야기도 들은 적이 있었다. 나는 아기, 내 아기의 눈을 통해 새로이 바라보는 세상은 어떤 것일지 상상한다.

그런데 여기서 리즈는 태도를 바꾸더니 "예전 삶"이 그립다고 털어놓는다. 그애가 묘사하는 예전 삶이란 지금 내가 사는 것과 무척이나 흡사하게 들린다. 아기가 아니라 자신의 시간을 살아가고, 집에서 일하면서 혼자만의 시간을 보내고, 낮잠을 자고, 대체로 하고 싶은 일들을 하는 삶이다.

"아기를 낳은 걸 후회하진 않아. 이 지구에 내 딸이 존재한다는 사실이 내겐 가장 기적 같고 소중한 선물이니까. 하지만 내가 희생해야 하는 모든 걸 낱낱이 따져보진 못했다는 생각이 들어."

그 말에 나는 다시금 두려움을 느낀다.

아기 생각에 사로잡히지 않으려 애쓰는데도 내 마음은 매일 때로는 매시간이 멀다 하고 이렇게 희망, 공포, 다시 희망 사이를 오간다. 이건 내가 풀어낼 퍼즐이라는 생각을 버릴 수 없다. 정답이 있고, 추론을 통해 풀어낼 수 있는 문제이기라도 하다는 듯이.

그저 아기를 가질지 말지에 따라오는 불안감을 끝장내고 싶어서 아기가 갖고 싶을 때도 있다.

이 책이 나올 때쯤 내게 아이가 있을지도 모른다. 아니면 영영 갖지 않기로 결정했을지도 모른다. 지금처럼 불확실성 속에서 제자리걸음만 반복하고 있을지도 모른다. 나는 알 수 없다.

내가 어떤 엄마가 될지 상상할 때 한 가지 확실한 건, 엄마가 된 내가 어떤 모습일지를 또렷하게 그릴 수 있게 해주고 엄마로서 내가 잘해낼 거라는 믿음을 주는 이는 나의 친구들이라는 점이다. 내가 실제 엄마가 되든 안 되든 관계없이, 나에게 엄마 노릇을 해주고 나를 엄마 노릇을 할 수 있는 사람으로 만들어주는 사람은 늘 나의 친구들일 것이다. 사랑할 수 있는 나 자신의 힘이 얼마나 큰지를 거듭해서 보여주는 친구들 말이다.

지금 나는 내 작업실, 책의 선지급금을 허물어 약간의 사치이자 나 자신에게 하는 약속삼아 산 덴마크제 빈티지 책상 앞에 앉아서 이 글을 쓰고 있다. 팔 닿는 곳에 있는 책장엔 내게 영감을 준 책들이 꽂혀 있고, 꺾꽂이로 시작해 창문 전체를 뒤덮고도 남아 양쪽으로 드리워질 만큼 근사한 괴물로 키워낸 필로덴드론 덩굴이 있는 방이다. 벽에는 아빠의 작품, 내가 좋아하는 그림이 담긴 엽서 몇 장, 그리고 가장 친한 두 친구와 함께 찍은 가족사진 액자가 걸려 있다.

초상 사진 프로젝트

Portraiture

Project

코트니와 친구가 되고 몇 달 뒤, 그애가 애스토리아의 내 원룸 아파트를 찾아왔고, 우리는 사진 촬영을 위해 내 옷가지들을 뒤졌다. 코트니가 아는 나는 대체로 학교에서 교복처럼 입고 다니는 펜슬스커트, 빈티지 실크 블라우스, 카디건 차림이었기에 체크무늬 미니스커트, 검은 벨벳 드레스, 꽃무늬 선드레스, 망사 보디수트, 찢어진 청바지 등, 내 옷장 안 다양한 과거의 나, 또다른 나를 보고 놀라는 코트니를 보자니 즐거웠다. 한참 고민한 끝에 우리가 고른 의상은 번쩍이는 금색 에이라인 미니드레스, 그리고 빨간 실크 빈티지 펌프스였다.

의상을 고른 뒤에는 기차역 건너편 동네로 갔다. 주택들이 줄어들더니 아주 오래전 중단된 것처럼 보이는 공사 현장의 잔해가 나타났다. 코트니는 높이가 내 키의 절반쯤 되는 부식

된 콘크리트 블록을 가리키더니 물었다. "위에 올라갈 수 있겠어?"

펌프스와 파티드레스 차림의 내가 콘크리트 블록 위로 올라가고 있을 때 코트니는 촬영을 시작했다. 그 결과물인 사진은 기묘하고 약간은 코믹하다. 내 창백한 팔과 가느다란 손가락은 균형을 잡기 위해 쭉 뻗어나와 있고, 금빛 드레스와 나의 백금발은 바람에 사방으로 흩날리고 있다. 그날의 촬영이 남긴 마지막 한 컷은 상상을 고스란히 구현한 것처럼 만족스럽다. 콘크리트 블록 위에 다리를 꼬고 앉은 내가 머리카락을 뒤로 날리면서 카메라를 내려다보는 사진이다. 화장을 전혀 하지 않은 건 코트니의 지시였고, 나는 반발했다. 립글로스 조금만 바르자며 협상하려 했지만 코트니는 고집을 꺾지 않았다. 과하게 화려한 의상과 대조를 이루는 완전한 민낯이어야 한다고 했다. 지금, 그 사진을 보면 민낯이 곧바로 눈에 띄어서 립스틱을 바르고 눈 아래에 컨실러를 조금 칠했으면 좋겠다는 생각이 들지만 한편으로는 그 덕분에 취약성, 내밀함, 그리고 어떤 의외성이 사진에 담겼음을 안다. 화장을 했더라면 뻔하디뻔한 삭막한 배경에 화려한 여자의 모습만 보였을 것이다.

코트니는 카메라 렌즈를 통해 내가 남들에게 보여주고 싶어하는 세련되고 스타일리시한 도시 여성의 모습을 보았고, 동시에 겉모습 너머에 존재하는 부드러움과 깊이를 보았다. 나 또한 이따금 상기하지 않으면 잊어버리는 내 모습이었다.

우리는 대학교 신문사에서 만났고, 나는 편집자, 그애는 사진 기자였다. 리즈와 나란히 신문사에 들어온 코트니는 내가 다른 편집자들과 '엄청나게 중요한 대화'를 나누는 동안에도 안쪽 벽에 기대앉아서 리즈와 떠들어댔고, 나는 '내 인내심을 시험하지 마!'라는 눈빛으로 그애를 노려보고는 했다.

고등학교 자퇴생이던 나는 부모가 학비뿐 아니라 월세까지 대주는 집 자식들이 잔뜩 있는 사립대학에 장학금에 의지해 다니고 있었다. 밤에는 바텐더로 일했고 기진맥진해 게슴츠레한 눈으로 수업을 들었지만, 그래도 읽어야 할 책들과 과제는 하나도 빼놓지 않았고 수업 시간에는 늘 손을 번쩍 들었다. 사실상 8학년 이후로는 제대로 된 수업 하나 들은 적 없는 내가 4년 만에 다니는 학교였다. 학교 친구들에게 그들과 다를 바 없는 사람으로 보이고 싶은 마음과, 좀더 강인하고 세상 물정에도 빠삭해 그들이 마치 뉴욕에서 최초로 취한 젊은이라도 되는 양 비틀거리며 활보할 때 이 도시에 더 어울리는 사람은 나라는 것을 보이고 싶은 마음 사이에서 갈팡질팡했다. 낡고 지친 나에 비해 다른 학생들은 반짝이는 새것인 것만 같았고, 그래서 그들이 미웠다.

키가 훤칠한데다 탄탄한 체격을 가진 코트니는 널찍한 곳에 익숙한 사람처럼 공간을 누비고 다녔다. 투박하고 큼직한 신발, 크롭 상의 차림에 천연 금발은 살랑거리는 단발로 잘랐다. 그애에게서 풍기는 산뜻하고 여유로운 분위기가 내 눈에는 속 편하게 살아온 덕분으로 보였다. 코트니가 신문사에 맨 처음 제안한 기획 중 하나는 캠퍼스 학생들이 신은 신발들을 사진으로 찍은 시리즈 기사였는데, 우리 나머지는 대부분 나름대로 진지한 주제들을 내놓았던 것에 비하면 철딱서니 없게 느껴졌다. 하지만 블로그 중심이던 2009년의 미디어 지형에서 코트니의 아이디어는 딱 인기를 끌기 좋을 만큼 색다르기도 했다. 나는 이 아이디어를 무시하고 싶었던 한편, 그 안에 담긴 엉뚱함이 마음에 들었다. 그 시절 나로서는 잊고 있었던 경쾌함이 있는 아이디어였다.

코트니도 신문사 아이들의 방과후 술자리에 나오기 시작했고, 곧 나는 그애에 대해 느낀 내 첫인상이 얄팍했음을 알게 됐다. 그애는 듣는 사람이 이게 농담의 끝인지 시작인지, 아니면 애초에 농담이 맞긴 한지 의아하게 하는 유머를 구사했다. 상대가 당황해하면 그저 알쏭달쏭한 미소를 짓고는 일부러 눈썹을 꿈틀거릴 뿐이었다. 그러다 별안간 진지해져 내밀한 질문을 던져댔고, 타인이 하는 말에 진심어린 관심을 보였다. 재치 있는 말에 재치로 응수하고, 남이 방금 말한 일화나 농담을 끊고 끼어들 차례만 기다리는 게 보통이던 우리와는 달랐다. 그러다가도 갑자기 텅텅 빈 다이브바에서 다 같이 춤추자고 했다. 코트니는 예측불허였다.

어느 밤, 어쩌다보니 우리는 처음으로 단둘이 바에 남았다. 그애는 농담을 그만두었고 나 역시 허세를 내려놓았다. 그렇게 우리의 진짜 대화가 시작됐다. 앉아 있던 스툴의 방향을 서로를 향해 살짝 돌린 채 리필을 부탁하며 바텐더에게 손짓할 때를 제외하면 북적거리는 바에 있다는 사실을 완전히 잊어버린 상태로 대화를 나누었다. 코트니는 부모님의 이혼에 대해 이야기하고는 코네티컷 교외의 부유한 집안에서 자라는 내내, 뛰어나야 하고, 경쟁에서 이겨야 하고, 자신과는 전혀 맞지 않게 강압적으로 협소하고 겉치레뿐인 이상에 맞추어야 한다는 극심한 압박을 받으며 어린 시절을 보냈다고 털어놓았다. 그날 밤을 함께 보내면서 여태 내가 가혹하게 재단했던 내 눈에 비친 그애의 모습은 그저 투사에 불과하며, 십대 때는 남들에게 그런 모습을 보여주려 애썼다 하더라도 성장한 지금은 벗어나려 애쓰고 있음을 알게 되었다. 행복하고 흠 없어 보이는 사람한테도 나름의 괴로움이 있다는 걸 내가 처음 깨달은 순간이기도 했다. 이제 와 말하기엔 머쓱하지만 그때의 나는 그런 사람들도 있다는 걸 전혀 몰랐다. 내가 살던 세계에서 사람들은 자기 상처를 명예 훈장처럼 드러내고 다녔다. 내게는 상처를 숨긴다는 생각 자체가 낯설었다. 비록 십대 시절 사람들에게 보여준 모습과는 다른 모습의 나를 보여주기 위해 애쓰면서 내 상처 또한 숨기려 했지만 말이다. 코트니와 나는 비틀거리며 어른 자아를 향해 나아가고 있었고, 그날 밤 바에 함께 있을 때 우리는 잠시나마 페르소나를 벗어던진 채 서로의 새로운 자아상을 언뜻 보았다.

친해진 후 우리는 주기적으로 사진을 찍었다. 미리 계획하거나 일정을 잡지 않아도 몇 년에 한 번꼴로 자연스레 사진을 찍을 만한 시간이 나거나 코트니에게 시도해보고 싶은 구상안이 생겼다. 돌아보면 그 사진 한 장 한 장이 우리 삶의 특정 시기를 상징적으로 보여주는 것만 같다.

애스토리아에서 처음 찍은 그 사진은 우리 둘 다 청년으로서 자리잡고 청소년기의 정체성 너머로 뻗어나가려 하던 시기를 담았다. 이 시리즈의 마지막 컷 속 내 얼굴에서는 '내가 해낼 수 있을까?'라는 의문이 읽힌다.

대학을 졸업하고 첫 진짜 직업을 갖게 된 시기, 코트니가 일하던 잡지사에서 찍은 스튜디오 사진들은 우리의 도착을 공표하는 것 같다. 극도로 과장된 강한 조명, 주근깨가 낱낱이 보일 정도로 프레임을 가득 채운 얼굴. 세상을 향해 외치는 고함 같다.

나, 리즈, 칼리가 서로 멀리 떨어진 곳에 살면서 각자의 삶이 저마다의 방향으로 확장되는 한편으로 서로와 계속 인연을 이어가는 방법을 고민하던 이십대 후반의 단체 사진. 우리는 모두 실크 옷을 입고 내 방의 노출된 벽돌 벽을 배경으로 서로에게 나른하게 기대 있다. 고요하고 차분하며, 친밀하고 안정적인 순간을 포착한 것으로, 우리가 의지할 수 있는 사진이었다. 코트니가 여성 응시라는 개념을 이야기하자 나는 우리 네 사람이 어느 상상의 관객이 아니라 우리 자신을, 그리고 또 서로를 위해 이 촬영을 한다는 사실이 얼마나 중요한지 느낄 수 있었다.

코트니가 찍어준 사진들과 그 사진을 함께 촬영한 경험을 글로 쓰고 싶은 마음은 오래전부터 있었다. 나는 예술가 – 대상이 갖는 역학관계를 생각했다. 내가 사랑하는 사람들을 그릴 때 그들의 어떤 세부 요소를 세상에 보여줄지 선택하는 일에는, 그리고 내게 예술적으로 흥미로운 아이디어가 드러나도록 그들을 인물로 전환하는 일에는 늘 책임이 따른다. 이 때문에 코트니의 사진 모델이 될 때마다 내가 그와는 정반대 역할을 했다는 점을 탐구하면 좋은 글이 한 편 나올 것 같았다.

하지만 코트니가 나를 촬영한 이야기를 쓰는 것만으로는 부족해 보였다. 그 사진들은 단순히 그애가 품은 비전을 함께 구현해낸 것이 아니라 우리 둘의 협력 작업이었다. 서로 아이디어를 주고받으며 대화하는 가운데 하나의 개념이 형태를 갖춰가는, 전류처럼 짜릿한 예술적 흥분감을 주는 일이었다. 나는 이 글을 통해 바로 그것을 포착하고 싶었다.

그래서 나는 코트니에게 연락해 내 새로운 초상 사진을 찍어달라고 제안했다. 이 글을 쓰는 과정에 참여해 나와 함께 무언가를 만들어보자고.

우선 그애에게 초상 사진 프로젝트에 대한 생각을 글로 써달라고 부탁했다.

내가 이해한 대로라면, 내가 할 일은 네 초상 사진을 찍는 거야. 우리의 우정을 담은 에세이에 실릴 사진이지. 이 이미지 자체가 우리 사이의 역학을 담거나, 적어도 내가 친구로

서 너를 어떻게 바라보는지를 드러내거나/지시하게 될 거야. 너는 역할 바꾸기에 관심이 있어. 지금까지는 네가 글로 다른 친구들을 그려냈지만, 이번에는 내가 사진으로 너를 그려내게 될 거야.

우리 사이에서 사진은 오랜 기간에 걸쳐 일정한 역할을 되풀이해왔으니 이런 접근은 적절하다고 생각해. 따지고 보면 네가 나를 처음 안 것도 대학 신문사의 사진기자로서였으니까. 물론 그 시절의 나는 그저 사진이 내게 부여하는 것 같았던 화려함을 좇아, 메트로폴리탄적이고 쿨한 것과 최대한 근접한 무언가를 만들어보겠다는 허세에 불과했지만 말이야.

곧 너는 내 뮤즈가 되었어. 타투가 있고, 깡마른 몸매에 코트니 러브를 꼭 닮은 헤어스타일과 큰 가슴, 코에는 링이, 귀에는 천 개쯤 되는 피어싱이 있는 너는 내 성장 배경이자 그 시절의 내가 지워내고 싶었던 코네티컷 와스프WASP의 이상과는 완벽하게 미학적 대조를 이루었지. 너는 마녀 같았고, 빅토리아시대 고딕 분위기도 약간 풍겼고, 압생트에 취한 장난기 많은 요정 같은 삐딱함도 있었지. 눈빛은 마치 좆 까라고 말하는 것 같았어. 나는 네가 거미처럼 솜씨 좋게 스플리프*를 마는 모습을 바라봤어. 숙녀를 연상시키기도 치명적으로 보이기도 하는 네 기다란 손톱을 경이롭게 바

---

* 마리화나를 넣은 궐련.

Portraiture ———

라보면서 스플리프라는 게 대체 뭘까, 또 어떻게 하면 너와 친해질 수 있을까 생각했었어.

중요한 건, 그때 넌 이미 완전한 어른같이 보였다는 거야. 대학 시절 처음 만났을 때 넌 마치 이미 인생을 다 살아본 사람 같았어. 부모를 잃었고, 자퇴했고, 약물을 사용했고, 나라 반대편으로 이사했다가 다시 돌아왔지. 그뿐만 아니라 넌 그 시절을 이미 머나먼 과거에 남겨두고 왔잖아. 너는 또 한번 변신해서 〈매드맨〉 속 등장인물처럼 엄청나게 진지한 분위기를 뿜어내는, 신문사 편집장이라는 새 정체성을 입고 있었던 거야. 수업에서 처음 만난 날 난 네가 교수인 줄 알았어.

밤이면 너는 이스트빌리지에 있는 늘 붐비는 다이브바에서 바텐더로 일했어. 네가 끝내주게 멋진 여자라는 건 더이상 증명할 필요 없었는데도 말이야. 내가 찾아가면 넌 "빅 걸 드링크"라면서 파인트잔에 알코올 함량이 두 배인 술을 만들어 건넸지. 어반아웃피터스에서 할리 데이비슨 티셔츠를 팔기 전부터 너는 그런 티셔츠를 가위로 잘라 입었고, 당구를 쳤고, 심지어 당연하게도 잘 쳤어. 넌 성인 남자들도 술집에서 쫓아낼 수 있었고 그들도 네 말에 순순히 따랐어. 어느 밤, 나와 대화를 나누던 어떤 남자가 바 건너편에 있던 너를 슬쩍 보자마자 고개를 갸웃하며 네가 정말 섹시하다고 말하더라. 마치 자기가 그 사실을 처음 알았다는 듯이. 마치 자기가 널 발견하기라도 한 것처럼. 난 그 남자의 면전에 대고 실컷 비웃고 싶은 기분이 들었어.

그러니까, 우리가 매번 여러 다른 전제를 정해놓기는 했지만 난 사실 우리의 사진 촬영이 오랫동안 이어진 이유가 대부분 그 모든 것 때문이었다는 생각이 들어. 우리 둘 다 섹시한 릴리, 허튼수작은 안 먹히는 바텐더, 크러스트펑크* 에서 편집장으로 변신한 릴리, 신비로운 타로카드의 어머니 여왕인 릴리, 뮤즈 릴리라는, 네가 가진 보기 드문 아름다움과 네가 만들어낸 페르소나들에 매혹되었기 때문이라고. 또 우린 편집된 사진이라는 환상에 참여하는 데 매혹되었지. 각도를 조정해 '바로 그 장면'을 포착해내는 예술가와 모델이라는 역할놀이에.

돌아보면 비록 우리가 각자 맡은 역할에 진심으로 전념하기는 했지만 그 모든 것이 얼마나 수행적인 일이었는지 알겠어. 우리가 우리를 넘어선 무언가에 다가가려 야심을 품었다는 것도 알겠어. 나는 이번 프로젝트를 통해 모든 겉치레를 벗겨내고 그 속에 있는 사람의 모습을 포착하고 싶다는 충동을 느껴.

내가 부탁한 것은 사진 구상안에 대한 설명이었는데, 코트니는 우리가 만났을 때 내 모습을 묘사한 글을 보내왔다. 읽고

---

* 코 피어싱과 타투, 지저분한 머리와 거리를 떠도는 생활 방식으로 대표되는 서브컬처.

있자니 감정이 솟구쳐올랐다. 그애가 나를 이토록 속속들이 바라보았고, 기억하고 있다는 걸 알게 되니 사랑받는 기분이 들었다. 또 과거의 나를 떠올리자 그리움이 밀려왔다. 기억이란 그 시절이 이미 지나갔음을 확인하는 행위다. 나는 바텐더일을 그만둔 지 오래고 이제는 온종일 글을 쓰고 강의한다. 푸시업 브라와 빨간 립스틱으로 무장하고 분위기 메이커 노릇을하며 생계를 꾸리는 게 아니라, 트레이닝복 바지를 입고 무릎에 고양이를 올려둔 채로 집에서 글을 쓴다. 이제는 밝은 머리색에 어울릴 화장을 하는 수고가 귀찮아져 플래티넘 블론드로탈색하지도 않는다. 심지어 이제는 술도 마시지 않고, 저녁이면 허브티를 마시고 일찍 잠자리에 든다. 조용하고 평온한 삶이 좋은 한편, 가슴골을 드러낸 채 날이 밝을 때까지 밖을 나돌던 과거의 내가 얼마나 눈에 띄는 사람이었는지 생각하면 기분이 이상할 때도 있다. 때로는, 아주 잠깐이지만 이십대의 내가 가졌던 거칠고 자유로운 자아를 여전히 느낀다. 그러나 애스토리아에서 코트니가 찍은 사진 속 그 여자는 이제 존재하지 않는다는 걸 안다. 가끔 그때의 내가 그립기도 하다.

코트니가 예술가와 모델이라는 우리의 오래된 역할놀이를 놓아버리겠다는 의도를 설명하고 나서야, 나는 내가 그 역할놀이가 지닌 황홀함을 갈망했다는 걸 깨달았다. 나는 과거의 내 자아가 잠깐이라도 여전히 사진으로 포착될 수 있는지 알고 싶었다. 그 시절 내 세상 경험이란 대부분 그때그때 알맞은 정체성을 만들어내 타인이 나를 보는 시선을 통제하는 것이나 마찬가지였다. 세련되고 야망 넘치는 학생, 세상 경험이 많은 도시 여자, 야한 옷차림의 바텐더. 사진 모델로 서는 건 늘 내 여러 자아를 다시금 내게 반사해 타인이 보거나 보지 못하는 게 무엇인지 확인하는 일이었다.

열네 살 때 내 대모가 운영하는 러들로스트리트의 빈티지 가게에 있던 내게 『i-D』 매거진의 한 기자가 촬영을 제안했고, 그렇게 우리는 잡지에 실릴 화보를 잔뜩 찍었다. 로어이스트사이드의 우리집 옥상에서 꽃무늬 드레스에 끈 풀린 컴뱃 부츠 차림으로 부루퉁한 표정을 짓고 있는 나. 공동주택의 조그만 부엌에서 발레 슈즈까지 갖춰 신고 발레 바 동작을 하는 나. 2년 뒤에는 친구 헤일리와 함께 짙은 검은색 아이라이너와 새빨간 립스틱으로 화장하고 명품 의상을 차려입고는 깡마르고 날카롭고 못된 소녀의 모습으로 『퍼플』 매거진 화보를 촬영했다. 빈티지 슬립이나 인디 브랜드에서 만든 드레스를 입고 옥상이나 공원에서, 창틀에 걸터앉아서, 로컬 디자이너나 사진작가인 친구들의 화보 모델이 되어준 적도 많았다. 그때마다 나는 나를 어떤 모습으로 바라보면 되는지 세상에 알리려고, 내가 투사하길 바라는 자신감, 침착함, 매력을 한 프레임 안에 영원히 담아내기 위한 정교한 춤을 추었다.

나는 사진 촬영을 위해 현재 코트니가 살고 있는 샌프란시스코로 향했다. 작가 컨퍼런스, 가족 방문으로 이루어진 긴 여행의 종착지였던 코트니의 집에 도착했을 때 내 체력은 고갈

된 상태였다. 처음 온 곳이었는데도 안으로 들어가 짐을 내려놓자마자 집에 돌아온 것 같은 안도감이 밀려왔다. 문 앞까지마중나온 덩치 크고 잘생긴 턱시도 고양이에게 몸을 숙여 인사하자 코트니의 파트너인 해나가 "어, 도망갈 수도 있……"하다가 고양이가 내 손에 턱을 비벼대는 걸 보고 놀라 말을 멈췄다.

나는 햇빛과 식물로 가득한 두 사람의 집 거실에 앉았다. 널찍한 창문을 타고 자라난 식물들, 소파 뒤 앤티크 다리미판 위에 조르륵 자리잡고 있는 화분들, 그리고 스케이트보드 위에놓아둔 크고 묵직한 화분 하나. 집안의 모든 표면에 놓인 작고아름다운 사물들이 예뻤고, 분홍색 타일로 된 세면대 뒷면을일정한 간격으로 배열한 분홍색 자갈로 마무리한 건 정말 보기 좋았다.

그날 밤, 해나가 잠자리에 든 후에도 코트니와 나는 고양이와 함께 소파에 앉아 우리의 초상 사진 프로젝트에 담긴 겹겹의 의도에 관해 이야기했다. 에세이의 중심이 될 내 사진에 대해, 내가 코트니에게 요구하는 게 어떤 것이며 코트니가 포착하려는 게 어떤 것인지에 관해. 예술 형식으로서의 사진이 가진 개념에 대해, 또 코트니가 사진과 맺는 관계가 격렬한 변화를 겪는 중이라는 이야기도 나누었다.

처음 사진을 사랑한 이유는 사진이 나를 세상 속에 참여하도록 밀어붙이기 때문이었어. 그런데 시간이 지날수록 나,

그리고 내가 세상을 경험하는 방식 사이에 사진이 끼어들기 시작하더라. 마음을 움직이는 무언가를 보면 사진으로 남기겠다는 충동부터 밀려와. 그러다보니 의미 있는 순간들을 사고파는 경제로 끌고들어갈 수 있는 사물로 바꾸는게, 인스타그램에 올려 사회적 화폐로 거래할 수 있는 사물로 바꾸는 게 내가 가장 사랑하는 것들을 망가뜨리는 일은 아닌지 겁이 나더라.

네가 연락했을 무렵 나는 카메라를 내려놓고 그 대신 대상이 아니라 직접 경험을 중심에 두는 예술을 탐구하기 시작했지. 마리나 아브라모비치와 오노 요코의 작품을 다시 보았고, 해미시 풀턴과 테칭 시에를 발견했고, 자본주의적 소비에 대항하는 예술을 창조하는 법을 찾고 있었어. 나는 네가 원하는 게 또다른 예쁜 사진이라는 걸 알았어. 그래서 거절하고 싶었지.

그런데도, 우리가 함께 과거와는 완전히 다른 가치, 그리고 우선순위에 뿌리를 둔 무언가를 함께 만들 수 있을지 궁금하더라. 대상화를 전복하고, 페르소나를 넘어, 우리 사이에 존재하는 진정한 그 무엇에 다가갈 수 있는 초상 사진을 완성할 방법이 분명 있을 것 같았어. 카메라가 등장하자마자 시작되는 수행을 없애고, '촬영'이라는 행위를 없애는 방법 말이야.

그러더니, 코트니는 자신이 구상한 프로젝트의 목표를 설명했다.

　　우리는 마주앉아 이십 분간 서로의 눈을 바라볼 거야. 나는
자동노출계를 사용해 이 분에 한 번 카메라가 자동으로 셔
터를 누르게 할 거야. 나는 네 친구로서, 내 모습 그대로 네
옆에 존재하면서 나를 관찰하는 너를 관찰할 거야. 나는 사
진작가 역할을 하지도, 우리가 공유하는 경험 중 어느 순간
이 가장 사진에 잘 나올지 선택하지도 않을 거야. 우연하고,
무계획적이고, 아무런 설정도 없는 사진이 나오게 할 거야.
사진을 우리 우정이 남긴 유물로 활용하기는 할 테지만 이
프로젝트의 초점은 우리의 우정 그 자체, 우리 사이에서 오
고갈 그 무엇 자체에 둘 거야. 친구들의 곁에 존재한다는 친
밀한 경험 자체 말이야.

내가 생각한 것과는 전혀 달랐다.
　　내가 처음 흥미를 느꼈던 건, 글로써도 사진을 통해서도 한
사람의 모습을 온전히 담아내는 일은 불가능하다는 묘사의 주
관성이었다. 그리고 그 불가능함 앞에서 예술가가 가까운 사
람을 묘사하고자 내리는 선택들은 대상뿐 아니라 두 사람의
관계 역시 드러낸다. 내가 보는 코트니가 코트니라는 사람의
전부인 건 아니다. 그저 우리 관계라는 맥락 속에서의 그애일
뿐이다. 코트니와 함께 있을 때의 나 역시 이 맥락에서만 존재
하는 특정하고도 유일한 버전의 나다. 우정들은 모자이크처럼

한 사람을 빚어낸다.

  친구들에 관해 쓸 때 나는 이들을 객관적으로 그리려는 시도는 애초부터 하지 않았다. 그저 그들 각자가 나한테 어떤 사람인지를 담으려 했을 뿐이다. 그럼에도 한편으로는 내 주관적 렌즈로 바라본 자기 모습을 볼 때, 친구들이 유령의 집 속 왜곡된 거울을 바라보는 기분이 들지도 모른다는 걸 알았다. 그래서 나 또한 나를 내놓기로 한 것이다. 나 역시 이 프로젝트를 통해 기꺼이 노출되겠다고. 그러나 내가 글을 쓸 때 나 자신을 노출하는 방식으로 그러겠다는 건 아니었다. 글을 쓸 때 나는 부드럽고도 취약한 진실을 드러내되 그것들을 딱 맞게 배치하고 강조해 어떤 것을 미화하고 특정한 효과를 위해 어떤 추한 부분은 도드라지게 만든다. 이와는 달리 이번에 나는 나를 얼마나 가까이서 바라볼지, 무엇을 숨기고 무엇을 내보일지를 타인의 결정에 내맡기는 위태로운 방식을 택해보려 했다. 코트니가 프로젝트 구상에 관해 설명했을 때, 나는 그 결과물로 나온 우연한 이미지들이 내가 원하던 역할 전도의 기회를 주지 못할까봐 걱정했다.

  그러나 썩 내키지 않는다고 말하려 입을 열기도 전에, 바로 지금 느끼는 불편함과 통제력 상실이야말로 내가 코트니에게 제안한 바로 그것임을 깨달았다. 지금, 이 순간이 내가 예술가에서 대상으로 변모하는 시점이었다. 내가 부탁한 것과 다른, 예기치 못한 무언가를 코트니가 내놓았을 때, 그애가 하는 대로 따라가는 것이야말로 내 프로젝트에 코트니가 시각 자산을 제공하는 게 아니라 우리 둘의 진정한 협력 프로젝트가 될 수 있는 가장 좋은, 사실은 유일한 방법이었다. 또 이 구상이 코트니가 현재 가진 예술적 관심사를 고스란히 반영하는 동시에 내가 제시한 아이디어를 받아들여 자신의 것으로 만들 방법을 찾은 결과라는 점이 중요하게 느껴졌다. 코트니는 작업 매체를 가리지 않고 매번 새롭고도 예상치 못한 영역을 추구하는 진정한 예술가다. 그리고 우리의 프로젝트는 코트니의 예술적 자아가 가진 이런 면을 가장 온전한 방식으로 포착할 수 있는 기회였다. 즉, 묘사하는 대신 페이지 위에 공간을 내주고, 우리가 함께 시작한 창조적 노력이 자연히 형태를 갖추기를 기다리는 방식으로.

릴리: 꼭 너한테 내 허세를 간파당한 기분이야. 내가 아니라 네가 이미지를 만들고 선별하는 게 내 구상이었고, 나는 그것만으로도 내가 통제를 내려놓는 기라고 생각했어. 하지만 생각해보니 넌 내 사진을 이미 여러 번 찍었고, 그때마다 늘 만족스러운 결과물이 나왔지. 그러니 아무리 네 비전, 네 연출, 네 선택 등등으로 이루어져 있다고 해도 나한텐 딱히 위험부담이 없는 거더라. 생각해보니까, 어, 이게 애초부터 내가 요구한 거더라고! 이미지들은 나뿐 아니라 너의 통제에서도 벗어난 것일 테니까 어떤 결과물일지 아무도 알 수 없겠지. 난 사진 속 내 모습이 아무리 마음에 안 들더라도 꼭 책에 넣겠다고 마음먹었어. 그거야말로 진정 통제를 내

려놓는 거겠지.

코트니: 나는 어떻게 보면 이 프로젝트 자체가, 그러니까 결과물로 나올 이미지가 아니라 그 이미지를 만드는 모든 과정이 우리 둘 모두의 허세를 벗겨내는 일 같기도 해. 우린 서로에게 무척 솔직하고, 네 곁에 있는 나는 진짜 내 모습 그대로라고 생각하지만 한편으론 더 깊은 진실도 있지 않을까? 관계 속에서 특정한 버전의 자기 모습을 가장하고 시험하는 일은 얼마만큼을 차지할까? 서로의 눈을 바라보는 건 이런 가장을 무너뜨리고 언어가 아니라 감정에 바탕을 둔 그 무언가에 다가가보려는 의도로 정한 거야. 난 진정한 사랑과 우정이란 그 형언할 수 없는 감정에 뿌리를 둔 거라고 생각하니까.

다음날, 우리는 바닷가를 걸었다. 재킷을 걸쳐야 할 정도로 차가운 바닷바람이 불지만, 밝고 따뜻한 햇볕도 내리쬐는 완벽한 노던캘리포니아 해변이었다. 부츠를 신고 파도가 갓 적시고 간 모래를 자박자박 밟으며 함께 걷다가 나는 중간중간 몸을 숙여 연잎성게sand dollar를 주웠다. 연잎성게는 해변에 수도 없이 흩어져 있었지만, 나는 금가지 않고 이가 나가지도 않은 완벽한 것 하나를 주워 간직하려 찾아다니고 있었다. 걷는 동안 사진이 거짓된 완벽함을 묘사하는 수단이 될 수 있다는 이야기, 소셜미디어에서 사진의 활용은 경험보다는 기록을 우선

한다는 이야기를 나누었다. 순간들을 살아내는 대신 수집하게 만드는 것이다. 완벽한 연잎성게를 발견한 나는 그것을 집어 들어 홈 하나 없는 매끈한 하얀 표면을 햇빛에 비추어 보고는, 다시 모래 위로 떨어뜨렸다.

유칼립투스향이 가득한 골든게이트파크를 지나 동네 반대편 서점에 가서 전날 밤 서로에게 빨리 읽어야 한다고 추천한 책들을 사서 선물로 교환했다. 서점 카운터에 서서 책에다 서로에게 주는 메시지를 열심히 쓰는 일이 하나도 민망하게 느껴지지 않았다.

옛날처럼 밤늦게까지 바에서 시간을 보내는 대신 우리는 코트니가 도마에 놓고 정확히 반으로 나눈 조그만 마리화나 젤리를 먹었다. 코트니의 집 부엌에서 함께 요리했고, 값비싼 프로바이오틱스 음료를 그득 따른 큼직한 와인잔으로 건배했다.

그저 옆에 있는 것만으로도 너무나 편안하고 기분좋아서 코트니가 제안한 구상안을 점점 더 이해할 수 있었다. 사람들의 관계에서 어떤 가식도 투사도 없이 서로를 이어주는 이 기류는 무엇일까? 사진이 이를 포착해낼 수 있을까?

나는 프로젝트의 구상안에 몰두한 나머지, 모든 준비가 끝난 뒤에야 타인과 이십 분이나 눈을 마주치는 게 얼마나 초조한 일인가에 생각이 미쳤다. 얼굴에 쏟아지는 눈부신 조명, 우리 두 사람이 각자 기댈 쿠션, 그리고 코트니가 보는 내 얼굴과 최대한 근접하게 내 얼굴을 찍되, 내가 그애를 바라보는 시선을 방해하지 않도록 코트니의 얼굴 바로 아래에 설치한 카메라.

코트니가 타이머를 맞추자, 우리는 눈을 마주보았다. 우리 둘 다 무표정을 유지하려 애쓰다가 절로 미소를 지었고, 또다시 웃지 않으려 애쓰다가 아주 조금 웃음을 터뜨린 뒤에야 표정을 추스를 수 있었다. 그뒤, 우리 둘 다 고개를 끄덕이고 거의 알아차릴 수 없을 정도로 천천히 숨을 들이쉰 뒤, 진짜 프로젝트에 돌입했다. 여기까지의 과정은 일 분도 걸리지 않았지만 정확히 얼마나 짧은 시간인지는 알 수 없었다. 처음 몇 번은 셔터가 터지는 시간을 머릿속으로 가늠할 수 있을 거라 생각했지만 셔터가 터질 때마다 나는 매번 놀랐다. 이 분에 한 번이라는 빈도가 매번 다르게 느껴졌다. 처음 몇 번은 무척 길게 느껴졌고 그다음 몇 번은 충격적일 정도로 짧았으며, 그뒤, 더는 몇번째인지 모르게 된 뒤로는 다시 길어졌다.

처음에는 나의 내적 독백을 의식하느라 제대로 집중할 수 없었다. 그 독백은 우리가 무슨 일을 하고 있는지, 내가 제대로 하고 있는지를 묻다가, 다 그만두고 그저 이 자리에 존재하라는 지시를 나 스스로에게 내렸다. 알았으니까, 그냥 가만히 있으면서 무슨 일이 일어나는지 살펴보자. 지금 이 순간에 집중하고 친구를 바라보라고. 봐, 코트니잖아! 좋아, 내가 그애를 바라보고 있어. 우린 서로를 바라보고 있어. 우리가 여기 있어, 서로의 옆에라는 머릿속 목소리에 몇 분이나 시달린 끝에 나는 내면의 목소리를 멈추려는 부질없는 노력을 그만두고 그 목소리를 의도대로 이끌기로 했다. 마음속에서 코트니에게 말을 걸면서

Portraiture ──────

그애한테 내 목소리가 들리는지 기척을 읽으려고 얼굴을 자세히 살펴보았다. 나중에 내 메시지를 받았는지 물을 수 있도록 특정한 한 가지에 집중하기로 했다. 단순하고, 명확하며, 전달하기 쉬운 것. 노란색, 햇살 같은. 나는 노란색이라는 색깔에 집중하고, 머릿속에서 물결치는 다양한 색조의 노란색을 보면서 다음과 같은 말들을 생각했다. 노란색, 노랑이라는 색깔, 햇살처럼, 해바라기처럼, 데이지의 한가운데처럼, 호박벌처럼 밝은 색. 노란색, 노란색, 노란색. 보여? 노란색!

여기까지 생각했을 때 자동노출계가 두 장의 사진을 찍었다. 아니, 세 장이었던가? 첫번째 셔터가 터졌을 때 우리는 둘 다 깜짝 놀라서 아주 잠깐이었지만 다시 웃음을 터뜨렸다. 이 분 뒤, 두번째 셔터가 터졌을 때는 표정이 아주 살짝 바뀌었을 뿐이다. 그뒤로 일곱 번은 아예 의식조차 못했다.

릴리: 난 이 사진 아홉 장에 좀더 다양한 표정이 담길 줄 알았어. 그런데 너와 마주앉아 있자니 표정으로 너와 소통하는 게 꼭 반칙 같다는 생각이 들더라고. 그래서 표정 변화 없이도 서로에게 무언가가 전달되는지를 확인하고 싶었어. 그저 존재만으로 말이야. 하지만 내 생각이나 감정을 따라 내 얼굴도 정말 미세하게 움직이는 게 느껴지더라.

코트니: 표정 변화는 미묘하지만, 그래도 사진들을 시간 순서대로 늘어놓고 보면 내 눈엔 네가 서서히 열리는 것처럼 보여.

릴리: 맞아. 처음에는 네가 나를 바라보고 있다는 것과 카메라가 있다는 걸 엄청 의식하게 되더라. 그런데 시간이 지나니까 그런 것들은 잊고 그저 너와 마주앉아 마음을 여는 데 집중하게 됐어. 그러다보니 나중엔 머릿속으로 너에게 말을 걸었어. 이 프로젝트에 대해서, 그냥 삶이라든지 우리가 여태 나눈 온갖 중요한 것들에 관해 이야기했어. 그리고 네게 내 말이 들리는지 궁금했어.

코트니: 내가 듣고 있는 것 같다는 느낌이 들었어? 아니면 그 생각을 내게 전달할 때, 내가 응답하는 게 느껴졌어? 우리가 닿는 듯한 순간이 있었어?

릴리: 응, 그런 것 같아. 하지만 뭐랄까, 맥락 없이 이루어진 일은 아니야. 내 말은, 우리가 그 순간에 맞닿은 건 아니라는 거야. 그보다는 이미 우리가 연결되어 있다는 사실을 인식한 것에 가까워. 마치 우리가 연결돼 있는 상태로 가만히 앉아 있는 기분이었어.

코트니: 인식이라니, 좋은 표현이다. 난 이런 느낌이 드는 순간들이 있었어. '난 너와 함께 있다. 넌 나와 함께 있다.' 단순하기 그지없지.

프로젝트를 마치고 나서야, 프로젝트 구상, 사진이라는 일반적인 주제, 사진 촬영의 대상이 되는 과정에 대한 이야기를 나눈 뒤에야, 또 이 글의 초고를 코트니에게 공유한 뒤에야, 우리는 예술가-대상의 역학관계가 과거 우리 관계의 다른 영역에도 스며들어 있었다는 점에 관해 터놓고 이야기할 수 있었다. 지금까지 나는 예술가에게 통제권이 있고 대상은 이에 따르는 입장이라 생각했다. 그러나 대상은 관심의 중심이기도 하다. 양쪽 모두 대상, 그리고 대상이 어떻게 묘사되고 인식될지에 집중하기 때문이다. 예전 우리 사이에서는 카메라가 있을 때건 없을 때건, 힘과 관심은 매번 같은 방향으로 흘러갔다. 코트니가 나에 관한 글에서 표현한 대로, 내가 다양한 페르소나를 수행하고 그애는 관객이 되는 역학관계였다.

그뒤로 오랫동안 전화통화를 하거나 서로의 거실에 함께 앉아 내적, 외적으로 일어난 삶의 큰 변화를 공유하면서, 우리는 더 공평한 위치, 서로의 곁에 있어주는 것에 바탕을 둔 관계를 향해 나아갔다. 허세 없는 서로에 대한 설렘과 사랑이자 코트니가 사진으로 포착하고자 한 바로 그 순수한 존재성이었다.

하지만 코트니에게 과거의 예술가-대상이라는 관계로 돌아가자고 제안했을 때, 나는 우리가 함께 굴러떨어질 수 있는 바닥 문을 연 셈이었다. 그애는 뒤로 물러서고 나 혼자 환한 조명 속에 남는 관계. 처음에 나는 이 협력 프로젝트가 통제를 내려놓는 불편한 감정을 견디는 일이라고 생각했지만, 이번에도 우리가 나눈 대화, 각자가 쓴 글을 뒤적여 의미를 찾아내고 공통의 서사를 빚어내는 사람은 결국 나였다. 이 글은 우리 두 사람이 무언가를 함께 만들어가는 이야기지만 결국 우리가 만들고 있는 건 여전히 나에 관한 묘사다.

하지만 이 프로젝트는 불균형하던 과거의 역학관계를 소환하는 동시에 현재 우리가 맺고 있는 우정을 진정으로 기리는 일처럼 느껴지기도 했다. 코트니와 나의 관계는 과거 함께 경험한 것들에 관한 이야기로 그려지기보다 예술, 페르소나, 그리고 연결됨이 무엇을 의미하는지를 둘러싸고 점차 발전해가던 대화로 가장 잘 그려질 수 있다. 우리가 주고받는 이 에너지 중 일부는 글로 담아낼 수 있을지 몰라도 대부분은 형체 없고, 변하기 쉬우며, 눈 깜짝할 새 높이 치솟았다가 깊은 곳에 첨벙 떨어지는 것이다.

또한 코트니의 구상에서는 마주앉아 있는 행위 그 자체가 예술이었음을 생각하게 된다. 서로의 끈질긴 시선을 꼬박 이십 분간 피하지 않도록 스스로를 몰아붙이며 불편, 경탄, 사랑을 느끼는 행위 말이다. 코트니는 내가 전달한 노란색을 보지 못했지만, 우리는 서로를 또렷이 바라보았고 그 경험을 우리가 함께 창조했다. 나머지는 그저 이 경험의 기록에 지나지 않는다. 바닷가를 산책하다가 기념품 삼아 주워 가는 연잎성게 같은.

살인사건 회고록에 관하여

On Murder
Memoirs

내 사촌 사비나를 강간하고 살
해한 남자의 재판에 참석해야 할지 말아야 할지를 고민하던
나는 배심원단에게 나를 보여주기 위해서라도 참석하기로 마
음먹었다. 사비나가 배심원단에게 얼마나 쉽게 희생자, 망자,
시체로 추상화될 수 있는지를 알았기 때문이다. 우리에게―
나, 이모, 엄마를 비롯한 가족과 친구들에게―그애는 여전히
사비나, 앞으로 영영 볼 수도 안을 수도 함께 춤출 수도 없는
진짜 사람이었다. 우리 모두 검사 뒤쪽 벤치에 앉아 있으면 배
심원단 역시도 진짜 사람 하나가 사라졌음을 이해할 거라고,
그 사람을 우리로부터 앗아간 그 남자를 벌주고 싶어질지도
모른다고 생각했다.

또 언젠가 이 일을 글로 쓰고 싶어질지도 모르니 참석해야
겠다고도 생각했다. 스물세 살의 나는 이미 말도 안 되는 일,

내 정신이 감당하기에는 너무 큰일, 입 밖에 내기에는 너무 무서운 일을 말이 되게 만들 수 있는 가장 안전한 장소가 종이 위라는 걸 알고 있었다. 언젠가 사비나에게 일어난 일을 쓰겠다는 것이 지금 당장 그 공포를 직면해야 한다는 뜻은 아니다. 언젠가 내가 그 일을 이리저리 배열해 무슨 의미라도 끌어낼 능력이 생길 때까지 선반 위에 가만히 놓아둘 수도 있었다. 언제가 되었건 그날이 오면, 이 재판은 내가 할 이야기의 중요한 부분을 차지할 터였다.

그러나 필라델피아로 향하는 버스에 올라, 딱딱한 분위기의 환한 법정에 앉아, 인간이 저지를 수 있는 최악의 야만 행위가 이와는 어울리지 않는 절차와 질서에 맞추어 거론되는 것을 들어야만 하는 두 가지 설득력 있는 이유에도 불구하고, 내 몸이 거부했다. 사비나가 살해당한 지 2년이 지났는데도 내 자아는 내 어린 시절 처음 생긴, 또 가장 좋아했던 놀이 친구인 사비나에게 일어난 일의 온전한 진실을 알고 싶지 않아 단단히 닫혀 있었다. 그애의 마지막 순간에 관한 자세한 설명은―흙바닥에 버려진 그애의 시신 사진을 보고, 형사며 의학검시관이 그애한테 저질러진 잔혹 행위를 묘사하는 걸 듣는 일은―도저히 감당할 수 없었다. 살인범의 머그샷을 볼 수도 없고, 그가 저지른 짓을 다룬 뉴스 기사 하나도 읽을 수 없는 내가 그와 한 공간에서 그의 목소리를 듣고, 사비나가 죽은 지금 그의 몸이 살아서 걷거나 자리를 바꾸며 움직이는 모습을 볼 수 있을 리가 없었다. 그래서 나는 꼭 필요하지만, 그럼에도 다소 터무니없게 느껴지는 행동을 했다. 내 작가로서의 자아보다 인간으로서의 자아를 우선하기로 한 것이다. 나는 재판에 가지 않았다. 언젠가 사비나의 살인사건을 다룬 글을 쓰더라도, 직접 경험한 법정 장면은 들어가지 못할 것이다.

그뒤로는 사비나가 죽기 전 해에 쓰기 시작한, 아빠에 관한 책을 계속 썼다. 나는 아빠 이야기에 저널리즘적—재판이 이루어지는 동안, 내가 대학원에서 공부하던 전공이었다—태도로 접근했다. 아빠를 알던 사람들을 인터뷰하며, 내 기억이라는 한계를 넘어 무언가 조금 더 완전한 진실에 가깝게 느껴지는 글을 완성하려고 했다. 아빠의 헤로인중독, 예술, 엄마와의 복잡하고도 끝이 나빴던 관계, 그리고 내가 열두 살 때 맞이한 아빠의 죽음에 관해 쓰는 동안, 기자처럼 사고하는 일은 나와 내가 땅에서 뼈를 발굴하듯 파헤치는 이 이야기 속 가장 추악한 장면들 사이에 일종의 완충재가 되어주었다. 언젠가 사비나에 관해 쓸 준비가 되면, 그애한테 일어난 일에 대해서도 비슷한 접근법을 취하리라는 생각이 들었다. 내가 차마 가지 못한 재판의 녹취록을 읽을 것이다. 사비나가 죽기 몇 시간 전까지 필라델피아의 어느 루프톱에서 샴페인을 함께 마셨던 친구들을 인터뷰할 것이다. 그애가 마지막으로 웃었을 때 마치 내가 그애 옆에 서 있었던 것처럼 느껴질 정도로 사비나의 마지막 순간을 생생하게 재구성할 것이다. 언젠가, 내가 준비되면 나는 마침내 그날 밤의 진실을 똑바로 마주할 수 있을 것이다. 그리고 아직은 그 방법을 알 수 없지만 어떤 방식으로건, 내

애도에 그 일은 도움이 될 것이다.

사비나가 살해당한 지 6년이 지났고, 내가 참석하지 않은 그 재판으로부터 4년이 지난 2016년 출간된 데이비드 쿠슈너의 회고록 『앨리게이터 캔디Aligator Candy』는 내가 아직 쓸 준비가 되지 않은 이야기를 쓸 때 참고할 수 있는 모델처럼 다가왔다. 기자인 쿠슈너는 『앨리게이터 캔디』에서 1970년대 플로리다에서 보낸 어린 시절, 형인 존이 실종된 뒤 납치당한 현장을 다시 찾아, 직업적 도구를 사용해 그의 삶을 정의한 비극을 이해하고자 시도한다. 나는 이 책이 사비나의 이야기에 다가가는 방법을 찾는 데 도움이 될지도 모르겠다고 생각했고, 동시에 어느 순간 정서적인 불굴의 용기가 살아나 내 안에서 그것이 더욱 강화되기를 기다렸다.

94쪽까지 읽었을 때—쿠슈너가 도서관에 가서 처음으로 형의 죽음을 다룬 신문 보도를 읽는 장면—뱃멀미처럼 온 사방이 울렁거렸다. 그 장면은 내가 여태 도저히 할 수 없었던 일, 즉 모호하게 일렁이던 어둠이 뉴스 기사라는 익숙한 형태를 띠며 자리잡게 허락하는 일을 다루는 장면이었으니까. 나는 눈을 질끈 감았다. 내가 롤러코스터를 싫어한다는 사실을 마침내 인정하고 더이상 타지 않게 되기 전까지 롤러코스터를 탈 때마다 했던 것처럼. 아직 살인을 다룬 이야기를 쓰는 건 물론 읽을 준비도 되어 있지 않다는 사실을 건조하게 인정한 뒤 책을 덮었다.

그러면서도 내가 '살인사건 회고록'이라 분류하는 책들을 나오는 족족 사 모았는데, 그뒤로 몇 년간 그런 책들이 출간되는 빈도가 점점 늘었다. 훗날 '범죄 실화 회고록'이라고 이름 붙여진 이 유행은 그 시절에는 마치 내가 아직 마주할 수 없는 무언가를 예리하게 상기시키는 것만 같았다. 나는 2017년에서 2020년 사이 캐럴린 머닉의 『핫 원The Hot One』, 세라 페리의 『일식이 지나고After the Eclipse』, 로즈 앤더슨의 『심장과 그 밖의 괴물들The Heart and Other Monsters』, 그리고 나타샤 트레스웨이의 『메모리얼 드라이브』가 출간되자마자 사서 펼쳐보지도 않은 채 책장의 『앨리게이터 캔디』 옆에 꽂았다. 점점 늘어가는 수집품들에 예전에 나온 책들도 추가했다. 매기 넬슨의 『붉은 부분들The Red Parts』, 멜러니 선스트럼의 『죽은 소녀The Dead Girl』, 저스틴 세인트저메인의 『총의 아들Son of a Gun』이었다. 이 책들 역시 읽지 않았다.

아직은 도저히 펼쳐볼 수조차 없지만, 언젠가는 다른 작가들이 어떻게 그토록 개인적이고도 고통스러운 사건에 관해 '범죄 이야기'를 쓸 수 있었는지 살펴봐야 하리라는 걸 알았다. 과거에 이런 장르—주로 내가 어릴 때 엄마가 열심히 보던 〈포렌식 파일스〉〈콜드케이스〉 같은 텔레비전 프로그램—를 본 경험으로 판단하건대, 좋은 범죄 이야기에는 잔혹한 사건을 호기심, 나아가 열정을 품고 바라볼 수 있는 능력인 상당 수준의 냉담함이 필요했기 때문이다.

실제 사람을 글로 묘사하는 일은 미묘한 폭력일 수밖에 없다. 그 사람이 가진 다면적인 인간성, 그 사람의 타고난 모순과 변하기 쉬운 특성이라는 미지의 영역을 납작하고 소화해낼 수 있는 무언가로 축소해야 하는 일이기 때문이다. 글로 아무리 잘 옮겨낸 인물이라고 한들, 진짜 사람이 가진 복잡성의 파편일 뿐이다. 이미 문자 그대로 인간성을 빼앗긴 살해당한 사람에게 그런 폭력을 가하는 건, 살아 있기에 지속적인 인간됨을 가지고 작가가 그려낸 자기 모습을 보며 콧방귀를 뀔 수 있는 사람에게 가하는 것보다 더 큰 불의처럼 느껴졌다. 살인은 이미 한 사람을 사라지게 위협하는 일이다. 너무도 충격적이고 괴로운 일이기에, 살해당한 이를 애도하는 우리는 기억 속에 그 공포스러운 죽음이 한때 그들이 살아 있던 시절의 모습보다 더 큰 자리를 차지하지 못하게 하려고 기를 쓰며 노력해야 한다. 사비나를 생각할 때 공포와 비통함이 아닌 다른 감정을 느낄 수 있을 때까지, 그애가 죽은 방식이 아니라 먼저 그애의 미소, 목소리, 그애의 편안한 몸놀림을 떠올릴 수 있을 때까지 한참의 세월이 필요했다. 그러나 살인을 다룬 글을 쓴다면, 살인은 필연적으로 피해자의 삶을 결정짓는 요소로 굳어지고 만다.

그러면, 내가 사비나를 그저 남성의 폭력을 다룬 이야기 속 죽은 소녀로 축소하지 않고 그애에 대해 쓸 수 있을까? 독자들의 눈길이 잔혹함으로 향하지 않고 가을날 젖어서 번들거리는 노란색과 오렌지색 낙엽을 밟으며 노래하고 춤추는 사비나의 모습으로 향하게 할 수 있을까? 그애가 언제나 곧 발칙한 말을 던질 기세로 엉덩이를 내밀고 있는 것처럼 보이게 만들던 척추측만증을, 또 그애가 실제로도 늘 발칙한 말을 일삼았다는 사실을 보여줄 수 있을까? 우리가 매년 추수감사절 파이를 만들려고 번갈아 휘핑크림을 저으며 "점성을 확인한다"는 핑계로 계속 맛보았던 것을, 그러다가 다시 휘핑크림을 젓기 시작했을 때 오로지 그애의 웃음소리를 듣고 싶어서 내가 또 한 번 휘핑크림을 찍어 먹었던 것을, 그러면 그애는 항상 웃었던 것을, 사람들이 바라보게 할 수 있을까?

트루먼 카포티는 『뉴요커』 담당 편집자에게 클러터 가족 네 식구—허브, 보니, 그리고 십대 자녀인 낸시와 케니언—가 1959년 살해당한 사건을 취재하겠다고 말하며 이 범죄가 캔자스주 홀컴이라는 작은 마을에 미친 영향을 다룰 것이라고 설명했다. 그는 이런 폭력이 남은 사람들에게 어떤 여파를 남기는지에 관해 쓰겠다고 했다. 그는 이 이야기가 피해자에 관한 글이 될 거라고 했다. 그러나 그가 밝힌 의도와는 달리, 결과물인 『인 콜드 블러드』는 살인자인 페리 스미스(그리고 분량은 다소 적지만 공범인 딕 히콕)를 묘사하는 데 다른 인물보다 두 배 이상의 분량을 할애했다. 클러터 가족은 상대적으로 얄팍한 인물들로, 각각 근면성실한 아버지, 초조한 성미의 어머니, 인기 많은 딸, 망나니 아들이라는 전형으로 축소되었다. 다른 누구로 교체해도 무방할 이상적인 미국인 가족 말이다. 반면, 페리에게는 정서적 깊이와 복잡성, 그리고 발전 서사를 부여했다.

카포티가 범죄에 관해 글을 쓴 최초의 작가인 건 아니다. 심지어, 범죄를 흡입력 있는 서사적 양식으로 쓴 최초의 작가조차도 아니다. 그러나 저스틴 세인트저메인이 『트루먼 카포티의 인 콜드 블러드Truman Capote's In Cold Blood』라는 책에서 말했듯, "카포티가 정맥을 찌르자, 모방자들 무리가 솟구치듯 뿜어져 나오면서 미국 논픽션의 가장 인기 있는 형식 중 하나인 유혈이 낭자한 장르를 이루었다. 바로 범죄 실화다." 그리고 카포티가 창시한 장르는 그의 책의 핵심적 모순을 끊임없이 복제했다. 피해자를 중심에 두려는 의도가 얼마나 진실하건 간에, 살인자는 블랙홀처럼 자신에게로 관심을 집중시킨다는 점이다. 살인자들의 기행은 독자의 마음을 사로잡고, 그 사람이 우리 누구나와 마찬가지라는 사실을 확인시켜줄 만한 인간성을 언뜻 보여줌으로써 더욱 유혹적이고 두려운 존재가 된다. 사회가 살인 이야기에 사로잡힌다면 (실제로 그렇다는 사실은 부정할 수 없다) 우리의 매혹이 가장 능동적이며 선명한 인물, 실제 그 행위를 행하는 인물에게 집중되고 마는 것도 놀라운 일이 아니다.

범죄 실화를 다룬 많은 책(그리고 텔레비전 프로그램 및 팟캐스트)는 살인 이야기에서 두번째로 능동적인 인물을 공들여 묘사한다. 즉, 수사관이다. 오늘날 우리가 아는 범죄 실화는 프로는 물론 아마추어까지 포함한 탐정들의 나라다. 엄마가 A&E에서 보던 옛날 프로그램부터 이를 계승한 요즘 프로그램

〈살인자 만들기〉〈징크스〉에 이르기까지, 그리고 『어둠 속으로 사라진 골든 스테이트 킬러』 『죽은 자들은 가까이 있다We Keep the Dead Close』 같은 책들부터 〈시리얼〉〈인 더 다크〉 같은 팟캐스트까지. 전문 수사관의 기법과 관점을 내면화한 범죄 실화 장르 팬들은 탐정 역할을 자처하기 시작했고, 때로는 경찰관을 쩔쩔매게 만든 (또는 경찰들이 범죄 실화에서 그려지는 것만큼 전심전력으로 수사하지 않은) 범죄를 해결하기도 했다.

탐정에 초점을 둔 범죄 실화에서는 대체 어떻게 이런 끔찍한 범죄가 일어날 수 있는지 이해하고 싶어하는 독자나 시청자를 탐정이나 검사가 대리한다. 우리를 미쳐버리게 만드는 '왜'라는 질문에 답을 얻을 가능성은 살인자가 아닌 이들에게 달려 있는데, 이들 또한 같은 질문을 던지기 때문이다. 이들의 끈기, 지략, 그리고 종국에는 살인자를 무너뜨리는 모습은 범죄 실화에서 마음의 안정을 주는 애착 담요 같은 것이다. 우리는 안전하다고, 괴물들은 언젠가 반드시 적수를 만난다고 다독여주니 말이다.

『인 콜드 블러드』가 범죄 실화라는 장르의 시작이라면, 맨슨 살인사건을 실제 담당한 검사 빈센트 불리오시가 (커트 젠트리와 함께) 1974년 쓴 『헬터 스켈터Helter Skelter』는 이후 유행하게 된, 수사에 초점을 맞춘 범죄 실화의 시작이 되었다. 『헬터 스켈터』의 시작은 샤론 테이트가 남편인 로만 폴란스키와 함께 살던 시엘로 드라이브의 집에서 샤론 테이트, 애비게일 폴저, 보이치에흐 프리코프스키, 제이 세브링, 스티븐 패런트의 시신이 발견된 1969년 8월 9일 아침이다. 즉, 독자는 이 사건을 수사하는 바로 그 시점에 사건 속으로 들어가게 된다. 책은 이 시점부터 경찰이 현장에 도착하는 타임라인을 꼼꼼히 따라간다. 새로운 단서가 발견되고, 사라지고, 잘못 해석되고, 그러다 마침내 제대로 된 맥락에 놓이는 장면들. 그리고 마침내 수수께끼가 풀리고 살인자들이 법의 심판을 받을 차례가 된다. 서사 초반에서 피해자들을 인간적으로 그리려는 짤막한 시도마저도 범죄의 그늘 아래 있는 수사의 관점에서 이루어진다. 테이트, 폴저, 프리코프스키, 세브링, 패런트가 각자의 가족도, 흥미도, 미래 계획도 있는 살아 있는 사람들이었음을 보여주는 짤막한 단락들은 모두 임상용어로 표현된 사망의 방식으로 끝나는 이들의 부검 보고서 속 세부 항목으로 분류되어 버린다. 이런 기법을 통해, 우리는 피투성이 시체의 모습으로 처음 마주친 사람을 살아 있는 사람으로, 살인 피해자가 아니라 다른 무엇으로도 상상할 수 없음을 깨닫게 된다.

매력적인 살인자, 역동적인 수사관과는 대조적으로 피해자들은 살인 이야기 속에서 가장 재미없는 인물로 그려지는 경향이 있다. 피해자는 수동적이다. 이야기 속 주된 행동은 피해자가 하는 행위가 아니라 그 여자에게 가해진 것이다. 그리고 그 여자가 죽고 난 뒤, 즉 범죄 실화에서 대부분의 행동이 일어나는 부분에서 능동적 인물들이 이야기의 나머지를 전개하는 내내 피해자는 무대 위에 없으며 짓눌러 꺼뜨린 미소만이 유령처럼 희미하게 떠돌 뿐이다. 그 여자는 인물이라기보다는 은근한 위협에 가깝다. 그 여자는 당신일 수도, 당신의 딸일 수도, 어쩌면 당신의 사촌일 수도 있다는 위협.

피해자가 모든 여성을 대표하는 게 아니라 거의 언제나 아름답고 젊은 백인 여성을 특정한다는 점 역시 언급할 만한 중요한 점이다. 그들은 낸시 클러터, 아니면 샤론 테이트다. 상존하는 모호한 위험으로부터 끊임없이 위협당하는 순수의 상징인 젊은 백인 여성이라는 개념은 개척 시대 미국이 '두피를 벗겨내는 인디언'을 경고하던 시절부터 미국의 사회 구조를 이루는 일부였다. 백인 여성이 지닌 순수함은 노예제가 있던 시대부터 흑인 남성에게 한없는 잔혹 행위를 가할 핑계가 되어왔다. 젊은 백인 여성은 백인 관객들의 방어적인 광분을 자극하기 가장 쉬운 상품이다. 범죄 실화의 가장 중요한 인기 요인이다.

사비나는 (백인과 필리핀인) 혼혈이었고 피부가 갈색이었지만, 그럼에도 필라델피아 언론에서 '죽은 백인 소녀'로 대우받았다. 내 냉소적인, 현실적인 추정대로라면 대중이 그 사건에 그토록 흥미를 느낀 건 적어도 어느 정도는 그애가 아일랜드계 미국인인 백인 엄마의 성을 물려받아서, 저녁 뉴스에 우는 모습을 보인 사람이 그애 엄마(즉 내 이모)여서다. 한편으로는 이 살인사건에서 해진 뒤 도시의 거리에서 낯선 이에게 무차별 공격을 당했다는 특수한 상황이 미국인들이 가장 즐기는 두려움 중 하나여서이기도 했으리라. 여성 살인 피해자는 대부분 면식이 있는 남성에게 살해당하며, 그중에서도 남편이나 남자친구에게 살해당하는 일이 잦다. 그러나 낯선 이로부터 당하는 살인은 눈앞에 닥칠 것이라 상상하기 더 쉽고, 그렇기에 드라마틱한 음악이 흐르는 가운데 차가운 밤공기 때문인지 위험 그 자체 때문인지 모를 오싹한 소름과 더 잘 어울린다. 짧게 말하자면, 이쪽이 더 자극적이다.

세인트저메인은 『인 콜드 블러드』의 초점이 바뀐 이유가 카포티가 클러터 가족이 모두 죽고 난 뒤에야 홀컴을 찾았기에 피해자들을 직접 만날 수 없었던 반면 살인자인 스미스와는 몇 년에 걸쳐 기나긴 인터뷰를 했기 때문이라 상정한다. 나아가 이 인터뷰를 진행하는 동안, 카포티는 스미스에게 매료되었고 그와 자신을 동일시하기 시작했으며 어쩌면 그를 사랑하게 되었을지도 모른다고 말한다. 나는 형태는 다를지언정 범죄 실화를 다루는 글을 쓰고자 하는 모든 사람에게 같은 일이 일어난다고 생각한다. 이런 이야기들은 언제나 사건이 일어난 뒤에, 피해자가 이미 죽어버린 뒤에 쓰이므로, 작가가 피해자를 기억을 넘어서는 인물로, 독자나 독자의 딸을 대리하는 것을 넘어서는 인물로, 선善의 상징을 넘어서는 인물로 그려내는 건 불가능하다. 그러나 살인자 또는 수사관은 여전히 이야기 속에서 능동적으로 존재한다. 여전히 풀어야 할 수수께끼이자 인터뷰할 취재원이다. 범죄 실화를 다루며 살인 피해자를 중심으로 이야기를 풀어내는 데 성공한 경우가 드문 것도 놀랍지 않다. 결국, 작가나 제작자가 아무리 이 이야기가 피해자를 다룬 것이라고 열을 내며 주장해도, 그렇지 않다. 적어도 그 사람을 오로지 살인 피해자로만 아는 사람의 관점에서 그렸을 때는 말이다.

이러한 함정이 불가피하다는 점을 인지하면서 나는 내 책장에 모아둔 살인사건 회고록들이 유일한 예외일 수도 있다고 믿게 됐다. 피해자를 살아 있는 사람으로서 먼저 알았던 이들이 쓴 책이니까. 어쩌면, 살인자라는 블랙홀로 빨려들거나 수사라는 수월한 서사의 틀에 의존하지 않는 범죄 실화를 쓸 수 있는 사람은 피해자를 알던 사람뿐일 거라는 생각도 들었다. 어쩌면, 내가 준비만 된다면 이 책들이 불가능한 일을 해내는 법을 내게 알려줄지도 모른다. 피해자를 단지 그들이 맞이한 죽음이라는 폭력으로 축소하지 않고, 피해자에게 또다른 가해를 일으키지 않으면서도 살인 이야기를 써내려가는 방법을 말이다.

사비나가 스무 살, 내가 스물한 살일 때 그애가 나를 만나러 뉴욕에 왔다. 온종일 동네를 돌아다니고, 가게의 물건을 구경하고, 수다 떨고, 피자를 먹은 뒤, 나는 술을 마시러 가자고 제안했다. 사비나가 술을 잘 마시지 않는 걸 알았지만 그 시절 나는 매일같이 바의 문이 열리는 시간을 카운트다운하며 기다렸기에, 이미 하루종일 사비나와 신나게 논 다음이었지만 술을 마실 시간이 다가오고 있다고 느꼈다.

"앞장서!" 그러면서 사비나가 미소를 지었다. 그애는 내가 여행 가이드 역할을 하도록 내버려두었기에 무슨 제안에건 동의했다. 우리는 내가 처음 일했던 바 '이기스'에 가려고 남쪽으로 향했다. 내가 아는 바텐더가 있으니 신분증을 확인하지 않을 걸 알아서였다. 아이리시 바 이기스는 다른 바와 마찬가지로 기네스 생맥주, 어두운 목재, 창문에 붙은 네온사인 따위 장식을 갖추기는 했지만 헤비메탈과 파이어럿메탈*에 흠뻑 빠진 다운타운의 펑크족들이 운영하는 아이리시 다이브바였기에 음악은 요란했고 화장실이 더러운 게 자랑거리였다. 이곳에서 열일곱 살에 바텐더로 일하는 법을 배우는 건 줄줄이 들어오는 단골손님이며 남학생회 소년들에게 예거마이스터를 끝없이 공급하며 삼십 분에 한 번꼴로 "테킬라!"를 외치며 샷을 한 잔씩 건네는 사수 바텐더를 상대해야 하는 혹독한 수련 과정이었다. 하지만 이곳은 엄마와 내가 캘리포니아주에서 짧은 나날을 보낸 뒤 처음 뉴욕에 돌아왔을 때 살았던 아파트에서 딱 한 블록 떨어진 곳에 있는 고향 같은 바이기도 했다. 엄마는 몇 년간 이곳의 단골이었고, 바 스툴의 가죽을 직접 새로 씌웠으며, 내게 일자리가 필요해지자 미성년자 딸을 고용해달라고 친구들을 설득했다.

아직도 밝은 바깥에서 어두컴컴한 바로 들어서며 어둠에 눈을 적응하고 있는 나와 사비나에게 바텐더와 단골손님 몇 명이 열렬한 인사를 건넸다. 나는 사비나의 팔짱을 끼고 바에 다가가면서 자랑스럽게 "제 사촌이에요!"라며 알렸다.

＊　해적에 관한 신화를 음악과 퍼포먼스에 녹여낸 헤비메탈 장르.

"뭐라고, 말도 안 돼!" 바텐더가 허리춤의 벨트 고리에 끼운 행주에 손을 훔치더니 바 너머로 사비나에게 악수를 청했다. 사비나가 웃으며 예의바르게 "반가워요" 하자 바텐더는 제임슨 병을 들고 나를 향해 눈썹을 씰룩거리며 평소 마시던 것으로 주면 될지 확인했다. 내가 고개를 끄덕이자, 그는 내 몫의 더블 위스키 소다를 만들기 시작하며 사비나에게 물었다. "뭐가 좋아요?"

사비나는 칠판에 쓰인 병맥주, 증류주, 생맥주 이름들을 훑어보더니 물었다. "샴페인도 있어요?"

깜짝 놀란 바텐더는 작게 웃음을 터뜨린 뒤 찾아보면 있을지도 모른다고 했다. 나는 사비나를 향해 웃으며 고개를 내저었다. 다이브바에서 샴페인을 주문하는 사람이 어디 있어? 부인할 수 없이, 다른 말을 덧붙일 필요 없이, 그 누구보다도 반짝이는 사비나에게 완벽하게 어울리는 일이었다. 평범한 오후를 특별한 하루로 만드는 것 말이다.

사비나는 수줍은 듯 미소를 지으며 설명했다. "사실 내가 좋아하는 술은 샴페인뿐이거든."

"당연하지!" 나는 깔깔 웃으며 그애의 어깨에 한 팔을 둘렀다. "비나는 늘 최고만 선택하잖아."

냉장고 안쪽 깊숙한 곳에서 성에가 낀 새 샴페인 한 병을 끄집어낸 바텐더가 웃었다. "새해맞이로 가져다놓은 물건 같은데."

"상관없어요. 저도 한잔 주세요." 나는 대꾸했다.

바텐더가 와인잔 두 개에 샴페인을 따른 뒤 위스키 소다 옆에 내 몫의 잔을 놓아주자 사비나와 나는 잔을 부딪치며 서로를, 이날을 응원했다.

사비나를 마지막으로 본 날이었다.

문화 칼럼니스트 로라 밀러는 2017년 〈슬레이트〉에 실은 에세이에서 범죄 실화 회고록을 하나의 트렌드로 보면서, 이 장르가 지닌 일반적인 범죄 실화의 오래된 문제점과 비슷하면서도 약간은 다른 위험을 강조한다. 범죄 실화 회고록 작가들은 살인자나 수사관을 조명하기 위해 피해자를 무대 아래로 내려보내는 것이 아니라, 자기 자신을 지나치게 중심에 둔다는 주장이다. 그 에세이가 발표되고 4년 뒤, 여전히 아직 쓸 준비가 되지 않은 이야기를 위한 배경 조사를 조심스레 하고 있던 나는 이런 비난을 읽고 발끈했다. 마치 회고록 작가들이 자아도취에 빠져 내면 탐구를 일삼는다는, 지겨울 정도로 들어온 불평의 다른 버전처럼 느껴져서였다. 하지만 그러면서도 새로운 이해가 번뜩 스쳤다. 사비나의 죽음에 대한 나의 애도를 글로 쓰는 일이, 그애의 살인사건을 오로지 나에 관한 이야기로 만드는 걸까?

나는 사람들이 딱히 자신의 일도 아닌 비극에 매달리는 모습을 봐왔다. 죽은 사람과의 우정을 실제보다 더 깊은 것으로 추억하면서 목마른 화분처럼 연민을 빨아들이는 모습 같은 것들. 사촌지간이란 자매나 심지어 가장 친한 친구만큼 딱 떨어지는 관계가 아니다. 그리고 나는 사비나가 죽은 뒤부터 줄곧 우리가 명절에 어쩌다 보는 데면데면한 사촌 사이가 아니었음을, 내가 내 존재 깊숙한 바닥에서부터 그애를 사랑했음을, 그렇기에 그애의 죽음도 그만큼 깊은 상처를 남겼음을 표현하려 몸부림쳤다. 그애가 살아 있었을 때도 그애가 죽은 지금만큼이나 강렬한 사랑을 느꼈다고. 그러면 비극을 추구하는 것처럼 보이지 않고 그애에 관한 글을 쓰려면 어떻게 해야하지? 내 슬픔을 최우선으로 두지 않고, 그애 엄마이자 내 이모가 느낄 슬픔을 무색하게 만들지 않으면서, 나의 애도를 담은 글을 쓰려면 어떻게 해야 하나? 레이철 이모에게 이런 걱정을 이야기하자, 이모는 내 슬픔을 표현하는 건 온전히 내 자유니 신경쓸 필요 없다고 했다. 그래도 걱정은 사라지지 않았다.

밀러의 글은 내가 머릿속에서 만들어낸 윤리적 위계를 복잡하게 만들었다. 이 위계 속에서 범죄 실화 회고록은 낯선 사람—오로지 '피해자'라는 사실 외에는 알지도 못하는 어떤 사람에 대한 이야기를 온 세상에 전하려고 시체에 날아드는 까마귀처럼 몰려오는 기자들—이 쓴 범죄 실화 이야기보다 우월했다. 그런데 이제는 살인에 관한 회고록 역시 다른 범죄 실화 이야기와 마찬가지로 착취적일 수 있는 가능성을 마주한 것이다. 이런저런 생각을 하다보니 내가 가진 위계며 의혹, 내가 쓰거나 쓰지 않을 이야기에 관한 온갖 계획과 두려움은 몇년간 모아둔 살인사건 회고록들을 읽지 않고 그대로 꽂아두는 한 그저 이론에 불가능하다는 걸 깨닫게 됐다. 그런 가설에 의문을 던지는 일이야 언제까지나 할 수 있을 테지만 큰맘먹고 실제로 읽고 쓰기 시작하기 전에는, 피해자를 착취하지 않는 살인 이야기를 쓸 수 있는지 없는지를 알 방법은 없다.

사비나가 살해당하고 11년, 내가 처음으로 살인사건 회고록을 읽으려 시도한 지 5년이 지나서야 나는 로즈 앤더슨의 『심장과 그 밖의 괴물들』을 읽었다. 처음에는 약물 과용 사고로 보였으나 알고 보니—아마도—살해당한 여동생 세라의 죽음을 다룬 회고록이었다. 밀러가 범죄 실화 회고록에 관해 지적한 꺼림칙한 면이 계속 신경쓰였던 건 부인할 수 없다. 하지만 『심장과 그 밖의 괴물들』을 읽고 있자니, 다시금 밀러의 주장에 반발심이 들었다. 맞다, 앤더슨은 이야기의 중심에 자신을 두었다. 하지만 그러면 안 될 이유가 있나? 이 책은 발랄한 사고뭉치이던 어린 여동생과 함께 사는 것, 그리고 그애를 잃는 것이 어떤 일인가를 이야기한다. 여동생의 삶, 그리고 죽음을 기록으로 남기는 사람이 앤더슨이 되는 건 정당한 일로 느껴졌다. 또 책 속의 세라 앤더슨은 전형적인 범죄 실화 이야기 속 그 어떤 살인 피해자보다 훨씬 다면적인 인물로 그려졌다. 이 책은 로즈가 세라를 죽였다고 의심하는 남자도, 세라의 살인사건을 담당한 경찰도 아닌, 세라에 관한 이야기였다.

읽기 쉬운 책은 아니었다. 원치 않게 사비나의 멍든 몸과 웃는 얼굴을 떠올리게 되는 순간들도 있었다. 살해당한 사람에 관한 행복한 기억들은 모조리 오염되고, 모든 장면 가장자리

On Murder ———

에 그들이 죽은 방식이 남긴 그림자가 드리워져 있음을 통렬하고도 고통스럽게 표현한 부분들이었다. 몇 번 눈물이 났지만 이번에는 책을 덮어야 할 정도로 울렁거리진 않았다. 그래서 나는 책장 속 다음 책, 그다음 책, 그리고 또 다음 책을 집어들었다.

어머니가 살해당했을 때 세라 페리는 아빠가 죽었을 때의 나와 마찬가지로 열두 살이었다. 우리가 처한 상황은 무척 달랐다. 세라의 엄마는 세라가 옆방에 있을 때 살해당했고, 우리 아빠는 내가 나라 반대편에 있을 때 수면중 사망했다. 그러나 페리가 회고록 『일식이 지나고』에서 묘사한 사건 이후의 이야기에는 나와 닮은 것들도 있었다. 이제 막 경험한 상실로 인해 어린 시절이 별안간 끝났음을 깨달은 후, 아이로 취급받을 때 느끼는 초현실적인 감정. 세상이 얼마나 잔혹할 수 있는지를 까맣게 모르는 중학교 친구들과 영영 단절된 것 같은 느낌. 나 자신마저도 겁이 날 만큼 너무나 강력한 슬픔의 분노. 그 모든 것이 내게는 너무 익숙하게 느껴져서 세라의 이야기에 곧장 몰입할 수 있었다.

인정하기 조금은 부끄러운 일이지만, 책을 읽다보니 나 역시도 수수께끼 풀이에 몰두하고 있었다. 이야기 내내 페리의 어머니를 누가 죽였는가 하는 의문이 풀리지 않는데 그 답은 250쪽까지 읽어야 나온다. 책을 읽는 내내 내 안의 애도하는 소녀와 호기심 많은 독자가 서로 다투는 게 느껴졌다. 보통 사람들처럼 범인을 찾으려고 단서를 수집하고 자신의 추리를 펼치는 관음증적 독자가 되고 싶지 않았다. 하지만 세라 페리는 강렬한 서사를 엮어내는 기교 넘치는 작가이기도 했다. 페리가 이야기 속에서 어머니가 죽고 12년 뒤 자신이 범인을 알게 되는 시점까지 의도적으로 범인의 신원을 드러내지 않았다는 걸 머리로는 이해했다. 작가는 독자들도 그 미치도록 노여운 공백, 끝도 없는 위험의 가능성을 느끼길 바랐다. 독자도 알고 싶어하기를 바랐다. 그러나 작가의 의도임이 분명한 방식으로 이야기를 읽어나가면서도 한편으로 어쩐지 범죄에 연루되는 것 같은 기분이 들었다. 어쩌면 이 또한 페리의 의도였는지 모른다.

나타샤 트레스웨이는 학대를 일삼던 전 남편의 총에 맞아 살해된 어머니에 관한 회고록 『메모리얼 드라이브』의 도입부에서부터 어머니가 살해당한 집으로 돌아가기까지 30년에 가까운 세월이 걸렸음을 밝힌다. 그 사건을 마주할 수 있기까지 그토록 오랜 시간이 필요했다. 그 부분을 읽고 조금은 안도감이 들었다. 11년이라는 긴 시간이 지났는데도, 나는 사비나의 이야기를 쓰려 시도하는 건 고사하고 살인을 다룬 이야기조차 겨우 읽을 수 있게 되었으니까. 아빠에 관한 글을 쓰기 시작한 건 아빠가 돌아가시고 10년 뒤였다. 10년이란 더는 피할 수 없을 만큼 긴 시간처럼, 마감 기간처럼 느껴졌다. 하지만 이번에는 더 오래 걸릴지도, 그래도 괜찮을지도 모른다.

『메모리얼 드라이브』는 오디오북으로 들었는데, 대부분 트레스웨이의 어머니 그웬과 전남편 조엘이 나눈 긴 전화통화의 녹취록으로 이루어진 챕터에 접어들자 도저히 더는 들을 수 없었다. 이 통화에서 조엘은 말도 안 되는 순환논리를 구사하면서 자신이 그웬에게 선택지를 주는 거라고 끝없이 설명한다. 자기를 다시 받아주거나 죽는 것 중에 선택하라고. 오디오북은 저자가 직접 낭독했기에 트레스웨이가 손에 그 녹취록을 들고 있는 것으로 모자라서 소리 내 읽을 때, 어머니를 살해한 남자가 어머니에게 지금부터 자신이 무슨 짓을 저지를지를 알리는 말을 읽을 때 어떤 기분이었을지 도저히 떠올리지 않을 수 없었다. 온몸이 차게 식고, 머리를 꿰뚫는 것 같은 두통이 찾아왔다. 결국 오디오북을 멈췄다. 일주일이 지나 다시 오디오북을 듣기 시작했지만, 다시 트레스웨이의 말—살인자가 아니라 트레스웨이의 시점으로 하는—에 안전하게 도착할 때까지 녹취록의 나머지 부분은 건너뛰었다.

이모가 살해당한 사건, 그리고 36년 뒤 이루어진 살인범에 대한 재판을 다룬 매기 넬슨의 『붉은 부분들』을 읽을 때는 만약 내가 사비나의 살인범에 대한 재판을 끝까지 버텨낼 수 있었더라면 썼을 수도 있었을 만한 장면들을 언뜻 알아볼 수 있었다. 넬슨은 부검 사진을 보기 위해 개발한 "작은 기법들"을 설명한다. "사진이 나타날 때마다 셔터처럼 눈꺼풀을 열었다 닫으며 빠르게 본다. 그다음에는 눈을 뜨는 시간을 조금씩 늘려가며, 나중에는 눈을 감지 않고 버틸 수 있는 만큼 바라본다." 또 등을 구부린 채 자리에 앉아 있는 어머니의 모습을 이렇게 묘사한다. "가슴이 푹 파인 채로, 온몸이 점점 더 껍데기가 되어가고 있었다."

법정 장면들을 읽고 있자니 작가로서의 후회가 찌릿한 통증처럼 찾아왔다. 좋은 소재가 될 고통스러운 경험을 향한 도착적 허기, 회고록 작가의 마조히즘이었다. 재판에 참석했더라면 쓸 만한 소재를 찾을 거라던 내 생각이 맞았다. 그럼에도 자신의 한계를 알았던 스물세 살의 내게 고마웠다. 루비콘강을 알아보고 굳이 억지로 건너려 들지 않아주어서.

이 책들 외에도 대여섯 권을 더 읽고 나니 이토록 캄캄하고 무시무시한 숲속으로 달려들어갈 수 있었던 작가들의 역량이 감탄스럽기만 했다. 내가 예상한 대로 이 작가들은 더욱 능동적인 인물들을 위해 피해자를 등한시하는 전형적인 범죄 실화의 덫에 걸리지 않을 수 있었다. 카포티와 불리오시를 비롯해 살인자나 경찰을 중심으로 범죄 이야기를 펼친 다른 작가와 제작자들과는 달리, 이 작가들은 피해자가 무대에서 내려간 뒤에 이야기 속으로 들어가지 않는다. 그들은 사랑하던 사람들을 자기 기억 속에 불러내 종이 위에서 그들에게 생명을 불어넣을 수 있었다. 그리고 그들이 이 이야기에 투자한 것은 범죄가 가진 음모나 충격이라는 가치 때문이 아니라 잃어버린 이들에 대한 순수한 애착 때문이었다.

그럼에도 살인사건 회고록에는 독자가 범죄 이야기에서 기대할 만한 요소들 역시 있다. 서술자는 사랑하는 이의 끔찍한 마지막 순간을 고통스럽게 재구성하고 묘사하는 경찰 보고서와 부검 보고서를 읽는다. 살인 피해자와 가까운 이라면 누구나 품고 살아갈 수밖에 없는, 그 사람이 마지막 순간 무슨 생각을 했고 어떤 감정을 느꼈을까 하는, 도저히 입 밖에 낼 수조차 없을 만큼 끔찍한 상상들을 전부 언어로 표현한다. 서술자는 경찰서에 들어가 사랑했던 사람의 피가 묻은 옷가지를 손에 쥔다. 자신의 삶을 영원히 망가뜨려버린 살인자를 각자의 배경 서사와 트라우마를 가진 인물로 변신시킨다. 그런 능력들에 감탄하고 있자니, 나는 여전히 그런 일 중 그 어떤 것도 할 수 없다는 사실이 분명해졌다.

사비나의 죽음에 대해 이런 이야기를 쓸 수 있을 만큼 이 살인사건의 세부 사항들을 자세히 들여다볼 물리적 힘이 아직 내게는 없는 것 같았다. 적어도, 이 작가들처럼 독자들이 전형적인 범죄 실화 탐정 이야기라는 안전한 유혹에 빠져들게 내버려두지 않을 만큼의 강심장을 가지고 효과적으로 쓸 수는 없었다. 그들은 너무나 현실적인 현실이라는 공포를 수면 위로 끌어올려, 사랑하는 이들이 살인자와 경찰이 등장하는 오락적 이야기 속 수동적인 죽은 소녀들이 되지 않도록 만든다. 그들은 억지로라도 현실을 바라보고, 마찬가지로 독자 또한 현실을 외면하게 내버려두지 않는다. 나에게는 그런 이야기를 쓸 만큼 의연한 용기가 없었다. 그리고, 마침내, 내가 그런 글을 쓰고 싶지 않다는 사실을 깨달았다.

그 대신 내가 쓸 수 있는 다른 종류의 이야기가 있을지 생각하기 시작했다.

내가 처음에 언젠가 쓰리라 생각했던 책이 살인사건 회고록이었더라면, 어느 시점에서 사비나의 살인범에 대해 알아가기 시작했을 것이다. 그에게 그만한 폭력성을 불어넣은 사건을 찾아 살인범의 어린 시절을 파헤쳤을 것이다. 그의 심장 깊숙한 곳에 한 점의 상처라도 깃들었을지, 마치 흉물스러운 진주를 이루듯 그 위에 분노가 겹겹이 쌓이다 어느 순간 터져나올 정도로 커져버린 건지 알고 싶었을 것이다. 그가 여성을 특정해 혐오했는지, 아니면 그의 내면에 쌓인 분노를 분출할 표적을 정할 때 다른 남성보다 스무 살 여성을 고르는 쪽이 승산이 있겠다고 생각한 겁쟁이였는지 의문을 품었을 것이다.

하지만 나는 그런 것들이 알고 싶지 않다. 살인범의 어린 시절이라거나, 그 6월 밤 사비나를 처음 보고 따라가기 시작했을 때, 아니면 그다음에 이어진 일을 저지르는 동안에, 그가 무슨 생각을 하고 있었는지에 대해서는 아무런 관심도 없다. 나는 그 남자의 목소리조차도 알고 싶지 않다. 그 남자가 내게 인간으로, 동화 속 늑대나 악마의 의인화 이상으로 구체화된 인물로 다가오도록 허락하고 싶지 않다. 그의 삶에서 그 어떤 일이 일어났다 한들 그가 저지른 일의 이유가 되지는 않는데다가, 이유를 찾다가 바로 그 옆, 가까이에 있는 연민을 나에게, 또는 독자에게 불러일으킬 수 있기 때문이다.

살인자에게 분에 넘치는 자비를 베풀지 않고도 범죄 실화 회고록을 쓰는 일은 가능하다. 사실, 내가 읽은 회고록 중 대부분은 이를 단호히 거부했다. 총 5부로 이루어진 『심장과 그 밖의 괴물들』에서 앤더슨의 여동생을 살해했을지도 모르는 남자에게는 4부까지 이름이 주어지지 않으며 그저 "그 남자"로만 불린다. 그 남자는 세라 앤더슨의 이야기 속 일부이지, 그 반대가 아니다. 또 페리는 『일식이 지나고』를 쓰면서 어머니의 살인범을 인터뷰하지 않기로 했음을 책에서 밝힌다. "누군가와 대화를 나누려면 아무리 짧은 기간이라 할지라도 상대에게 협조해야 하는데, 나는 그에게 협조할 생각이 조금도 없었다." (이 부분을 읽었을 때 어마어마한 안도감을 느꼈다. 페리가 책 초반부에서 인터뷰할 가능성을 언급한 시점부터 나는 마음의 준비를 단단히 하는 동시에 저자가 그토록 힘든 일을 겪지 않기를 간절히 바랐기 때문이다.) 그러나 심지어 저자들이 살인자를 이야기의 중심에 두지 않기 위한 노력을 설명하는 부분들마저도 그들에게 너무 많은 관심을 주는 것 같아 내키지 않았다. 나는 사비나를 죽인 살인범을 지금보다 더 정교하게 미워할 수 있을 만큼 충분히 알고 싶지도 않다. 내가 알고 싶은 건 그가 죽을 때까지 감옥살이할 것이라는 사실뿐이다

사비나가 죽고 13년이 지났지만 나는 아직도 감히 그애한테 일어난 공포스러운 사건에 다가갈 엄두를 내지 못한다. 그러나 달라진 게 있다면, 이제는 그럴 수 있을 날을 기다리지 않고 언젠가는 그래야만 한다고 생각하지도 않는다는 것이다. 그 대신 나는 나를 보호하려는 충동을, 이 이야기의 가장 끔찍한 부분에 밝은 빛을 비추려는 그 어떤 일도 완강히 거부한다.

내가 읽은 모든 살인사건 회고록에서 저자는 추한 진실을 똑바로 보는 것을 자신의 의무로 여긴다. 어떤 책에서는 그런 생각을 대놓고 표현했고, 어떤 책에서는 저자가 악몽과 욕지기와 도망치고 싶다는 본능적 충동을 무릅쓰고 밀어붙이는 가운데 흐르는 암류의 형태로 드러났다. 아빠의 삶을 조사하려고 남아 있는 일기장과 편지를 읽고, 엄마와 엉엉 울며 긴 대화를 나누거나, 헤로인중독에 빠져 있던 시절 아빠를 배신하거나 아빠에게서 배신당한 사람들과 격식 차린 대화를 나누던 내내 나 또한 그런 의무감을 느꼈었다. 그 일을 계속해야 했던 건 가장 고통스러운 것들을 포함해 모든 세부 사항을 낱낱이 살피면 그것들이 저절로 배열되어 아빠라는 별자리를 그려낼 것이라고 나 자신을 설득했기 때문이다. 내가 사비나의 이야기를 같은 방식으로 다룰 의욕을 못 느끼는 건 어쩌면 내가 이미 아빠를 다시금 생생하게 그려내려 애쓰며 온갖 편지, 일기, 인터뷰에 담긴 세세한 것들까지 쥐어짜 탐사 회고록을 써보아서인지도 모르겠다. 나는 이미 그 길의 끝까지 가봤으나 거기서도 나는 혼자였고, 아빠는 여전히 죽은 사람이었다. 그렇기에 또 한 번 시도하면 이번에는 다를 거라고 나 자신을 설득할 수가 없다.

"나는 오랜 세월 여동생의 몸을 떠올려왔다"라고, 앤더슨은 여동생에 관해 쓴다. "상상 속에서 나는 그애가 죽고, 또 죽기를 거듭하는 내내 그애 옆에 있었다." 나는 그 충동을 이해한다. 나는 사비나가 죽은 빈터에 있던 나무에서 씨껍질을 세

개 따 와 말려놓았고, 때로는 그것들을 바라보면서 삶의 마지막 순간 그애가 괴물의 얼굴이 아니라 이 나무를 올려다보고 있었기를 빈다. 그애의 의식이 흐려지면서 더는 신체의 고통도 두려움도 느끼지 않았기를, 나아가 단 한 순간이라도 평온을 느꼈기를 빈다. 이 씨껍질을 쳐다보면서 그애의 마지막 순간을 향해 순간 이동하려 시도해본 적도 있었다. 그애 옆 흙바닥에 쪼그려앉아 얼굴을 가린 머리카락을 가지런히 정돈하고, 뺨에 흘러내린 눈물을 닦아주고, 귀에 대고 괜찮아, 다 괜찮아, 미안해. 사랑해라고 말할 수 있게. 하지만 어쩐지 내게는 그 씨껍질 세 개만으로도 충분하다. 부검 보고서도, 재판 녹취록도, 살인범의 목소리도 필요 없다.

　나는 살인 이야기를 쓸 준비를 하면서 사비나의 사건에 대해 더 많이 알고 싶은 욕망이 솟아나기를 기다리면서 수년을 보냈다. 그런 날이 올 줄 알았지만, 오지 않았다. 마침내 사비나에 관해 쓰려고 자리에 앉았을 때 흘러나온 이야기는 살인 이야기가 전혀 아니었다. 사랑 이야기였다.

감사의 말

       이 책에 등장하는, 친구라고 부를 수 있어 영광인 믿기지 않을 만큼 멋진 여성들에게 고맙고, 고맙고, 또 고맙습니다. 여러분에 대해, 또 우리에 대해 쓸 수 있게 허락해주고 내 삶을 사랑으로 가득 채워줘서. 내가 책에 쓰지 않은 친구들에게, 너희도 사랑하지만 시간이 부족했어. 미안해!

  혼란 속에서 안전하게 착지할 곳이 되어주고, 때로 내가 머릿속이 아닌 세상에서 살아야 한다는 사실을 잊지 않게 일깨워주는 내 남편 수민에게 고맙습니다.

  그리고 이 책을 완성하기까지 모든 단계에서 함께해준 작가 모임의 앤절라 첸, 디나 엘제나이디, 지나 카들렉, 그리고 니나 세인트피어에게 고맙습니다. 여러분이 없는 제 작가 생활은 상상할 수도 없고, 그럴 일은 영영 없기를 바랍니다.

280

뛰어나고도 인내심 넘치는 에이전트로서 제가 집중력을 발휘해 이 책의 구상안을 책이 될 수 있는 형태로 발전시키도록 채근해준 애니 황에게 고맙습니다. 또 이 책의 미래를 보고, 제가 그 미래를 실현할 수 있게 도와주었으며, 중간중간 떠오른 온갖 말도 안 되는 아이디어까지 함께 이야기 나누어준 훌륭한 편집자 로즈 폭스에게도 고맙습니다. 휘트니 프릭, 도나 쳉, 카라 듀보이스, 바버라 바크먼, 미셸 재스민, 코리나 디에스를 비롯해 이 원고를 책으로 바꾸어 독자들의 손에 전해준 다이얼프레스, 펭귄 랜덤하우스의 모든 분께 고맙습니다.

또한 모두의 이름을 실을 수는 없지만, 이 책에 실린 에세이들이 모양을 갖추게끔 도와준 분들에게 감사합니다.

틴하우스 윈터 워크숍의 테레즈 마리 마이어와 그 동료들. 스와니 작가 컨퍼런스의 알렉스 지, 레이시 M. 존슨과 워크숍 멤버. 리디아 유크나비치, 대니얼 엘더를 비롯한 코포리얼 라이팅의 보디 오브 북스BoB 일원들. 제게 짧은 형식의 가능성을 열어준 플래시 에세이 수업의 크리스 벨크. 도움이 되는 의견을 전해준 레이 팔리아룰로와 알리시아 리 잉 소친. 이 책을 쓰기 시작한 초기에 피드백과 응원을 전해준 멀리사 피보스. 초기부터 저를 작가로서 보증해준 주드 도일, 제스 지머먼, 앨리슨 우드. 레지던시와 지원금 형태로 시간, 공간, 자원을 지원해준 벳시 호텔, 스와니 작가 콘퍼런스, 그리고 뉴욕예술재단. 예리한 눈으로 팩트체크를 담당했으며, 특히 실비아 플라스 책의 출판연도 오류를 잡아내준 에스터 버그달(플라스 팬들에게 혼쭐날 뻔했어요), 고맙습니다.

　「파도처럼 밀려오는」의 수정 전 버전을 실어준 사리 버턴과 〈롱리즈〉, 「연기 자욱한 카페를 찾아서」의 수정 전 버전을 실어준 레이철 버로프와 〈오프 어사인먼트〉에 고맙습니다.

　　　　　　　　　나에겐 오로지 친구들에게 기대
는 수밖에 없었던 계절들이 있었다. 도저히 혼자 감당할 수 없
고, 맞서 싸울 힘조차 없던 상실을 경험할 때마다 그랬다. 그
럴 때마다 나는 집을 떠나지 않고 가만히 앉아 있었다. 때로는
창밖을 내다보기도 했다. 슬픈 사람이 대개 그러하듯이, 먹기
나 자기를 포함해 나를 살리는 그 어떤 행동도 하고 싶지 않은
때가 여러 번 찾아왔다. 때로 내 친구들이 그랬듯이.

　친구들은 나를 기다려주었다. 먼 곳이 아니라 가까운 곳에
서. 친구들은 나를 찾아와서 그저 내 옆에 존재해주었다. 나에
게 무언가를 먹으라고 권하거나, 내 집을 청소하기도 했다. 내
가 말을 하고 싶어할 때까지 기다렸고, 내가 마침내 말하기 시
작하면 들어주었다. 때로 내가 친구들에게 그렇게 해주었듯이.

　아마 그것이 우리의 화재 비상구였을 것이다. 공간뿐 아니

라 우리가 그저 친구 곁에 있기 위해 기꺼이 내어주던 그 깊은 시간이. 친구들이 그 자리에 나타난다는 사실 때문에 외로움과 고립의 장소는 돌보는 곳, 치유하는 곳이 된다.

　나는 이런 특별한 생존과 애도의 기술을 아는 사람이 나와 내 친구들뿐만은 아니라고 생각한다. 우리는 이 기술들을 이미 안다. 중요한 건 그것을 서로에게 가르쳐주고, 필요한 순간에 잊지 않고 꺼내는 것이다. 우리는 대개 각자의 삶을 각자의 속도로 살지만, 동시에 다 함께 어딘가로 가고 있다. 그 과정에서 누구나 때로 그렇듯이 우리 중 하나가 움직이지 못하게 되기도 한다. 그럴 때 우리는 서로를 일으켜주고, 서로에게 기댈 수 있는 어깨가 되어준다. 사실 우리는 주로 기다린다. 우리는 이미 서로에게 기다리는 법을 보여주었다.

릴리 댄시거는 그가 편집한 선집 『불태워라』를 번역하면서 처음 만났다. 여성의 분노를 다룬 여러 편의 글을 한 책으로 엮은 댄시거는 서문에서 이 글들이 분노로 활활 타며 연기를 피우기를 바란다고 썼다. 웅크리지 말고 마음껏 공간을 차지하고 불태우자고 여자들을 초대하는 이 저자가 어떤 책을 쓸지 궁금했다.

　그렇게 만나게 된 그의 첫 책 『네거티브 스페이스Negative Space』를 통해 댄시거의 글쓰기에 조금 더 가까이 다가갈 수 있었다. 저널리즘을 공부한 그는 아버지의 죽음 앞에서 '한 사람'이라는 신화를 파헤치고자 한다. 그가 남긴 작품을 증거물처럼 탐구하고, 그의 주변에 남았던 사람들에게 인터뷰하듯이 다가가면서, 서서히 아버지라는 사람의 진실과 함께 자신의 억눌린 분노와 슬픔을 끄집어내는 과정에서 그의 저널리스트로서의 독특한 재능이 빛났다.

『여자의 우정은 첫사랑이다』는 여성들 사이의 우정에 바탕을 두고 쓴 글들의 모음이다. 이 책은 저널리즘이 아니다. 이 책에서 그는 개인적 우정의 기록을 회고하기도 하고, 슬픈 여성에게 매혹되는 문화적 현상을 분석하기도 한다. 동화와 범죄 실화를, 영화 〈천상의 피조물〉 속 잔혹한 우정과 텀블러와 인스타그램 속 '슬픈 소녀들'을 뒤얽으며 서로를 사랑한다는 것이 무엇인지를 새롭게 그려낸다.

그럼에도 이 이야기들의 시작과 끝은 살해된, 절친한 친구이자 사촌인 사비나를 향한 슬프고도 찬란한 사랑이다. 나는 『여자의 우정은 첫사랑이다』 역시 『네거티브 스페이스』처럼 쓰일 수 있었을 거라고, 나아가 애초에는 그렇게 쓰일 예정이었을지도 모른다고 생각해본다. 막막하고 난폭한 상실 앞에서, 희생자라는 이름에 가려진 그 사람의 모습을 구해내고자 했을 거라고, 그 사람의 진짜 모습을 그려내기 위해 사건 속으로 잠입하고 싶었을 거라고. 그러나 시간이 지나도 도저히 그럴 수 없었을 거라고.

나는 이 이야기가 결국 범죄 이야기, 혹은 죽음 이야기가 아닌 사랑 이야기가 되었다는 점을 가장 좋아한다. 그 안에 담긴 용감함이 좋다.

옮긴이의 글

우정의 가장 핵심적인 재료는 용기다. 누군가를 사랑한다는 것은 그 사람의 이야기를 치열하게 따라가는 일이 아닐지도 모른다. 타인의 곁에 있다는 것은 네 이야기가 내 이야기 속으로 들어올 수 있도록 아물지 않은 나의 취약한 부분을 열어 보이는 일이다. 이 이야기의 주도권을 내 손에서 네 손으로도 일부 넘겨주는 일이다. 그 과정에서 끊임없이 우리 사이에 존재하는 선을 확인하고, 시험하고, 계속해서 실패하는 일이다. 마침내 어느 깊은 시간이 찾아와서, 그래서 어디까지가 나의 몸이고 어디서부터 너의 몸이 시작하는지 한눈에 들어오지 않을 때까지.

여자들의 우정과 사랑이 주는 기쁨을 알고 그것을 강력하게 지지하는 사람으로서, 『여자의 우정은 첫사랑이다』를 소개할 수 있어 기쁘다. 이 책이 위험천만할 정도로 높고 좁은 화재 비상구에서 서로에게 기대는 일이 폐소공포가 아닌 더 넓고 포근한 삶의 감각으로 느껴질 수 있음을 아는 독자를 잘 찾아갔으면 좋겠다. 이미 잘 알고 있는 우정의 기술들을 서로에게 사용하는 일을, 각자의 사랑 이야기를 함께 쓰는 일을 다시한번 떠올릴 수 있도록.

2025년 3월

송섬별

첫사랑

Dillner, Luisa. "The Importance of First Love." The Guardian, August 7, 2009. theguardian.com/lifeandstyle/2009/aug/08/first-love.

Dixit, Jay. "Heartbreak and Home Runs: The Power of First Experiences." *Psychology Today*, January 1, 2010. psychologytoday.com/intl/articles/201001/heartbreak-and-home-runs-the-power-first-experiences?collection=100364.

Fisher, Helen. *Why We Love: The Nature and Chemistry of Romantic Love*. New York: Holt Paperbacks, 2005.(『왜 우리는 사랑에 빠지는가』, 정명진 옮김, 생각의나무, 2005)

Grimm, Jacobs, and Wilhelm Grimm. Translated by Ralph Manheim. *Grimm's Tales for Young and Old: The Compex Stories*. Albany, N. Y.: Anchor Books, 1983. (『그림형제 동화전집』, 김열규 옮김, 현대지성, 2019)

LaFata, Alexia. "We Never Forget Them: Are Our First Loves Really the Deepest?" Elite Daily, June 9, 2015: elitedaily.com/dating/are-first-loves-really-deepest/1055283.

공범

Chen, Angela. *Ace: What Asexuality Reveals About Desire, Society, and the Meaning of Sex*. Boston: Beacon Press, 2020.(『에이스』, 박희원 옮김, 현암사, 2023)

Darnton, John. "Author Faces Up to a Long, Dark Secret." The New York Times, February 14, 1995. nytimes.com/1995/02/14/arts/author-faces-up-to-a-long-dark-secret.html.

Faderman, Lillian. *Surpassing the Love of Men: Romantic Friendship Love Between Women from the Renaissance to the Present*. New York: Harper Paperbacks, 1998.

hooks, bell. *Communion: The Female Search for Love*. New York: William Morrow Paperbacks, 2002.(『사랑은 사치일까?』, 양지하 옮김, 현실문화, 2020)

Jackson, Peter, director. Heavenly Creatures. Miramax, 1994.(영화 〈천상의 피조물〉)

연기 자욱한 카페를 찾아서

Nin, Anaïs. Edited by Gunther Stuhlmann. *The Diary of Anaïs Nin: Volume 1*, 1931-1934. New York: Mariner Books, 1969.

슬픈 소녀들

Barron, Benjamin. "Richard Pricnce, Audrey Wollen, and the Sad Girl Theory." *i-D*, December 11, 2014. i-d.vice.com/en/article/nebn3d/richard-prince-audrey-wollen-and-the-sad-girl-theory.

Clark, Heather. *Red Comet: The Short Life and Blazing Art of Sylvia Plath*. New York: Vintage, 2020.

George-Warren, Holly. *Janis: Her Life and Music*. New York: Simon Schuster, 2019.

Jahn, Mike. "'Pearl', Last Album Janis Joplin Made, May be

Her Finest." The New York Times, January 16, 1971.
nytimes.com/1971/01/16/archives/-pearl-last-album-janis-
joplin-may-be-her-finest.html.

Joplin, Janis. 'Pearl'. Columbia Records, 1971.

Malcolm, Janet. *The Silent Woman*: *Sylvia Plath and Ted Hughes*.
New York: Vintage, 1995.

Mlotek, Haley. "The Hidden Vulnerabilities of @SoSadToday." The
New Yorker, March 24, 2016. newyorker.com/books/page-
turner/the-hidden-vulnerabilities-of-sosadtoday.

Nickalls, Sammy. "#TalkingAboutIt: How We Can Use Social Media
to Take Down Stigma." To Write Love on Her Arms, January 9,
2017. twloha.com/blog/talkingaboutit-how-we-can-use-
social-media-to-take-down-stigma/.

Plath, Sylvia. *Ariel*. New York: Harper Row, 1966.(『에어리얼』,
진은영 옮김, 앨리, 2022)

_____. *The Bell Jar*. New York: Harper Row, 1971.(『벨 자』,
공경희 옮김, 마음산책, 2022)

Tunnicliffe, Ava. "Artist Audrey Wollen on the Power of Sadness."
Nylon, July 20, 2015. nylon.com/articles/audrey-wollen-sad-
girl-theory.

아픈 마음을 치유하는 주술

Eliade, Mircea. *The Forge and the Crucible*: *The Origins and
Structure of Alchemy*. University of Chicago Press, 1979.

_____. *The Sacred and the Profane*: *The Nature of Religion*.
San Diego, Calif.: Harcourt Brace Jovanovich, 1987.(『성과 속』,
이은봉 옮김, 한길그레이트북스, 1998)

Elliott, Jasmine, and Katie West, eds. *Becoming Dangerous*:
Femmes, Queer Conjurers, and Magical Rebels. Newburyport,
Mass: Weiser Books, 2019.

Grossman, Pam. *Waking the Witch*: *Reflections on Women, Magic, and Power*. New York: Gallery Books, 2019.

Michahadric, Draha. *A Century of Spells*. Newburyport, Mass.: Weiser Books, 2001.

Monteagut, Lorraine. *Brujas*: *The Magic and Power of Wiches of Color*. Chicago Review Press, 2021.

Starhawk. *The Spiral Dance*: *A Rebirth of the Ancient Religion of the Goddess*. New York: Harper Row, 1981.

Valiente, Doreen. *An ABC of Witchcraft*: *Past and Present*. Carlsbad. Calif.: Phoenix Publishing, Inc., 1989.

서로에게 엄마 되기

Cusk, Rachel. *A Life's Work*: *On Becoming a Mother*. New York: Picador, 2021.

Edrich, Louise. *The Blue Jay's Dance*: *A Memoir of Early Motherhood*. New York: Harper Perennial, 2010.

Galchen, Rivka. *Little Labors*. New York: New Directions, 2016.

Heti, Sheila. *Motherhood*. New York: Henry Holt, 2018.(『마더후드』, 구원 옮김, 코호북스, 2024)

Offill, Jenny. *Dept. of Speculation*. New York: Alfred A. Knopf, 2014.(『사색의 부서』. 최세희 옮김, 뮤진트리, 2016)

살인사건 회고록에 관하여

Andersen, Rose. *The Heart and Other Monsters*: *A Memoir*. New York: Bloomsbury, 2020.

Bolin, Alice. *Dead Girls*: *Essays on Surviving an American Obsession*. New York: William Morrow Paperbacks, 2018.

Bugliosi, Vincent, with Curt Gentry. *Helter Skelter*: *The True Story of the Manson Murders*. New York: W. W. Norton, 1974.

Capote, Truman. *In Cold Blood*. New York: Vintage, 1966.(『인 콜드

블러드』, 박현주 옮김, 시공사, 2013)

Gage, Sarah. "An Open Letter to Carolyn Murnick, Author of The Hot One: A Memoir of Friendship, Sex, and Murder, Which She Wrote About Our Mutual Dead Friend." Medium, September 22, 2017. medium.com/@whymisssarah/an-open-letter-to-carolyn-murnick-author-of-the-hot-one-a-memoir-of-friendship-sex-and-murder-5e5fef8f8c19.

Kushner, David. *Alligator Candy: A Memoir*. New York: Simon Schuster, 2016.

Miller, Laura. "True Crime Gets Pretty." Slate, August 15, 2017. slate.com/culture/2017/08/the-true-crime-memoir-when-mfa-grads-and-literary-aspirants-write-true-crime.html.

Murnick, Carolyn. *The Hot One: A Memoir of Friendship, Sex, and Murder*. New York: Simon Schuscter, 2017.

Nelson, Maggie. *The Red Parts: Autobiography of a Trial*. New York: Free Press, 2007.

Perry, Sarah. *After the Eclipse: A Mother's Murder, a Daughter's Search*. Boston and New York: Houghton Mifflin Harcourt, 2017.

Schechter, Harold. *True Crime: An American Anthology*. New York: Library of America, 2008.

St. Germain, Justine. *Truman Capote's In Cold Blood*. New York: Ig Publishing, 2021.

Trethwey, Natasha. *Memorial Drive: A Daughter's Memoir*. New York: Ecco, 2021. (『메모리얼 드라이브』, 박산호 옮김, 은행나무, 2022)

옮긴이 **송섬별**

다른 사람에게 닿고 싶어서 읽고 쓰고 번역한다. 여성, 성소수자, 노인, 청소년이 등장
하는 책을 좋아한다. 고양이 물루, 올리버와 함께 지낸다. 옮긴 책으로 『모든 아름다움
은 이미 때 묻은 것』 『내 어둠은 지상에서 내 작품이 되었다』 『괴물을 기다리는 사이』
『나는 점점 보이지 않습니다』 『젠더를 바꾼다는 것』 『비명 지르게 하라, 불타오르게 하
라』 『페이지보이』 『자미』 등이 있다.

여자의 우정은 첫사랑이다
세상 가장 다정하고 복잡한 관계에 대하여

1판 1쇄 2025년 4월 14일
1판 2쇄 2025년 5월 9일

지은이 릴리 댄시거 | 옮긴이 송섬별
책임편집 전민지 | 편집 신원제 김혜정
디자인 최윤미 | 저작권 박지영 형소진 오서영
마케팅 정민호 서지화 한민아 이민경 왕지경 정유진
　　　정경주 김수인 김혜원 김예진 나현후 이서진
브랜딩 함유지 박민재 이송이 김희숙 박다솔 조다현 김하연 이준희
제작 강신은 김동욱 이순호 | 제작처 상지사피앤비

펴낸곳 (주)문학동네 | 펴낸이 김소영
출판등록 1993년 10월 22일 제2003-000045호
주소 10881 경기도 파주시 회동길 210
전자우편 editor@munhak.com | 대표전화 031) 955-8888 | 팩스 031) 955-8855
문학동네카페 http://cafe.naver.com/mhdn
인스타그램 @munhakdongne | 트위터 @munhakdongne
북클럽문학동네 http://bookclubmunhak.com

ISBN 979-11-416-0924-5 03840

잘못된 책은 구입하신 서점에서 교환해드립니다.
기타 교환 문의 031) 955-2661, 3580

www.munhak.com